오늘도, 난

다른 세상의 바람이 불고 있다

오늘도, 난

김찬웅 장편소설

OBJ Media

| 차례 |

제1장 그녀, 무니

다른 세상의 바람 7 | 너에게 가려면 16

실톱과 지그재그 25 | 슬픔은 살아 있는 사람의 몫 42

특별한 사람들 사이에는 그들만의 신호가 있다 52

새로운 즐거움을 찾아서 59 | 그녀는, 어디 갔을까 80

제2장 섬

여행을 떠나야만 하는 이유 110 | 지독히 어색한 농담 130

안면도는 섬이다 145 | 무서운 이야기와 우스운 이야기 153

섬에서의 은밀한 하루 166 | 그녀, 나를 찾아오다 175

주문을 외워, 네 꿈속에 들어갈게 189 | 즐거운 거짓말 196

제3장 선하

적당히 세련되게 나이 들어 가는 누나 201

주당클럽 오인회 208 | 생일 축하합니다 215

누나랑 같이 살지 않을래? 222

선하가 원하는 것은 무엇일까 241

선하와 닮은 점 251 | 이별은 갑작스럽게 온다 259

우리는 대화와 섹스를 즐길 줄 아는 사람들 270

나만의 이별법 286

에필로그 291

작가의 말 294

제1장 그녀, 무 니

나에게는
여러 명의 무니가 있다.
무니는 내 아파트에 들어와
자유로워지는
여자들의 통칭이다.

다른 세상의 바람

1

나에게는 여러 명의 무니가 있다. 무니는 내 아파트에 들어와 자유로워지는 여자들의 통칭이다. 이름에 감추어져 있는 특별한 동기나 배경 같은 것은 없다. 담배를 피우듯 어떤 필요에 의해서 무심코 정한 이름이기 때문이다. 하지만 나는 그 철저하게 무의미한 기호(記號)가 마음에 든다. 결국은 자기 암시에 불과할지도 모르겠지만 어쨌든 존재하는 무엇으로부터 '이 친구 나중에 내게 큰 도움을 줄 거야.' 하는 식의 느낌을 받는다면, 그것은 결코 나쁜 일이 아니다.

나는 무니를 즐겨 날짜에 비유하곤 한다. 하루가 지나가면 또 다른 하루가 온다. 한 주가 지나가면 새로운 일주일이 시작되고, 한 달이 달력에서 뜯겨져 나가면 숫자 다른 새 달이 싱싱한 모습을 드러낸다. 무니 역시 마찬가지다. 그녀들은 수없이 스쳐 지나가고 수없이 다가온다.

2

 나는 지금, 고난도의 훈련을 받은 침입자들처럼 서서히 숨어들어와 마침내 방 안을 장악한 어둠 속에서, '이곳은 마치 무균실 같다.'고 말한 무니를 생각한다. 나는 그녀를 기다리는 중이다. 그녀는 내게 전화를 걸어 물었다.
 "네 집에 거의 다 왔는데 뭐 필요한 거 없어?"
 "없어. 그냥 와."
 나는 짧게 답했다. 목소리를 들으니 갑자기 그녀가 보고 싶어졌다. 그녀는 내 집에 들어오면 먼저 내가 입고 있던 티셔츠부터 빼앗아 입었다. 나는 소파에 등을 기댄 채 잠든 그녀의 흐트러진 모습을, 그녀의 귀에 매달려 간혹 흔들거리는 방울 종을, 여윈 어깨를, 그리고 무엇보다 비밀 이야기를 속삭이는 듯한 낮은 숨소리를 좋아했다. 이리저리 내던져진 그녀의 옷가지를 모으는 일쯤은 그녀가 제공해 주는 이러한 시청각의 즐거움에 비하면 아주 값싼 노동에 지나지 않았다. 더군다나 그녀는 잠에서 깨어나면 나를 위해 어수선한 아파트를 정리해 주었고, 나를 위해 더러운 옷들을 세탁해 주었고, 내가 먹을 음식을 만들어 주었다.

"이제부터 너는 들이다."

그녀는 내가 자신을 예외 없이 무니라고 부르자 대뜸 그렇게 되받았다. 그녀는 내게 이름을 지어 준 최초의 무니였다.

"이름이 마음에 드는가, 들?"

그녀가 물었다. 나쁘지 않은 이름이었으므로 순순히 고개를 끄덕였다. 내 반응이 그녀를 기쁘게 한 모양이었다. 그녀는 한껏 의기양양해져서 이번엔 작명 축하 기념 시를 지어 주겠다며 호흡을 골랐다.

다른 세상의 바람이 불고 있다
마음을 잠재우려 녹슨 칼을 꺼내는
어느 해 어느 날의 아침
문득 서게 된 들판
문득 서게 된 언덕에서
나는 먼저
내 그림자 베는 연습부터 한다

나는 그녀를 산에서 만났다. 산을 사람 몸에 비유한다면 아마 정강이 부분쯤이었을 것이다. 나는 길 옆 바위 위에, 어수선한 오후 햇살에 휘감겨 어쩔 줄 모르고 앉아 있었고, 등산복 차림의 그녀는 솜사탕 같은 입김을 흘리며 허위허위 내려오고 있었다. 겨울이 지나가는 한낮, 그녀는 내 시계(視界) 안에 있었다. 나는 햇살을 떨치고 일어나 그녀를 쫓아갔다.

그녀의 등에 딱정벌레처럼 달라붙어 있는 연두색 배낭. 봉투처럼 생긴 은색 털모자. 기우뚱한 걸음걸이.

나는 잠시 머뭇거렸다. 아무리 오랫동안 되풀이하여 익숙해진 일이라곤 해도, 낯선 여자에게 다가가 말을 거는 행위에는, 여전히 가슴 설레게 하는 무엇이 있었다.

"뭐 하시는 거예요?"

망설임을 끝낸 내가 자신의 어깨에 손을 얹으려 하자, 그녀는 돌연 걸음을 멈추고 뒤돌아서서 나를 쳐다보았다. 흰자위가 거의 없는 눈이었다.

"아니… 그저… 나는 단지 이야기를 듣거나 하고 싶을 뿐이오. 당신이 싫다면 할 수 없는 노릇이지만."

그녀 이마에 맺혀 있는 땀방울. 스치는 바람. 새소리.

"이야기? 무슨 이야기?"

그녀는 자신의 두 눈을 자동인형처럼 살며시 감았다 떴다. 나는 될 대로 되라는 심산으로 내뱉었다.

"이 세상에 없는 것에 대해."

하지만 그녀는 예상했던 것과는 달리 순순히 내 제안을 받아들였다. 우리는 버스 정류장 앞에 나란히 서서 버스가 오기를 기다렸다. 차츰 초조해졌다. 기다림의 대상인 대부분이 그러하듯 버스는 좀처럼 오지 않았다. 나는 그녀에게 무슨 말이든 해야 한다는 쓸데없는 의무감에 사로잡혔다.

"빌어먹을 놈의 햇살!"

나는 화가 나 소리쳤다. 목덜미에 달라붙어 있는 늦겨울의 햇살은, 덥다기보다는 뭐랄까, 오래 비추고 있으면 종이를 태우는 오목 거울을 연상시킬 만큼 집요했고, 그것이 나를 몹시 성가시게 했다.

"저기, 와요."

그녀가 힘없이 웃으며 다가오는 버스를 가리켰다. 우리는 멈춰 선 버스에 함께 올랐다. 평일이어서인지 승객은 그다지 많지 않았다.

나는 비어 있는, 앞에서 두 번째 왼쪽 창가 자리에 앉아 완강하게 닫혀 있는 창문부터 열어젖혔다. 바람 끝은 아직까지 차가웠지만 묘한 안도감이 느껴졌다. 스르르 긴장이 풀어져 나갔다. 등받이 깊숙이 몸을 누이고 옆자리에 앉은 여자를 쳐다보았다. 그녀의 표정에는 별다른 변화가 없었다.

도무지 오지 않을 것 같았던 버스의 도착이 나를, 그녀를, 괜히 말을 걸었다는 후회와, 괜히 말을 받아 주었다는 짜증과, 거기에서 연유한 답답함으로부터 말끔하게 건져 주었다는 느낌은, 나 혼자만의 유별난 것인가.

나는 아마 깜박 졸았던 듯하다. 눈을 떠 보니 그녀가 내 앞으로 손을 뻗어 벨을 누르고 있었다. 용무를 마친 그녀가 일어섰다. 나는 그녀를 따라 버스에서 내렸다. 우리가 서 있는 곳은 종각 맞은편이었다. 순간 방향을 짐작할 수 없는 곳에서 회오리바람이 불어왔다. 우리는 흠칫하며 서로를 쳐다보았다. 아주 잠깐.

그녀는 이내 고개를 돌리고 중요한 약속이 있는 사람처럼 바쁘게 걸음을 옮겨 나갔다. 나는 범인을 쫓는 형사처럼 거칠게 그녀를 쫓아갔다. 그녀는 통과의례처럼 느껴지는 지하보도를 건너 복잡한 골목길을 이리저리 왔다 갔다 하더니 아시아 개점 제1호 술집 '폭풍' 안으로 몸을 숨겼다. 나는 과감하게 따라 들어갔다.

…여긴, 뭐냐?

실내는 생각했던 것보다 훨씬 더 넓었다. 아이스크림을 파는 곳도 있었고, 티셔츠를 파는 곳도 있었고, 인형을 파는 곳도 있었다. 그리하여 나는 한동안, 우리가 술집 옆에 있는 대형 할인 매장에 잘못 들어온 건 아닌가, 하는 의심을 했다.

힐끔 그녀를 쳐다보았다. 그녀는 비스듬히 허리를 숙인 채 등을 뒤집으면 호랑이가 되었다 코끼리가 되었다 하는 인형을 들여다보고 있었다. 그녀 옆에는 길쭉하고 넓은 유리 거울이 기둥마냥 서 있었고, 거울 속에는 무대 위 나무의자에 앉아 있는 여자애가 있었다. 기타 줄을 튜닝하고 있는 여자애의 머리카락은 아주 짧았다.

"어디 앉읍시다."

먼저 말을 꺼낸 건 나였다. 그녀는 기어코 변신 인형을 샀다. 나는 노래 부르는 여자애가 잘 보이는 곳으로 그녀를 안내했다.

알 수 없는 것들, 우 우 우--- 알 수 없는 것들---

내가 누군지, 정말 내가 누군지, 대체 네가 누구인지 알 수 없을 때가 많아.

그럼 어떡해야 하지? 이미 지나 버린 일이라고 내 자신을 달래야 하나?

여자애의 목소리에는 기이한 울림이 있었다. 마치 우물처럼 막힌 공간의 벽을 두꺼운 나무 같은 것으로 두드리는 듯한. 나는 가면을 쓴 양 무표정한 여종업원에게 생맥주 2000cc와 감자튀김을 주문했다. 그녀는 3000cc와 과일을 주문했다. 술집 안에는 남자보다 여자가 더 많았다. 그녀들을 한 명 한 명 주의 깊게 살펴보는 것만으로도 결코 지루해질 수 없었다.

"할 일이 없어."

한동안 말없이 술잔을 비우던 그녀가 이리저리 떠돌아다니는 내 시선을 붙잡았다.

"특별히 해야 할 일도 없고."

나는 멍하니 그녀의 얼굴을 바라보았다.

"뭐, 그렇다고 해서 못 견디게 고통스러운 건 아냐. 시간은, 버리면 되니까. 잠을 자고 나면 한 뭉텅이의 시간이 사라져 있거든. 킬링 타임 영화를 보는 것도 방법이 될 수 있지. 내게 수면제와 영화 티켓을 살 수 있을 만큼의 돈은 있어. …다행일까?"

"취직을 하지 그래. 아님 모험을 하던가."

"당신은, 내가 보기엔 나보다 더 할 일 없는 사람 같은데?"

"나는 지금까지 시간이라는 것에 대해 심각하게 생각해 본 적이 없어. 하지만 분명하게 말할 수 있는 건, 내 자신은 시간으로부터 자유롭다는 거야. 왜냐하면 구태여 의미를 찾으려 하지 않으니까. 내게 있어서 시간이란, 버리고자 애쓰는 대상이 아니라 알게 모르게 없어지는 많은 것 중 하나일 뿐이니까."

나는 남은 술을 잔에 따르고 다시 3000cc를 시켰다. 그녀도 마침 술이 떨어져 2000cc를 주문했다. 나른한 음성이었다. 약간 지쳐 보였다.

"당신은, 당신 자신에 대해서도 자유로운 사람 같아."

그녀가 피곤한 표정으로 말했다.

"물론이지."

기댈 곳을 찾는 여자를, 나는 좋아한다.

"갑시다."

나는 더 지치기 전에 그녀를 다른 장소로 옮겨 놓고 싶어졌다.

"어딜?"

"어디든. 이곳은 뭐랄까, 좀 성가시거든."

"성가시다?"

"아마 불편하다는 말이 맞겠지."

"불편해?"

"상당히."

"…일어서시죠."

양손 집게손가락으로 번갈아 변신 인형의 몸을 찌르던 그녀가 갑자기 동작을 멈추고 나를 쳐다보았다. 때문에 나는 그녀의 말이 내 의견에 동의한다는 뜻인 줄 알았다. 하지만 나는 우스꽝스럽게도 혼자 일어섰고, 혼자 카운터로 걸어가 술값을 지불했고, 혼자 술집 문을 열고 밖으로 나왔다.

옆에 놓아 둔 휴대 전화를 집어 들고 전원 버튼을 클릭했다. 액정이 환해졌다. 시간을 확인했다. 무니가 내게 전화를 건 지 한 시간 십 분이나 지나 있었다.

그녀는 왜 아직 나타나지 않는 걸까. 내 집에 거의 다 왔다면서. 처음 만났던 그날처럼 나를 실망에 빠뜨렸다가 건져 주기 위한 계획의 일환으로 일부러 방문을 늦추는 걸까. 그날 그녀가 내 뒤를 따라오지 않았더라면, 나는 새벽까지 길거리를 배회했을 것이다. 내 자신이 내뱉었던 말의 공허함을 되새기며.

너에게 가려면

그녀는, 결국, 오지 않았다.

하루가 지나갔다.

나는 그녀가 아니더라도 다른 누군가가 찾아와 너저분한 집 안을 깨끗이 하고, 내가 먹을 음식을 만들어 줄 때까지 기다렸다. 그러나 아무도 오지 않았고 배는 점점 더 고파 왔다. 어쩔 수 없이 배달 앱으로 '탕수육 플러스 짜장면' 세트를 주문했다.

배달원은 신속하게 음식을 가져왔다. 나는 인터폰 벨 소리를 듣고 밖으로 나갔다. 언제나처럼 문 앞에 음식 보따리가 놓여 있었다. 배달원은 그새 보이지 않았다. 그는 세워 놓은 오토바이를 향해 부리나케 달려갈 것이었다. 갈 곳이 있는 사람들의 발걸음은 언제나 바쁘기 마련이었다.

음식 보따리를 집어 들고 돌아온 나는 주방으로 갔다. 배는 고팠지만 식욕은 그다지 일어나질 않았다. 물을 한 모금 마신 후 플라스틱 그릇을 감싸고 있는 비닐을 벗겨 냈다. 젓가락을 꺼내 탕

수육과 짜장면을 번갈아 입에 넣고 우적우적 씹으며 나를 찾아올 가능성이 있는 무늬들에게 텔레파시를 보내기 시작했다.

춘장과 양파 냄새 가득한 내 입안을 신선한 음료로 개운하게 씻겨 줄 그대여, 어서 오라!

하지만 식사를 마칠 때까지 전화는 오지 않았다. 음식물 찌꺼기와 그릇 등을 처리할 때까지도. 옷을 모두 벗고 휴대 전화만 든 채 욕실에 가서 수도꼭지를 틀 때까지도.

휴대 전화 거치대에 올려놓은 단말기가 소리를 내기 시작한 것은 뜨거운 물이 가득한 욕조 속에 들어가 죽은 듯이 누워 있을 때였다. 기다리는 것은 대부분 지쳐 포기할 때쯤 비로소 그 끝을 밟고 슬그머니 찾아든다.

나는 훌쩍 일어나 단말기를 집어 들었다. 전화를 건 사람은 '무늬5'였다. 나는 통화 버튼을 밀고 속삭이듯 말했다.

"오랜만이네."

"뭐 해? 자고 있었어?"

"아니."

"지금 거기로 가는 중인데… 설마 내가 당신 일을 방해하는 건 아니겠지?"

"물론, 아니지. 네버."

내가 무늬들을 좋아하는 이유는 바로 이러한 마음 씀씀이에 있다. 그녀들은 나를 찾아오기 전에 전화를 걸어 내가 처해 있는 상황을 묻고, 무엇이 필요한가를 묻는다. 나에게 가장 힘든 순간은,

무늬와 함께 있는데 또 다른 무늬로부터 전화가 걸려 올 때다.

나는 기다림에 대한 인내가 허용되는 시간 안에 술과 음식을 한 가득 품에 안고 들어오는 무늬를 반갑게 맞이했다. 부지런함 또한 무늬들의 미덕이었다. 그녀는 내가 강요에 못 이겨 진공청소기를 들고 거실을 돌아다니는 동안 한껏 솜씨를 발휘해 식탁 위의 풍경을 은은하게 바꿔 놓았다. 그녀의 움직임은 마술사마냥 신속했다. 나는 감탄의 눈으로 눈사람처럼 생긴 양초와 물기 머금은 가짜 꽃, 얼음 그릇, 소담한 음식 바구니와 수정 술잔을 바라보았다.

"꾸물대지 말고 어서 와."

그녀와의 술자리를 위해 내가 한 일은 LED 거실 등 전원 스위치를 눌러 주위를 어둡게 만든 것뿐이었다. 그녀는 어둠이 오기를 기다렸다는 듯 초에 불을 붙였다. 나는 무심코 중얼거렸다.

"바람이 그림자를 만드는구나…."

나는 최면에 걸린 사람처럼 거실 창문을 닫고 천천히 그녀 옆으로 다가갔다. 그녀가 불쑥 나에게 술잔을 내밀었다. 촛불은 더는 흔들리지 않았다. 마치 외딴 섬에 있는 것처럼 우리 주위만이 화사하게 빛났다.

나는 얌전히, 그녀가 들고 있는 수정 술잔에 술을 따라 주었다.

"천천히 마셔. 체하겠다."

"이상해. 병인가 봐. 잔이 비어 있는 것도, 채워져 있는 것도 참을 수 없거든. 채워져 있으면 비워야 하고, 비어 있으면 어쩐지 쓸쓸해 보여서 채워야…."

"잘났다."

"하지만 언제까지나 그런 건 아니야. 입을 통해 들어온 알코올이 온몸 구석구석 고루고루 퍼지면 마음이 편해지고 훨씬 너그러워져."

그녀는 자신이 내뱉은 말을 증명이라도 하려는 듯 내 도움 없이 스스로 술을 따라 마셨고, 어느 순간 이상하게 늘어져서 노래를 불렀다.

비도 오고 그래서 네 생각이 났어
생각이 나서 그래서 그랬던 거지
별 의미 없지
오늘은 오랜만에 네 생각을 하는 날이야
일부러 난 너와 내가 담겨 있는 노랠 찾아
오늘은 슬프거나 우울해도 괜찮은 맘이야

나는 그제야 술을 입에 대기 시작했다. 그녀의 주량은, 한때 소주로 가득 채운 맥주잔을 일곱 잔까지 비운 전력이 있는 나조차도 감탄을 금치 못할 정도로 엄청나서, 적당히 뒤처지지 않으면 보조를 맞추기 어려웠다.

"재미있는 얘기가 있는데, 들어줄 거지?"

잔이 채워져 있는 것을 참을 수 있을 만큼 너그러워진 그녀, 무니5. 술을 사랑하고, 술을 마시며 무작정 떠드는 것을 좋아하는 그녀는 오늘 한 남자와 한 여자를 완전히 보내 버렸다.

퇴근 후 그녀는 직장 선배 유 대리를 회사 근처 레스토랑으로 유인해 은밀한 대화를 나눈다. 자신과 약혼한 여자가 그녀 친구라는 사실을 알면서도 슬금슬금 그녀를 집적대는 유 대리. 만나기만 하면 약혼자 자랑에 여념이 없는 친구 박모 양.

레스토랑에 들어와 박모 양에게 전화를 건 그녀는 대충 식사를 마치고 유 대리 옆에 바짝 다가가 앉는다. 자기만의 착각에 빠져 한껏 즐거워하는 유 대리. 그는, 혼자 신이 나 우습지도 않은 농담을 줄기차게 늘어놓고 그녀는, 자신의 길고 가느다란 손을 유 대리의 물건 위에 살짝, 아주 살짝 올려놓는다. 당황하는 유 대리.

그녀의 손놀림은 점점 더 대담해지고, 고통스러운 신음을 토해 내는 유 대리. 그녀의 손아귀를 벗어나려는 양 무섭게 부풀어 오르는 유 대리의 물건. 어느 순간 성장을 멈추고 딱딱해진 유 대리의 물건. 입을 틀어막은 채 안절부절못하는 유 대리. 아주 절묘한 시점에 등장한 그녀 친구 박모 양. 원체 우둔한 탓에 상황 파악을 제대로 하지 못하는 박모 양.

무니는 슬그머니 일어서서 박모 양의 귀에 대고 말한다.

니 약혼자, 오줌 쌌다.

"무슨 웃음소리가 그래."

나는 그녀에게 코를 쥐어뜯기고 정강이를 걷어차여도 좀처럼 웃음을 멈출 수 없었다.

"그만하라니까. 내 얘기가 그렇게 재미없어?"
"자리를 옮기자."
나는 술이 가득 담겨 있는 새 술병과 촛불을 들고 거실로 나갔다.

그대여 아무 걱정하지 말아요 우리 함께 노래합시다
그대 아픈 기억들 모두 그대여 그대 가슴에 깊이 묻어 버리고
지나간 것은 지나간 대로 그런 의미가 있죠
떠난 이에게 노래하세요 후회 없이 사랑했노라 말해요

그녀가 나에게 배운 노래를 부르며 저벅저벅 뒤를 따라왔다. 나는 소파에 앉아 탁자 위에 술병과 촛불을 내려놓고 손짓으로 그녀를 옆에 앉혔다. 그녀가 큰누이처럼 내 머리를 쓰다듬었다.

그대는 너무 힘든 일이 많았죠 새로움을 잃어버렸죠
그대 슬픈 얘기들 모두 그대여 그대 탓으로 훌훌 털어 버리고

나는 그 뒷부분부터 그녀와 호흡을 같이했다.

지나간 것은 지나간 대로 그런 의미가 있죠
우리 다 함께 노래합시다 후회 없이 꿈을 꾸었다 말해요
지나간 것은 지나간 대로 그런 의미가 있죠

우리 다 함께 노래합시다 후회 없이 꿈을 꾸었다 말해요
지나간 것은 지나간 대로 그런 의미가 있죠
우리 다 함께 노래합시다 후회 없이 꿈을 꾸었다 말해요
새로운 꿈을 꾸겠다 말해요

노래를 끝마친 우리는 서로에 대해 그리움 비슷한 우정을 느끼곤 기분이 좋아져서 상대방의 어깨를 끌어안고 이마를 맞댔다. 그녀는 키득거리며 혀를 길게 빼내 그 혀로 자신의 코를 어루만졌다. 나는 그녀의 기묘한 동작을 흉내 낼 수 없었다. 그녀는 신이 나면 눈썹과 코와 귀를 동시에 움직이곤 했는데, 그것은 내가 본 어떤 동작보다 우스웠다.

"초딩 삼 학년… 체육 시간이었어. 나는 그다지 영리하지 못한 계집애였고, 게다가 감기까지 걸려 텅 빈 교실에 혼자 앉아 처량하게 콧물을 흘리고 있었지. 하지만, 그래. 그뿐이었으면 괜찮았을 거야. 정말 지독한 일은 그다음에 일어났어. 한 십 분쯤 지났을까. 느닷없이 반장이, 팔에 깁스를 한 반장이 교실 문을 열고 들어오지 뭐야. 축구 시합을 하다 다쳤나 봐. 그게 내 탓은 아니잖아. 그런데 녀석은 공연히 화난 얼굴로 교실을 휘 둘러보더니 대뜸 지우개를 집어 들고 칠판에 적혀 있는 글씨를 지워 나가는 거야. 망할 자식. 공부도 못하고 얼굴도 못생겼으니까, 나 따위는 우습게 여겼겠지. 아마 교실에 있는 사람이 내가 아니라 부반장 여자애였다면 상황은 달라졌을걸. 나는 도저히 참을 수가 없었어. 왜, 물이 끓으면 주

전자 뚜껑이 들썩들썩하다가 마침내는 열려 버리잖아. 내가 그랬다니까. 나는 벌떡 일어서서 교탁 앞으로 달려 나가, 녀석이 쥐고 있는 지우개를 가로채고는 북북 칠판을 문질러 대기 시작했어. 나를 말리려던 녀석이 내 눈빛을 보고 주춤주춤 뒷걸음치더라. 나는 그대로 교실 바닥에 앉아 울어 버렸어."

손을 뻗어 가만히 그녀의 손을 잡았다.

"여름이면 송충이가 무성하던 가시나무 덩굴. 한 걸음 발을 내밀면 인기척에 놀란 송충이들이 소나기같이 쏟아질 것 같아 머뭇거리던 네게 윗옷을 벗어 우산을 만들어 준 아이."

"기억력도 좋아."

무니가 한숨 쉬듯 말했다.

"졸업식. 중딩 때던가. 밤늦도록 집 주변을 맴돌던 아이."

"그만해."

"고딩 이 학년, 어느 일요일. 독서실에 가기 위해 집을 나서는 네 앞에 나타나 참혹하리만큼 시뻘건 얼굴로 이따가, 이따가⋯ 하다가 도망친 아이."

"그만하라고 했다."

"네가 보고 싶어 하는 사람들은, 네 기억 속에서만 생생하게 살아 있을 뿐이야."

"알았어."

"그들은 모두 너처럼 나이를 먹었고, 한 번 먹은 나이는 토해 낼 수 없으니까."

"알아들었다고."

그녀는 주먹을 휘둘러 내 턱을 가격하고 강제로 내 입을 벌렸다. 나는 그녀가 들이붓는 술을 거부하지 않고 받아 마셨다. 그녀가 술병을 내려놓았다.

쓸쓸해 하지 마라, 무니여.

나는 내 가슴에 얼굴을 묻는 무니의 뒷머리를 살며시 매만졌다.

간지럽구나, 무니여.

자세를 바꿔 겨드랑이에 붙어 있는 그녀의 손을 떼어 냈다. 그녀는 부드러운 혀로 내 눈썹을 어루만졌고, 눈꺼풀을 어루만졌고, 입술을 어루만졌다. 혀를 내밀어 그녀의 혀를 껴안았다. 따뜻한 친밀함이 침에 섞여 넘어왔다. 우리는 거의 동시에 상대방의 혀를 놓아주고 방으로 향했다. 침대에 마주 앉아 진지하게 상대방의 얼굴을 바라보다 진지하게 서로의 옷을 벗겨 나갔다.

"한 일 년쯤 이렇게 누워 있었으면 좋겠다."

그녀가 땀에 젖어 있는 내 등을 쓰다듬었다. 나는 차츰 내 자신을 잃어 갔고, 그 어딘가에서 문 닫히는 소리를 들었다.

내가 눈을 떴을 때, 그녀는 이미 사라지고 없었다.

실톱과 지그재그

겨울이 그 긴 꽁무니를 사리면서 나를 찾아오는 무녀들의 발걸음이 뜸해졌다. 계절의 변화가 그녀들의 마음에도 어떤 변화를 일으킨 것일까. 꽃가루 알레르기가 있는 나는 바깥출입을 삼간 채 햄버거, 치킨, 피자, 돈까스, 족발 등을 번갈아 시켜 먹었다.

배가 고프다는 것은 슬픈 일이다.

방 안 침대에 누워 문득 그런 생각을 했고, 잠시 후 그 생각을 잊어버렸다.

나는 참을성이 많은 사람이다.

거실 소파에 앉아 족발을 뜯어 먹으며 문득 그런 생각을 했고, 잠시 후 그 생각을 잊어버렸다.

나는 무지하게 게으른 사람이다.

TV 화면 속의, "리틀 헝거는 그냥 배가 고픈 사람이고, 그레이트 헝거는 삶의 의미에 굶주린 사람이래."라고 말하는 얼굴 긴 여배우를 쳐다보며 문득 그런 생각을 했고, 잠시 후 그 생각을 잊어버렸다.

하지만 어느 순간부터 분명해진 생각 하나. 따분하다는 것. 심심해서 돌아 버릴 지경이라는 것. 거실 바닥에 시체처럼 널브러져 있는 추리 소설책과 만화책은 한시적인 방패막이에 지나지 않았다. 따분함은 마침내 꽃가루 알레르기에 대한 두려움마저 몰아냈다.

나는 허공에 안개처럼 떠 있는 솜방망이 꽃씨의 침입을 최대한 막기 위해 모자를 깊숙이 내려 쓰고, 비듬처럼 온몸에 붙어 있는 따분함을 말끔히 털어 줄 무늬를 찾아, 축하 인사처럼 환하게 내리비추는 햇빛을 받으며 아파트 단지를 빠져나왔다.

이름하여 무늬 수집 여행.

나는 익숙하게 번져 오는 흥분을 익숙하게 다독거리며 택시를 타고 대학로로 갔다. 그곳에는, 예상했던 대로 많은 여자가 있었다. 그 많은 여자 모두 무늬가 될, 가능성이 농후했다.

나는 잠시 길모퉁이에 서서 걸어 다니는 유혹, 걸어 다니는 무늬 후보들을 지켜보다 근처 은행에 들어가 백 만 원을 인출했다. 오 만 원권 스무 장을 지갑에 넣고 저녁이 올 때까지, 서서히 어둠이 밀려들어 오고 하나 둘 술집에 불이 켜지고 지금보다 더 많은, 더 화려한 여자들이 거리를 수놓는 하루의 절정이 올 때까지 흐뭇하게 휴식을 취할 수 있는 장소를 찾았다.

실톱과 지그재그.

카페의 이름은 내게 별다른 영향을 끼치지 못했지만 내부의 상황은 나를 당혹스럽게 만들기에 충분했다. 촛불 몇 개만 군데군데

켜놓은 실내는 어떤 사악한 음모가 진행되고 있는 비밀회의 장소처럼 어두웠고, 나지막하게 반복되는 여가수의 노랫소리는 죽은 자의 영혼을 부르는 주문마냥 섬뜩했기 때문이었다. 따라서 여종업원의 친절한 안내가 없었다면, 망설임 없이 그곳을 뛰쳐나왔을 터였다.

나는 종업원이 권하는 자리에 앉았다. 테이블에 놓인 검은색 테이퍼 촛대의 촛불은 제법 밝았다. 나는 이제 막 대학에 입학한 것처럼 보이는 종업원에게 정전은 아닐 테고, 전기세를 아끼려는 주인의 필사적인 노력이겠지, 투덜댄 후 커피를 주문했다. 그리고 천천히 등받이에 몸을 기댔다. 소파는 예상했던 것보다 훨씬 더 편안했다.

노리개를 닮은 여자와 무지개를 닮은 여자

나는 그다지 시력이 좋지 않음에도 불구하고 용케 어두운 벽면에 새겨져 있는 문구를 읽었다. 아마 소설책 제목인 듯했다. 그 밑엔 이렇게 쓰여 있었다.

나는 너 때문에 미치겠다.

"불, 있으세요?"
그때였다. 누군가가 촛대를 흔들어 불안한 그림자를 만들었다.

반사적으로 누군가를 쳐다봤다. 형편없이 마른 여자가 내 앞에 다가와 있었다. 나는 윗옷 주머니에서 라이터를 꺼내 그녀에게 건넸다. 그녀가 라이터를 받아 들었다

"잠깐 앉아도 되죠."

그녀는 내 대답을 듣기도 전에 서슴없이 비어 있는 앞자리를 차지했다. 곧이어 남자 종업원이 마치 자객처럼 소리 없이 다가왔다. 여자가 차갑게 말했다.

"레몬주스."

그녀의 모습은 상당히 비현실적이었다. 어깨선을 타고 흘러내린 머리카락. 짙은 눈 화장. 창백한 얼굴. 얄팍한 입술. 검지와 중지 사이에 끼워져 있는 담배.

"답답해 미칠 것 같은데 주머니는 비어 있고, 마침 당신은 여기 앉아 있고, 그러니까 실례 좀 할게요."

"나한테도 뭔가 잘못이 있다는 말투네."

"그럴 수도 있겠지."

"당신이 뭘 하든 상관은 없지만 담배는 나가서 피우세요."

"내가 담배에 불을 붙일지 말지, 그걸로 누군가와 내기를 하는 중이라면?"

그녀는 담배를 코 가까이 가져갔다. 흠, 숨을 들이쉬고 자신의 이런 행동에는 어떤 의미가 담겨 있다는 눈빛으로 나를 바라보았다. 무지개와 노리개. 둘 중에 그녀는 어디에 속할까. 무지개는 분명 아니었고, 노리개와도 거리가 먼 모습이었다.

"안녕, 들."

순간 갑자기 장막 같은 어둠 저편에서 때가 되어 무대에 등장하는 연극배우처럼, 또 다른 여자가 모습을 나타냈다.

"어떻게 된 거야?"

나는 어이가 없어 눈살을 찌푸리며 그녀를 쳐다보았다. 머리카락이 긴 여자 옆에 앉아 그녀와 가볍게 웃음을 주고받는 사람은, 나에게 이름을 지어 준 무니였다.

"인사해. 내 친구야."

그녀는 소개팅 주선자인 양 말하고 우리 근처 어딘가에 있는 종업원을 불러 맥주를 주문했다. 은근히 화가 났다.

"어떻게 된 거냐니까."

"너의 집은 칠 층에 있고, 엘리베이터는 십오 층에 있었어. 내려오길 기다리고 있으려니 어쩐지 모든 게 시들해져 버려서."

"그럼 그렇다고 전화해 줄 수 있었잖아."

"기다렸어? 고마운데."

"나, 정혜예요. 우정혜."

비스듬히 앉아 담배 피우는 시늉을 하던 무니 친구가 불쑥 몸을 일으키더니 내게 손을 내밀었다. 모른 척 고개를 돌렸다.

"이혼녀야."

무니는 구두처럼 생긴 잔에 맥주를 따라 조금씩 마셨다. 무니 친구는 여전히 손을 거두지 않고 있었다. 어쩔 수 없이 그녀와 악수를 했다. 그 모습을 지켜보던 무니가 내게 물었다.

"이 집, 자주 와? 언제부터 알았어?"

나는 휴대 전화를 보며 시간을 헤아렸다.

"대략 삼십 분쯤 됐을걸."

"한때였지만, 특별한 사람을 바라보기엔 아주 근사한 장소였었지. 여긴…."

정혜는 자리에 앉아 천천히 주위를 둘러보았다.

"여전히 어둡구나."

정혜의 말을 신호로 두 여인은 내가 알아들을 수 없는, 암호와도 같은 이야기를 주고받았다.

"나 먼저 갈게."

나는 혼자 일어서서 카페를 나왔다. 밖은 아직 환한 대낮이었다. 잠시 카페 출입구를 바라보았다. 뭔가 종교적인 내용의 영화에 캐스팅되어 그중 한 장면을 직접 연기한 기분이었다.

나는 바람에 밀려 이리저리 날아다니는 솜방망이 꽃씨를 피해 아르코예술극장 쪽으로 걸어갔다. 요란한 경적음이 신경을 거슬리게 했지만 꾹 참고 길을 터 주었다. 차가 내 앞에 멈춰 섰다. 곧 운전석 창문이 열렸다.

"타세요."

차 안에는 뜻밖에도 정혜와 무니가 나란히 앉아 있었다. 운전대를 잡은 정혜의 얼굴은 여전히 창백했다. 나는 힐끔 무니의 눈치를 살폈다.

"별일 없으면 같이 가."

그녀가 말했다. 나는 일부러 정혜에게 물었다.

"어딜 가려는 거죠?"

"매운탕을 먹을 수 있는 곳."

"그럼…."

나는 미적미적 차 뒷문을 열고 들어갔다. 정혜는 내가 엉덩이를 시트에 대자마자 급하게 액셀러레이터를 밟았다. 덕분에 앞좌석 등받이에 이마를 부딪쳐 하마터면 혀를 깨물 뻔했다.

나는 깜짝 놀라 정혜를 쳐다보았다. 인도와 차도를 구분한다는 것이 그녀에겐 별 의미 없는 일 같았다. 그녀는 대담하게 사람들 사이를 빠져나가 과감하게 차도로 뛰어들었다. 망설임 없이 차선을 바꾸었고, 신호를 무시한 채 함부로 경적을 울려 대며 복잡한 도로를 내달렸다. 이혼이 그녀에게 용기를 준 걸까.

거의 실성한 것처럼 보이는 흥분 상태의 그녀를 진정시키려는 듯 말없이 정면을 주시하던 무니가 CD 플레이어를 눌렀다.

오후에 나는 게으른 너를 보고 있다.

우리가 서로에 대해 알고 있는 것은 무엇일까.

내 가슴에 점? 네 겨드랑이의 흉터? 이름?

묘한 휘파람 소리를 배경음으로 침울한 중얼거림이 계속됐다.

내가 알고 있는 건

슬픈 눈으로 밤하늘을 바라보던 너

가슴으로 들어오는 너의 손

너의 얼굴

나의 거짓

정혜는 차츰 차의 속도를 줄였다. 멀지 않은 곳에 검문소가 있었다. 그녀는 천천히 브레이크를 밟았다. 바리케이드 옆에 서 있던 군인 두 명이 우리를 향해 다가왔다. 정혜는 창문을 내리고 면허증을 내밀었다. 그들 가운데 상급자인 군인이 차 안을 슬쩍 휘둘러보더니 별다른 시비 없이 거수경례를 했다. 면허증을 돌려받은 정혜는 검문소를 통과하기가 무섭게 동두천 방향으로 내달렸다. 무니는 슬그머니 CD 플레이어를 껐다.

"정혜가 오지 않았으면 너를 찾아갔을 거야."

그녀가 말했다. 나는 묵묵히 고개를 끄덕였다.

"내 귀국이 두 사람 사이를 방해한 거잖아, 그럼."

정혜가 투덜댔다. 왕복 사차선 도로를 정신없이 달리던 차가 일차선 도로로 접어들었다. 험한 길은 아니었지만 불쑥불쑥 튀어나오는 사람들은 못 당하겠는지 정혜는 차의 속도를 대폭 줄였다. 안심한 나는 잠깐 졸았던 것 같다. 눈을 뜨자 핸드 브레이크를 끌어올리는 정혜의 모습이 보였고, 문을 여는 무니의 모습이 보였고, 강이 보였다.

차에서 내린 나는 정혜와 무니를 양옆에 거느리고 강가 쪽으로 걸어갔다.

흐흠.

무니가 깊게 숨을 들이마시며 몸을 기대 왔다. 슬그머니 그녀의 어깨를 끌어안았다. 알 수 없는 허전함이 손끝에 묻어 왔다. 우리보다 두세 걸음 뒤에서 걸어오던 정혜가 투정부리듯 모래 위에 주저앉았다. 무니는 조심스럽게 내 손을 떼어 냈다. 나는 불어오는 바람을 향해 몸을 돌렸다.

"가시죠."

잠시 무니와 귓속말을 주고받던 정혜가 말했다. 나는 순순히 그녀들을 따라갔다. 그녀들은 맛집 감별사처럼 주변 음식점들을 훑어보다 식당 하나를 골라 들어갔다. 무니가 식당 안에서 내게 들어오라는 손짓을 했다. 나는 그녀의 부름에 따랐다. 나에게 있어 그곳은 일렬로 늘어서 있는 많은 음식점 중 하나였지만 그녀들에겐, 특히 정혜에겐 특별한 장소인 듯했다.

문가에 자리를 잡고 앉아 주인아주머니와 낮은 소리로 대화를 나누던 정혜는 대낮임에도 소주와 매운탕을 시켰다. 우리는 그녀의 주문에 토를 달지 않았다. 그녀들은 다시 내가 모르는 어떤 것에 대해 이야기를 나누기 시작했다. 나는 혼자 무료했다.

"건배 안 하고 마시면 반칙이에요."

지루함을 견디다 못해 오이를 안주로 소주잔을 기울이는 내게, 정혜가 불쑥 손을 내밀었다

"나도 한 잔 줘요."

나는 순순히 그녀의 잔과 무니의 잔에 술을 따랐다.

"건배."

먼저 손을 치켜든 사람은 정혜였다. 뒤이어 무니가 잔을 높이 들었고, 우리는 어색하게 술잔을 부딪쳤다.

"건배. 내 친구의 새 이름을 위하여."

"건배. 마른 북어처럼 생긴, 내 친구의 새 남자 친구를 위하여."

"건배. 어메리카에 두고 온 딸년을 위하여."

정혜는 차를 운전할 때만큼이나 정신없이 잔을 부딪쳐 왔다. 나는 문득 현기증을 느끼고 식당을 나왔다.

"어지럽다, 어지러워."

나는 정신 나간 사람처럼 중얼거리며 둔치를 향해 걸어갔다.

에테르에 취한 노을. 에테르에 취한 코.

나무에 등을 기대고 주저앉아 한참 동안 발밑을 바라보았다.

강은, 바다와는 다르다. 강에는 일정한 흐름이 있다. 끝까지 거슬러 올라가면 끊임없이 물이 솟아오르는 샘이 있고, 서로 다른 곳에서 굽이를 돌다 만나서 어린 시절 친구들처럼 어깨동무를 한 채 저희끼리 속삭이며 흘러가는 맑은 물이 있고, 물을 따라 천천히 피어나고 걷히는 안개가 있다.

"여기 있었네."

술 취한 정혜가, 술 취한 무니가 내게 다가왔다.

"운전할 줄 알아요?"

정혜가 물었다.

"아뇨."

나는 단호하게 고개를 저었다.

"어쨌든 일어서요."

"왜요?"

"이제 가야죠."

"어딜?"

나는 그녀들의 손에 이끌려 차에 올랐다. 정혜의 손은 메말랐지만 따뜻했고, 무늬의 손은 부드러웠지만 알 수 없는 거리감이 느껴졌다. 나는 얌전하게 뒷좌석에 처박혔다. 운전은 여전히 정혜가 했다. 우려했던 것과는 달리 비교적 순탄하게 주차장을 빠져나온 그녀의 차는, 그러나 갈수록 길들여지지 않은 야생마처럼 덜컹대기 시작했다.

"이봐요, 정혜 씨. 그만합시다. 차 세워요."

전보다 더 엉망이 되어 버린 정혜의 운전에 위기감을 느낀 나는 버스 정류장 앞에 세워 달라고 강력히 요구했으나 그녀는 가볍게 무시했다.

"내 말 안 들려요. 차 세우라니까!"

느닷없이 멈추고 뜬금없이 출발하는 차, 갑자기 와이퍼가 작동하는 차, 부속 하나가 빠져 나간 것처럼 끼릭끼릭 기분 나쁜 소리를 내는 차 안에 언제까지 앉아 있어야 하는가.

나는 계속 항의했고, 정혜 역시 자신의 행동이 무모하다는 것을 느꼈는지 길가 모텔 주차장에 차를 세웠다.

시동이 꺼진 차 안에서 잠시 숨을 돌린 우리는 모텔 옆 레스토랑에 들어가 각자 취향에 맞는 음료수를 시켜 마셨다. 화장실에 다녀온 정혜는 취기를 즐기려는 양 비스듬히 누워 고개를 까닥였고, 무니는 버릇처럼 음료수 잔에 꽂혀 있는 비닐 대롱을 만지작거렸다. 나는 점차 이 기묘한 삼자대면이 지루해지기 시작했다. 다시 콜라를 시켜 마셔도, 얼음 조각을 입에 넣고 우두둑우두둑 깨물어 씹어도, 정혜의 눈을 피해 무니의 허벅지 안쪽을 발가락으로 쓰다듬어도 지루함은 떨쳐지지 않았다.

　고갯짓을 멈춘 정혜는 눈을 몇 번 깜박이더니 이내 잠이 들었다. 무니는 정혜의 그 태평한 모습이 부러웠는지 연거푸 하품을 했다. 나는 이웃한 모텔 카운터를 찾아가 301호와 302호를 얻었다. 레스토랑으로 돌아와 301호 키를 무니에게 주고 그녀의 도움을 받아 엿가락처럼 늘어진 정혜를 들쳐 업었다. 그 상태로 모텔로 향했다. 301호 앞에 서자 무니가 방문을 열었다. 방 안으로 들어가 정혜를 침대에 눕혔다. 눈을 감은 정혜는 얌전했다.

　나는 그들과 함께 있어야 할지 나가야 할지 선뜻 결정을 내리지 못한 채 방 안을 어슬렁거렸다. 침대 끝에 걸터앉아 정혜의 머리카락을 가지런히 정리하던 무니가 천천히 니트 단추를 풀며 내게 다가왔다. 가볍게 내 곁을 스쳐 지나간 그녀는 벗은 니트를 탁자에 올려놓고 냉장고를 열어 음료수를 꺼냈다. 통이 넓은 스트라이프 팬츠가 흘러내렸다. 그녀는 귀찮다는 듯 팬츠에서 두 발을 빼내고 음료수를 들이켜며 욕실 쪽으로 걸어갔다. 나는 그녀들의 휴식을 방해하고 싶지 않아 옆방, 302호로 갔다. 상대방에 대한 배려. 이는 내가 가지고 있는 여러 가지 장점 중 하나였다.

나는 무니를 흉내 내 더러운 벌레를 떼어 내듯 입고 있던 옷을 모두 벗어 던졌다. 모자도 벗어서 탁자에 올려놓고 욕실 문을 열었다. 안으로 들어가 샤워기 앞에 서서 물을 틀었다. 샤워기 헤드에서 쏟아지는 물줄기의 차가움이 한순간 나를 당혹스럽게 했지만 물은 점차 따뜻해졌고, 나는 편안하게 몸에 비누칠을 할 수 있었다. 샤워를 마치고 욕실을 나왔다. 침대에 눕자마자 잠이 쏟아졌다. 어디에서나, 어떤 상황에서나 쉽게 잠들 수 있다는 것, 이 또한 내가 지니고 있는 여러 가지 장점 중 하나였다.

나는 꿈속에 있다. 분명한 사실이다. 그렇지 않으면 오래전에, 아주 오래전에 잠깐 만났던 무니가 지금 나와 같은 곳에 있을 수는 없을 것이다. 나는 그녀에게 상처를 입히지 않았다. 그녀는 다른 무니들처럼 적당한 휴식이 필요할 때 나를 찾아왔고, 다시 현실의 자신에게로 돌아가야 한다고 느꼈을 때 조용히 사라졌다.

그런 그녀가 왜, 불길한 기운을 풍기며 내 앞에 서 있는가.

무니가 눈을 부릅뜨고 피식 웃었다. 가슴이 서늘해졌다. 주위를 둘러보았다. 내가 앉아 있는 곳은 현실의 땅이 아니었다. 하늘처럼 파란색이, 넓이와 높이를 짐작할 수 없는 공간을 가득 메우고 있었다. 나는 일어서려 했으나 움직일 수 없었다. 놀랍게도 내 몸은 어느 틈엔가 단단한 밧줄에 묶여 있었다.

순간 무니가 허리를 숙이고 나에게로 길게 양팔을 내밀었다. 두 손으로 내 바지 지퍼를 열고 그 안에서 무언가를 꺼내려 했다. 깜짝 놀라 그녀를 쳐다보았다. 그녀는 자신을 쳐다보는 나를 무섭게 노려보았다. 나는 망연히 고개를 흔들었다. 불쑥 고개를 내미는 우스꽝스러운 내 성기. 그녀는 그것을 들어 자신의 입속에 넣었다. 깊이를 알 수 없는 어디 벼랑, 어디 늪 같은 데로 떨어지거나 스며드는, 아니, 떨어지면서 스며드는 느낌….

나는 거칠게 치솟아 올라오는 쾌감을 느끼고 눈을 떴다. 내 옆엔 아무도 없었다. 나는 여전히 혼자였던 것이다.

샤워를 하고 휴대 전화를 봤다. 새벽 세 시. 머리가 깨질 듯 아파 왔다. 어둠에도 냄새가 있다면, 아마 매운 쪽에 가까울 거라는 생각이 들었다.

냉장고를 열어 음료수를 꺼내 마시고 침대에 누웠다. 눈꺼풀을 닫았다. 뭔가 모르게 불안했다. 잠도 오질 않았다. 잠은 이제 더는 나를 받아들이지 않겠다고, 너와는 끝이라고 엄포를 놓는 것 같았다. 그래도 나는 눈꺼풀을 열지 않았다. 끝이라면 받아들이겠다는 얼토당토않은 오기가 용수철같이 튀어나왔기 때문이었다.

어디 한번 네 마음대로 해 봐라. 내가 눈 하나 깜빡하는가.

베개를 머리 밑에 놓고 똑바로 누웠다. 한참을 그렇게 누워 있으니 불편했던 마음이 조금씩 진정되었다. 그리고 얼마간의 시간이 지나 까무룩 잠이 들었는데, 한순간 내 뒤를 따라오는 누군가의 발자국 소리가 들렸다. 그것이 내가 기억하는 두 번째 꿈의 시발점이었다.

나는 무심코 고개를 돌렸다. 얇은 천을 온몸에 치렁치렁 걸친 여자가 귀신마냥 공중에 떠 있었다. 어디선가 본 적 있는 여자였다. 그녀는 나를 향해, 무언가를 지시하듯 손가락질을 했고, 내 몸은 순식간에 그녀가 던진 흰 천에 휘감겨 키 큰 나무에 열매처럼 대롱대롱 매달리게 되었다. 밑은 깊고 깊은 낭떠러지였다. 나는 두려움에 떨며 그녀에게, 대체 왜 이러느냐, 내가 당신에게 무슨 잘못을 했느냐, 제발 나를 놓아 달라, 비굴하게 사정했다. 그러자 여자가 빠른 속도로 달려와 내게 안겼다. 나는 움직일 수 없었다.

잠시 후 놀랍게도 여자의 몸이 지각 변동을 일으킨 땅처럼 갈라지더니, 전혀 닮지 않은 두 명의 여자가 나타나 한 명은 내 상반신을, 한 명은 내 하반신을 점령하고는 자기들 마음대로 가지고 놀기 시작했다. 탄식이 절로 나왔다.

…이런 빌어먹을.

내 몸은 의지와는 다르게 급격한 속도로 끓어올랐고, 마침내 수류탄처럼 장렬하게 폭발하고야 말았다. 나는 번쩍 눈을 떴다. 슬그머니 다가오는 몸 아래쪽의 축축한 느낌. 몹시 불쾌했다. 한 번도 아니고, 두 번씩이나. 뭐 이런 거지 같은 일이 다 있는가.

무니는 점심때가 다 되어 내게 전화를 했다. 대충 씻고 레스토랑으로 갔다. 무니와 정혜는 태연하게 식사를 하고 있었다. 나는 정혜 옆에 앉아 내 몫의 샌드위치를 묵묵히 씹어 삼켰다. 그녀들은 내게 잘 잤느냐는 상투적인 인사 외엔 아무 말도 하지 않았다. 나 역시 마찬가지였다. 그녀들과 말을 섞을 기분이 아니었다. 기운도 없었다.

지독히 무의미한 식사를 마친 우리는 약속이라도 한 양 일제히 일어섰다. 식대는 계산되어 있었다. 밖으로 나가 정혜의 차에 올라탔다.

나는 바늘 끝처럼 예리하게 눈을 찔러 오는 햇살을 피해 담배를 꺼내 물었다. 무니가 라디오를 켰다. 아무도 너를 생각하지 않아, 하는 노랫소리가 들려왔다. 누구도 널 보고 싶어 하지 않아. 제발 우리 앞에서 사라져 줘. 그럼 작은 구원이라도 받을 수 있을 거야.

담배를 원위치하고 조용히 눈을 감았다. 잠을 설친 건 아주 오랜만의 일이었다. 놈은 어제 일로 내게 미안함을 느꼈는지 오래된 애인처럼 스르르 품에 안겨 왔다. 나는 서울로 돌아오는 내내 뒷좌석에 처박혀 코를 골았다.

"다 왔어. 그만 일어나."

무니의 곱지 않은 손길에 눈이 떠졌다. 갑자기 쏟아져 들어오는 햇빛 때문에 모든 사물이 불투명하게 보였다.

대체 여긴 어딘가.

허둥지둥 주위를 둘러보았다. 차는 내가 사는 아파트 건너편에 멈춰 서 있었다. 간신히 위치를 확인한 나는 무심코 고개를 돌렸다. 백미러를 통해 내 얼굴을 쳐다보고 있던 정혜와 눈이 마주쳤다.

"뭐 하는 거야? 내려."

무늬가 주의를 환기시켰다. 서둘러 뒷좌석 문을 열고 나갔다. 정차 중에도 끊임없이 액셀러레이터를 밟아 대던 정혜가 급히 차를 출발시켰다. 나는 인도에 서서 멀어져 가는 차의 뒷모습을 멍하니 바라보았다. 뭔가 모르게 짜증이 났고, 억울했다.

이게 무슨 꼴이냐. 저들은 마치 나를, 다 쓴 휴지 조각처럼 길거리 아무 곳에나 버리고 달아나질 않느냐.

윗옷 주머니에서 담배와 라이터를 꺼냈다. 기다렸다는 듯 솜방망이 꽃씨들이 날아와 얼굴을 간질였다. 재빨리 머리를 쓰다듬었다. 허전했다. 어제 하루 종일 튼실한 방패막이 구실을 하던 모자는? …나는? …그들은?

그제야 깨달았다. 나는 지난 이틀 내내 본래의 목적을 잊어버리고 그녀들의 품 안에서 놀아난 것이다. 그녀들은 나를 유인해 장난감처럼 가지고 놀다가 마침내는 더러운 꿈을 꾸도록 유도한 것이다.

나는 두 손을 내저으며 횡단보도를 건너갔다.

오늘 새벽 그녀들은 내가 잠든 틈을 이용해 내 방으로 스며들어 왔을 것이다. 그리고 내가 잠에서 깨어날 때까지 마음껏 내 성기를 희롱했을 것이다. 한 번도 아니고 두 번씩이나. 그렇지 않으면… 젠장. 드디어 오른쪽 눈두덩이 부풀어 올라왔다. 빌어먹을 놈의 꽃씨.

슬픔은 살아 있는 사람의 몫

 사흘 후 정혜가 나를 찾아왔다. 무니는 그녀 뒤에, 오늘의 방문이 자기와는 아무런 상관없는 일이라는 듯 무심한 얼굴로 서 있었다.
 "들어가도 되겠어?"
 정혜가 정중하게 물었다. 그녀의 예의 바른 행동이 내 기분을 살짝 달라지게 했다. 나는 무니를 노려보았다. 그녀는 가볍게, 사과의 표시처럼 보이는 고갯짓을 했고, 어느 정도 마음이 누그러진 나는 한 걸음 물러났다.
 "어떻게 된 거야?"
 내 부어오른 눈두덩이에 관심을 보인 사람은 정혜였다. 무니는 혼자 거실 쪽으로 걸어갔다.
 "가끔 이래. 전염병은 아니니까 안심해."
 내 말에 정혜가 순순히 고개를 끄덕였다. 나는 그녀의 시선을 좇아 무니를 바라보았다. 무니는 잠깐 외출했다 돌아온 사람처럼 자연스럽게 리모컨을 눌러 TV를 켰다. 채널을 몇 번 바꾸더니 돈 안 드는, 철이 지나도 한참 지난 영화를 택해 시청했다. 잠시 후 정혜가 슬그머니 그녀 옆으로 다가갔고, 두 사람은 더는 내게 관심을 보이지 않았다.

힐끔 TV를 쳐다보았다. 어떤 여자가 총에 맞고는 자신이 처한 상황을 실감하지 못하는 표정으로 남편인 듯한 남자에게 물어보고 있었다. "마이 오케이, 마이 오케이?" 나 괜찮아? 나 괜찮아? 남자가 대답했다. "오케이, 유아 오케이, 오케이." 괜찮아. 너 괜찮아. 괜찮아.

그 장면을 지켜보던 무니와 정혜가 누군가의 명령을 받은 양 동시에 일어섰다. 그녀들은 곧장 안방에 들어가 옷을 갈아입고 나왔다. 집주인인 내게 양해를 구하는 일 따위는 필요 없다고 생각하는 모양이었다.

그런 다음 그녀들은 적당한 공간을 자기들끼리 나눠 차지하고는 오래된 영화를 보거나 잠을 잤다. 나는 혼자 무료했다. 그녀들은 좀처럼 내 접근을 허용하지 않았고, 따라서 내가 할 수 있는 짓이라고는 순식간에 자신들만의 영역을 구축한 그녀들을 바라보는 것 외에는 없었기 때문이다.

그녀들은 저녁 무렵이 되서야 내 이름을 부르고, 시무룩하게 앉아 있는 내게 심부름을 시켰다. 나는 아주 오래전부터 충실하게 길들여져 온 하인처럼 불평 한 마디 없이 그녀들이 원하는 물품을 사다 날랐다.

밖은 이제 완전히 어두워져 있었다. 그녀들은 저녁 식사를 위해 부지런히 몸을 움직여 밥과 먹음직스러운 반찬 몇 가지를 만들었다. 그러나 전혀 고맙지 않았다. 그녀들 때문에, 내게 오기를 원하는 무니의 부탁을 정중히 거절해야만 했던 것이다. 그것은 내겐 상당히 고통스러운 일이었다.

전화를 건 무니는 내가 처한 상황을 눈치챈 듯했다. 그녀는 잔뜩 억눌린 목소리로 "그래, 알았어. 아쉬운 건 아쉬운 거고, 어쩔 수 없는 건 어쩔 수 없는 거지 뭐." 하더니 전화를 끊었다.

내 집을 선점한 침입자들은 그 같은 사실을 아는지 모르는지 천연덕스럽게 저녁을 먹고, 과일을 깎아 먹고, 내가 알아들을 수 없는 묘한 음악을 틀어 놓은 채 자기들끼리 술을 마시며 노닥거리다 어느 순간 사라졌다.

그리고 이틀 후, 다시 정혜와 무니가 나를 찾아왔다. 그녀들은 옷을 갈아입자마자 카드를 꺼냈다. 나는 그녀들의 제안을 거절하지 않았다. 우리는 거실 한가운데 사이좋게 둘러앉아 포커를 쳤다. 그다지 흥미진진한 게임은 아니었다. 나는 계속해서 원 페어 아니면 투 페어였다. 정혜와 무니는 기본이 트리플. 어쩌다 스트레이트나 플러시를 잡아 배팅을 하면 경쟁 상대는 풀 하우스 이상이었다.

결국 돈을 잃은 사람은 나였고, 딴 사람은 정혜와 무니였다. 포커나 고스톱 같은 노름을 나는 잘하지 못했다. 재미를 못 느껴서가 아니라 할 기회가 별로 없었기 때문이다. 대학 다닐 때는 물론 졸업하고 나서도 노름을 할 만한 상황에 놓였던 적은 거의 없었다. 어쨌든 정혜와 무니는 돈을 딴 기념으로 제법 비싼 음식을 주문했다. 술은 내가 사 왔다.

그날 저녁, 공교롭게도 나는 두 명의 무니로부터, 나를 간절히 원한다는 조금은 장난스러운 내용의 전화를 받았다. 내가 너절한 핑계를 대며 만남을 미루려 하자 그중 한 명은 내 호기심을 자극하려는 양 어디선가 들어 본 적이 있는 이름을 들먹였다. 하지만 그녀에게조차 방문을 허락하지 않았다.

나는, 잠시, 한동안 발을 끊었던 무니들이 약속이라도 한 듯 나를 찾는 이유에 대해 생각했다. 그녀들은 왜 갑자기 내가 보고 싶어진 걸까? 아무리 생각해도 알 수 없는 일이었다. 하긴 구태여 알 필요도 없는 일이지만.

무니와 정혜는 이른 새벽에 돌아갔다. 나는 거실 한구석에 쓰레기처럼 버려져 있었다. 그녀들과 함께 엄청나게 많은 양의 술을 마신 대가였다. 소주를 마치 물처럼 들이켜는 그녀들과 보조를 같이 한 것이 결정적인 실수였다. 그로 인해 망가진 사람은 나 혼자뿐이었으니까.

나는 하루 종일 소파에 드러누워 잠을 잤다. 급한 볼일이 있을 때만 벌레처럼 거실에서 주방으로, 화장실로 기어 다녔다.

그렇게 다시 이틀이 지나갔다. 그 이틀 내내 아무에게서도 전화를 받지 못했다. 술기운은 차츰 사라져 갔고, 대신 기분 나쁜 외로움이 엄습해 왔다.

"누군가가 없을 때는 어느 누구에게서도 전화가 오지 않는다."
나는 미친놈처럼 중얼거렸다.

"그렇게 눈치가 없단 말인가. 그렇게 상황 파악을 못한단 말인가. 바보 같은 것들…."

정혜가 무니를 대동하지 않고 혼자 나를 찾아온 것은 그다음 날이었다. 어둠이 스멀스멀 내려오기 시작하는 늦은 오후였다. 화장을 하지 않은 얼굴의, 머리카락을 단정하게 묶어 뒤로 넘긴 그녀에겐 어딘가 모르게 귀여운 구석이 있었다. 그녀는 내 집에 발을 디디자마자 안방을 향해 걸어갔다. 거침없이 문을 열고 들어간 그녀는 헐렁한 V네크 스웨터만을 걸친 채 방을 나왔다. 친구인 무니처럼 내가 입던 옷을 빼앗아 입지는 않았다.

나는 창가로 걸어가 허리띠마냥 커튼을 조여 매고 있는 끈을 풀었다. 그녀는 소파에 누워 담배를 피웠다. 나는 얌전히 그녀 옆에 무릎을 꿇고 앉았다. 그녀가 우아하게 담배를 내밀었다. 나는 하인처럼 곧 재가 떨어질 것 같은 담배를 인계받아 재떨이에 비벼 껐다. 그러곤 그녀가 입고 있는 V네크 스웨터를 살금살금 끌어내렸다. 그녀의 가슴은, 생각했던 것보다 작았다. 나는 혀를 손처럼 사용해 그녀의 젖꼭지를 어루만졌다. 순간 그녀가 짜증 섞인 손길로 내 머리통을 밀쳤다.

"일어나."

그녀는 단호하게 말했다. 멍하니 그녀를 쳐다보았다. 그녀가 시위하듯 소파를 걷어찼다.

"일어나라니까."

나는 그녀의 기세에 눌려 쭈뼛쭈뼛 꿇었던 무릎을 폈다. 마뜩잖은 눈빛으로 나를 노려보던 그녀가 풀썩 내 발밑에 주저앉았다. 당황한 나는 재빨리 물러섰다. 하지만 내 바지 지퍼는 어느새 그녀의 여윈 손가락에 의해 거침없이 벌어져 있었다. 내 몸 여기저기에 허연 소름이, 마치 날개처럼 돋아났다. 더는 움직일 수 없었다. 그녀는 가볍게 한숨을 내쉬고 고개를 숙였다. 그녀의 따뜻하고 부드러운 혀가, 나를 힘들게 했다. 아주 오랫동안.

"내 남편은, 착한 사람이야. 엘에이 어느 한국 음식점에서, 우연히, 발목을 잡히기 싫어 헤어졌던 사람을, 다시 만났어. 쉽게 잊었었는데, 이미 잊은 줄 알고 있었는데, 반가웠지. 반가워서, 소풍 가기 전날처럼 들떠서 남편과 딸아이는 전혀 신경 쓰지 않고 매일 그를 만났어. 그가 묵고 있는 싸구려 모텔에서."

그녀가 담배를 찾았다. 재빨리 담배를 꺼내 불을 붙여서 그녀에게 건넸다. 그녀가 담배를 받아 입에 물었다. 재떨이를 들어 그녀 옆에 놓아 주었다. 그녀는 깊숙이 연기를 빨아들인 후 내뱉었다. 그러기를 몇 번인가 되풀이했다. 그녀의 입에서 뿜어져 나오는 담배 연기가 거실 안에 독가스처럼 퍼졌다.

"그런데 그가 죽었어."

이윽고 그녀가 필터 가까이 타 들어간 담배를 재떨이에 비벼 끄고 말했다.

"누군가가 그를 총으로 쐈는데, 나를 찾아온 경찰의 말에 의하면 아는 사람이라곤 나뿐인 그가 머리에 구멍이 뚫린 채 뒷골목 쓰레기통 속에 처박혀 있었다는 거야. 그의 소지품은 내 사진과 내 폰 번호가 적혀 있는 조그만 수첩뿐이었어. 정말이지 지독하게 비참한 죽음이었지. 정신이 들자 나는 남편을 의심하기 시작했어. 그는 왜 거기 갔을까? 누구를 만나러 그 위험한 곳에 혼자 갔을까? …아니다. 그는 누구를 만나러 간 것이 아니다. 누군가에게 죽임을 당하고 그곳에 버려진 것이다. 나는 잔뜩 술에 취해 서재에 있는 남편에게 소리쳤어. 당신이지. 당신이 죽인 거지. 말해! 남편은, 그 사람과 나와의 관계를 알고 있었다는 것까지는 인정했지만, 그 이상은 딱 잡아뗐어. 그건 사실이었어. 그 사람이 죽은 이유는 도박 빚 때문이었으니까. 나는 알코올 중독자처럼 매일 술을 퍼마셨지. 내가 아니었다면 그는 이곳까지 오지 않았을 텐데, 나를 만나지 않았더라면 적어도 이렇게 비참하게 죽진 않았을 텐데, 내 자신을 자책하며, 원망하며. 어느 날인가, 그날 역시 술에 취해 온 집 안을 헤집고 돌아다니는 나를, 드디어 남편이 부르더군. 그가 말했어. 떠나고 싶으면 떠나. 당신을 자유롭게 해주고 싶어. 남편은, 착한 사람이야. 당연히 내가 안쓰러웠겠지. 내 손을 붙잡고 위로하듯 얘기했어. 언제든 여기 오고 싶으면 주저하지 말고 와요. 내가 필요하면 언제든. 그 소리를 듣고 떠날 결심을 굳혔지. 하지만 딸아이는 나와 헤어지는 게 별로 슬프지 않은 모양이더군. 내가 집을 나오는 날 그 계집앤 눈물 한 방울 안 흘렸어."

나는 말을 마치고 쿨럭쿨럭 기침을 하는 그녀를 위해 냉장고

속에 있는 차가운 소주와 귤을 꺼내 왔다. 한탄강 횟집에서 자랑스럽게 떠벌렸던 그녀의 말이 생각났기 때문이었다.

'난 귤 한 쪽이면 소주 한 병을 다 비워.'

우리는 귤을 안주로 차가운 소주를 병째 들이켰다.

"혹시, 죽음에 대해 생각해 본 적 있어?"

그녀가 물었다.

"아니."

나는 세차게 고개를 저었다. 그녀가 모호한 눈빛으로 나를 쳐다보았다. 슬그머니 일어서서 새 술병과 귤 몇 개를 더 꺼내 왔다. 대답은 아니라고 했지만, 도대체 죽음을 생각해 보지 않은 사람이 어디 있겠는가. 천국을 믿어 의심치 않는 일부 종교인과 자살을 꿈꾸는 미치광이들을 제외한 대다수의 평범한 이에게 죽음은, 그야말로 지독한 공포 그 자체인 것을.

그녀는 내 손에 있는 술병을 빼앗듯이 가져가더니 사람의 목을 베는 일이 업(業)인 망나니처럼 고개를 젖힌 채 병 아가리를 입에 대고 들이마셨다. 그러고는 술이 반쯤 남은 병을 내려놓고 핸드백을 뒤져 초콜릿 바 길이와 크기의 은빛 녹음기를 꺼냈다.

"오에 겐자부로… 재미있는 사람이야."

정혜는 녹음기의 전원을 켜고 플레이 버튼을 눌렀다. 그녀의 건조한 목소리가 벽에서부터 흘러나와 연기처럼 거실 안을 떠돌아다녔다.

나는 어둠에 익숙해진 눈으로 나의 선실을 가득 메운 잡동사니의 형태와 그 그림자에서 유령을 발견하는 것이 두려워 눈을 감은 채 잠 속의 공포가 다가오는 것을 기다리고 있었다. 잠에 빠지기 전에 나는 공포의 습격을 받을 것이다. 죽음의 공포다. 나는 토기가 치밀어 오를 만큼 죽음이 두렵다. 정말로 나는 죽음의 공포에 짓눌릴 때마다 가슴이 울컥거리며 토하고만 싶어지는 것이다.
내가 무서워하는 죽음이란 이 짧은 생애의 뒤에도 몇 억 년을 두고 무의식 속에서 제로의 상태를 견디어 내지 않으면 안 되는 것을 일컫는다. 이 세계, 이 우주, 그리고 또 다른 우주, 그것은 몇 억 년이나 계속되는데, 나는 그동안 계속 제로인 것이다. 영원히!

나는 녹음기의 스톱 버튼을 눌러 소리를 없앴다. 거실에 가득했던 죽음의 연기가 순식간에 사라지는 듯했다. 정혜는 빈 술병들을 밀쳐 내고 길게 누웠다.
"죽음 속의 무한한 시간의 진행. 그 사람은 거기 있겠지. 죽음을 두려워하는 것, 슬퍼하는 것 모두 살아 있는 사람의 몫으로 남겨 두고."
나는 천천히 일어서서 냉장고 쪽으로 갔다. 냉장고를 열고 새 술병을 꺼냈다. 죽음이 무서운 건 어쩔 수 없는 일이다. 어쩔 수 없는 건 어쩔 수 없는 대로 놔두어야 한다. 대체 우리가 무엇을 할 수 있단 말인가.
다시 정혜 옆으로 돌아온 나는 싱싱한 새 술병을 그녀의 코앞에 들이밀었다. 하지만 그녀는 아무런 움직임을 보이지 않았다. 가만히 정혜의 얼굴을 바라보았다. 그녀는 어느새 잠이 든 모양이었다. 두 눈은 감겨 있었고, 서걱서걱 이를 가는 소리가 숨소리처럼 들려왔다.

나는 태아마냥 잔뜩 웅크린 채 잠든 정혜를 들어 안방 침대로 옮겼다. 그녀의 머리카락을 옥죄고 있는 머리끈을 풀어 주고 여윈 몸 위에 이불을 덮어 주었다.

특별한 사람들 사이에는 그들만의 신호가 있다

정혜는 이제 막 어두워지기 시작하는 저녁 무렵 내 아파트를 떠났다. 그녀는 어제 오늘 먹은 거라고는 소주와 귤밖에 없음에도 전혀 피곤한 기색 없이 태연하게 현관문을 열고 나갔다.

이상한 일이었다. 지쳐 있는 사람은 그녀보다 많은 양의 음식물을 섭취한 나였다. 그녀는 나를 위해 먹을거리를 만들어 주지 않았다. 그런 것 따위, 애초부터 큰 기대를 하지 않아 섭섭한 마음은 없었다. 다만 정혜는 그간 내 아파트를 드나들었던 무리들과는 다르다는 사실을 새삼 깨달았을 뿐이다.

나는 그녀가 잠들어 있는 동안 혼자 라면을 끓여 먹었다. 치사한 일이긴 했으나 어쩌겠는가. 배가 고픈 걸. 그녀가 음식을 먹으려 하지 않는다고 해서 같이 굶을 수는 없는 노릇 아닌가.

엘리베이터 앞에까지 정혜를 배웅하고 돌아온 나는 본격적으로 비어 있는 배를 채우기 위해 휴대 전화를 켜고 배달 앱을 찾아 클릭했다. 느긋하고 풍성한 저녁 식사를 꿈꾸며 메뉴와 음식점들을 살펴보았다. 그러다 갑작스레 터져 나오는 수신 벨 소리에 놀라 하마터면 전화기를 떨어뜨릴 뻔했다.

"네에."

내 목소리는 당연히 거칠었을 터였다. 잠깐의 침묵이 흐르고 보이지 않는 저편에서 여보세요, 하는 조심스러운 목소리가 들려왔다.

"말씀하세요."

내 말투는 여전히 퉁명스러웠으리라. 또다시 침묵. 상대방은 예기치 못한 반응에 당황하고 있음이 분명했다. 조금 미안해져서 다소 부드럽게 물었다.

"누굴 찾으시나요?"

"…나야 무니. 무슨 일 있어?"

상대가 되물었다. 그녀는 사흘 전에 내게 전화를 걸어 방문을 타진했던 두 명의 무니 중 한 명이었다.

"아니, 근데 번호가…."

내 휴대 전화에 저장되어 있는 그녀의 폰 번호는 지금 화면에 보이는 것이 아니었다.

"오늘 폰 바꾸면서 번호도 바꿨어."

"그랬구나."

"바쁘면 끊을까?"

"아냐. 바쁘지 않아. 전화 걸려는데 갑자기 벨 소리가 나서 좀 놀랐어. 게다가 모르는 번호라 경계심이 생겼나 봐."

"그런 거였어?"

"그래. 그런 거였어. 어디야?"

"당신 집 근처. 저녁은 먹었어?"

그녀의 목소리는 지극히 상냥했다. 내가 기다린 것은, 내가 원하는 것은 바로 이런 식의 손난로처럼 따뜻한 물음이었다. 그녀는 의심할 여지없는 무니인 것이다.

"먹긴 뭘 먹어. 어제 오늘 먹은 거라곤 고작 라면 두 개뿐이다."

그녀에게 하소연하듯 말했다.

"저런. 무슨 일이 있긴 있었구나. 먹고 싶은 거 있음 얘기해. 얼마든지 사다 줄 테니까."

"그럼 새우버거 하나, 세트로. 그리고 닭 날개 튀김이랑 슈프림 피자…."

"알았어. 삼십 분만 기다려."

나는 전화를 끊고 얌전히 소파에 앉아 무니를 기다렸다. 무니는 대체로 약속을 잘 지켰다. 그것은 그녀들이 지니고 있는 여러 가지 장점 가운데 하나였다.

정확히 삼십 분 후에 나타난 무니는 재킷을 벗어 소파에 던져놓고 슈프림 피자와 새우버거 세트와 닭 날개 튀김을 꺼내 탁자에 올렸다. 나는 답례로 여섯 캔짜리 맥주 한 번들을 냉장고에서 가져왔다. 피자와 새우버거와 닭 날개 튀김과 맥주가 나를 행복하게 했다.

"하지 마. 흥분된단 말이야."

흐뭇한 포만감에 젖어 자신의 자랑거리인, 자랑해도 좋을 가슴을 어루만지는 내 손을 그녀는 가볍게 떨쳐 냈다.

"강동민이라는 사람, 정말 몰라?"

그녀는 자신의 가슴에서 물러나와 짧은 스커트 속으로 들어가려는 내 손을 피하며 물었다.

"모른다니까 왜 자꾸 묻는 거야?"

"…그 사람 앨범에서 널 봤어."

나는 슬그머니 두 손을 내려놓았다.

"동민 씨, 나랑 곧 결혼할 사람이야. 물론 동민 씨 이름을 말했을 때 네가 기억하지 못하는 걸로 봐서 그리 친한 사이는 아니었겠지. 친했었다 해도 오랫동안 연락하지 않았다거나."

그녀는 힐끔 나를 쳐다보았다. 나는 호시탐탐 그녀의 몸을 집적거릴 기회를 노렸다.

"…어쨌든 요즘에는 만나지 않는다는 건 확실한데, 하지만 너는 그 사람 친구였고, 우연히 연락이 닿을 수도 있고, 그런 이유로 더 반가울 수도 있고, 반가운 마음에 네가 결혼식장에 나타난다면, 연회장에서 친구들과 어울려 술 마시고 취해서 누군가에게 나와 잤다는 얘기를 떠벌린다면, 그 이후의 나는 아주 곤란한 처지에 놓일 거야."

나는 즉각 손을 뻗어 그녀의 귓불을 최대한 부드럽게 어루만졌다.

"…그런 너저분한 일이 내겐 안 생기겠지?"

"알잖아. 난 그런 짓 귀찮아서도 못 해."

무늬의 몸이 서서히 내게 기울었다. 그녀의 얼굴 가까이 내 얼굴을 들이밀었다. 그녀는 입술이 닿자마자 내 혀를 강하게 끌어당겼다. 재빨리 그녀의 상체에 붙어 있는 티셔츠와 브래지어를 벗기고 스커트 단추를 끌렀다. 그녀의 몸에서 톡 쏘는 듯한 시원한 냄새가 났다.

"한 사람이 한 사람을."

내 몸은 그녀의 몸속으로 스르르 빨려 들어갔다. 아, 하고 그녀가 짧은 비명을 질렀다.

"제대로 알기까지"

허리를 세우고 그녀의 얼굴을 내려다보았다.

"얼마나 많은 시간이 걸릴까?"

그녀는 턱을 치켜세운 채 눈꺼풀을 닫고 있었다.

"눈을 떠."

그녀가 세차게 고개를 저었다. 나는 시간의 마술에 걸린 사람처럼 모든 동작을 멈췄다. 그녀가 살짝 눈꺼풀을 들어올렸다. 움직임을 멈추자 생각마저 정지한 것 같았다. 다만 무엇인가 스멀스멀 목구멍으로 기어 올라오는 느낌.

"새들도, 세상을 뜨는구나."

나는 간신히 생각난 하나의 문장을 내뱉고, 다시 몸을 움직였다. 새들도 세상을 뜨는구나. 새들도 세상을 뜨는구나. 새들도, 세상을, 새들도, 아, 아, 느낌의 가속도, 아, 아, 가속도….

한순간 아득한 쾌감이 느껴졌다. 이어 잠시 정적. 나는 힘없이 그녀의 배꼽에 코를 묻었다. 그녀의 몸은 축축하게 젖어 있었다. 혀를 수건처럼 사용해 그녀의 몸에 솟아나 있는 땀을 닦았다.

"미안해."

그녀가 새롭게 시작하려는 나를 제지했다.

"그만 가야겠어."

행동과는 달리 그녀의 목소리엔 아쉬움이 잔뜩 배어 있었다. 나는 서서히 그녀의 방해로 끊겼던 동작을 이어 나갔다. 배꼽 주위를 맴돌던 내 혀가 조금씩 위로 올라갔다. 완강하게 닫혀 있던 그녀의 입술이 차츰 벌어지기 시작했다. 나는 사나운 짐승마냥 입을 벌리고 그녀의 가슴을 깨물었다. 그녀는 뜨거운 숨을 토해 내며 송곳 같은 혀를 내 귓속에 밀어 넣고 집요하게 헤집어 놓았다. 나는 또다시 생각난 하나의 문장을 수십 번 되뇌었다.

특별한 사람들 사이에는 그들만의 신호(信號)가 있다.

새벽이 되어서야 지칠 대로 지친 우리는 함께 욕실에 들어가 샤워를 했다. 나는 물에 젖은 상태로 먼저 욕실을 나왔다. 그녀는 수건으로 닦고 나와서 옷을 입었다. 내가 자신의 삶에 끼어들지 않으리라는 확신을 얻은 듯한 그녀는 고마움의 표시인지 내 이마에 입맞춤을 하고, 서둘러 내 집을 빠져나갔다. 나는 터덜터덜 방에 들어가 불을 끄고 침대에 누웠다.

눈을 감았다. 충분히 지쳐 있었으므로 쉽게 잠이 올 줄 알았다.

하지만 잠은 갈수록 멀리 달아났다. 이게 대체 뭔 상황이냐. 눈을 뜨고 빠르게 주위를 둘러보았다. 희뿌연 어둠이 거대한 손이 되어 목을 졸라 왔다. 벌떡 일어섰다.

그동안 나는, 나도 알지 못하는 사이에 묵은 앨범을 넘기고 있었던 것인가. 강동민이라는 이름 위에 분명한 얼굴이 자리 잡으면서 불쑥불쑥 떠오르는 사람, 사람들. 학교 도서관, 식당, 분수대, 체육관, 지금은 없어져 버렸을 술집 몇 군데. 그 안에서 주고받았던 말들, 내가 했었던 행동들, 되풀이할 수 없고, 되풀이하고 싶지도 않은 일들. 술 마시기, 술 취하기, 고함지르기. 궤변으로 점철되는 말싸움과 구토. 거침없이 드러냈던 세상에 대한 과장된 증오와 적의, 좋지 않은 경험을 한 부유하고 인기 많은 친구에게 던졌던 입에 발린 위로.

나는 온몸에 힘을 주고 뚜렷하게 형체를 갖추기 시작하는 기억들을 향해 소리쳤다.

"이 빌어먹을 놈들아 사라져라! 냉큼 사라져서 다시는 내 근처에 얼씬도 하지 마라! 아주 죽여 버릴 테니까!"

새로운 즐거움을 찾아서

 봄의 한가운데 이르러 솜방망이 꽃씨들은 더욱 세차게 날아다녔다. 마치 생의 마지막 불꽃을 사르는 양. 나는 인스턴트식품을 잔뜩 사다 놓고 일주일 내내 눈을 떠서 눈을 감을 때까지, 허기진 배를 채우거나 씻고 싸는 시간 외에는 컴퓨터 앞에 앉아 어둠의 경로로 영화를 여러 개 내려받아 봤다. 건성으로 봤다. 솜방망이 꽃씨들이 사라지기를 기다리며. 무니가 오기를 기다리며. 하지만 그동안 아무도 나를 찾아오지 않았다. 연락조차 없었다.

 비가 내리기 시작한 것은 바로 그다음 날부터였다. 비는 이틀 내리 내렸고, 그 후로 솜방망이 꽃씨들이 더는 보이지 않았다. 그제야 나는 옷을 갈아입고 집을 나왔다. 솜방망이 꽃씨들이 자취를 감춘 건 행운의 징후(徵候)였다. 정말이지 놀라운 일 아닌가. 떳떳하게 고개를 치켜들고 다닐 수 있다는 사실 하나만으로도 이렇게 행복할 수 있다니.

 나는 근처 고깃집에 들어갔다. 저녁을 먹기엔 아직 이른 시간이라 손님은 거의 없었다. 나는 출출한 배를 채우고, 혼자 사는 사람 특유의 영양 결핍도 미연에 방지할 겸 소갈비 이 인분과 소주 한 병을 시켰다.

불쑥불쑥 떠오르는, 원하지 않는 기억을 지우는 가장 좋은 방법 - 놀랄 만큼 새로운 자극, 새로운 즐거움, 즉 새로운 현재를 만나는 일.

기분 좋게 식사를 마친 나는 옆 건물 지하 찜질방에 들어갔다. 간단하게 샤워를 마치고 흐뭇한 수면을 즐겼다. 개운한 상태로 옷을 입고 적당한 시간에 밖으로 나와 택시를 탔다. 행선지는 종로였다. 그곳에 있는 아시아 개점 제1호 술집 안에는, 여전히 남자보다 여자가 더 많았다.

나는 인형 가게 옆에 자리를 잡고 뒤따라 온 종업원에게 생맥주 3000cc와 먹태를 시켰다. 무대는 아직 비어 있었다.

"너에겐 미래가 없어."

주위를 두리번거리며 새로운 무늬 수집을 위한 새로운 접근 방법을 생각하는 내 귀에, 얄밉도록 차가운 목소리가 들렸다.

"너의 그 안이함, 아무렇게나 살아가는 네 모습, 변함없이 무기력한 나날, 이젠 지긋지긋해."

나는 쉽게 목소리의 주인공을 찾았다. 그녀는 내가 있는 곳에서 대각선 방향에 앉아 있었다. 깎아 만든 듯한 뾰족한 콧날과 반듯한 턱, 유리마냥 투명한 피부 때문일까. 소매 깃이 풍성한 흰색 블라우스를 입고 있는 여자의 모습은 러시아 무용수를 연상시킬 만큼 이국적이었다. 여자에게 시선을 붙박았다. 종업원이 생맥주와 안주를 가져와 테이블에 올려놓고 돌아갔다. 나는 처음에 여자가 데뷔를 앞둔 신인 연기자이고, 지인을 상대로 영화나 드라마에서 자신이 맡은 인물의 대사 연습을 해 보는 거라고 생각했다. 아니었다. 여자는 실제로 앞에 앉아 있는 사내에게 신랄한 비난을 퍼부은 것이 분명했다. 그녀의 날선 목소리가 다시 들렸다.

"왜 이러고 살아? 넌 아무런 생각이 없지? 생각하기도 싫지? 귀찮지?"

카메라를 움직이듯 천천히 고개를 돌렸다. 여자에게 말 폭격을 당하고 있는 단정한 양복 차림의 남자는 그녀를 쳐다보지 않았다. 그의 시선은 반쯤 마셔 버린 맥주잔에 꽂혀 있었다. 두 사람 사이에 묘한 긴장감이 흘렀다.

제법 흥미로운 장면이었다. 나는 맥주를 따라 마셨다. 냉랭한 표정으로 남자를 노려보던 여자가 또다시 입을 열었다. 그녀의 입에선, 말이 아니라 얼음 가루가 뿜어져 나오는 것 같았다.

"내 말 명심해. 단언컨대 너는, 너에게 망령처럼 달라붙어 있는 그 귀찮음을, 그 게으름을 떨쳐 버리지 않는 한 평생 그 모양으로 살 거다."

그제야 남자가 눈을 들어 앞자리의 여자를 쳐다보았다. 상대방이 누구든, 어떤 신분의 사람이든 이렇듯 거북하기 짝이 없는 질책을 듣고 있기엔 그는 너무 고운 용모를 소유하고 있었다. 예상치 못한 반전이었다.

남자는 습관처럼 헛기침을 몇 번 한 후 씁쓸하게 입을 열었다.
"…난, 아무리 생각해도 너한테 빚진 게 없다."

여자는 어이없다는 듯 거푸 맥주를 들이마시고, 하긴 그래, 널 믿은 내가 잘못이지 누구를 탓하겠어, 스스로를 비웃었다. 그때였다. 인형 가게 있는 쪽에서 어딘가 모르게 촌스러워 보이는 청년 세 명이 나타났다. 그들은 주위를 두리번거리더니 공교롭게도 내가 관심을 기울이는 커플 옆에 자리를 잡았다. 내 앞 테이블이었다.

"야, 야. 이놈아야. 내 아이큐가 백사십이다. 까짓 입사 시험 일주일만 공부하면 끝이라카이. 여기!"

청년들 가운데 한 명이 요란하게 목소리를 높였다. 하필 나와 마주 보는 자리에 앉은 청년이었다. 아무래도 옆 테이블의 여자를 의식하고 있는 듯 보였다.

"자식. 잘난 체하기는."

"내 대학 들어갈 때 딱 석 달 공부했다 안 카나. 그러니까네 선생님들이 내 보고 도시 알 수 없는 놈이라 카더라. 그럴 바에야 좀 더 노력해 가꼬 서울대 들어가지 그랬냐꼬."

여자는 신경질적으로 남자가 고개를 숙인 채 만지작거리고 있는 맥주잔을 빼앗았다. 사투리 청년의 얼굴에 흐뭇한 웃음이 번졌다.

"나가!"

여자가 일어섰다. 남자가 고개를 치켜세웠다. 그와 동시에 사투리 청년의 얼굴에 드리워져 있던 웃음기는 말끔히 사라졌다. 물끄러미 여자를 바라보는 남자의 얼굴은, 그림처럼 아름다웠던 것이다. 가히 매혹적이었다. 처음 그를 대하는 여자들이라면 충분히 달콤한 환상을 가질 만했다.

"뭐 해? 나가자니까!"

남자는 여자의 앙칼진 재촉을 받고 나서야 미적미적 일어났다. 여자는 남자의 팔짱을 끼고 그를 잡아 끌 듯 카운터 쪽으로 걸어갔다. 그들이 떠나자 옆자리 청년은 머리를 세게 얻어맞은 것마냥 멍한 표정을 지었다. 턱없이 컸던 목소리도 더는 들려오지 않았다.

나는 길게 심호흡을 하고 맥주를 따라 마셨다. 우연히 스토리가 흥미진진한 영화의 클라이맥스 부분만을 잠깐 보다가 어쩔 수 없는 사정이 생기는 바람에 시청을 중지한 느낌이었다. 내가 들은 이야기의 처음과 끝이 궁금하긴 했으나 구태여 그들의 뒤를 따라가진 않았다. 왜냐하면 내겐, 내 나름대로 할 일이 있었기 때문이다. 엉뚱한 사건에 휘말려 본래의 목적을 잊어버리고 헤매기 시작하면 결국에는 아무런 소득도 얻지 못한 채 후회만 잔뜩 하게 된다는 사실을, 나는 경험을 통해 익히 알고 있었다.

서서히, 중지했던 수색 작업을 다시 펼쳤다. 무대는 여전히 비어 있었다. 아마도 오늘은 공연을 쉬는 모양이었다. 이윽고 내 촘촘한 레이더망에 한 여자애가 포착되었다. 아이스크림 가게 앞쪽에 앉아 있는, 중국 여자처럼 머리카락을 양 갈래로 묶어 길게 늘어뜨리고 흰색 끈 민소매 티셔츠 위에 하늘색 셔츠를 겹쳐 입은 여자애였다. 나는 그녀를 유심히 지켜보았다. 그녀 주위엔 여러 명의 남자가 있었지만 그녀가 바라는 재미를 주지는 못하는 것 같았다. 그녀는 느닷없이 배가 난파당해 구조를 기다리는 표류자처럼 부지런히 여기저기로 시선을 옮겼다. 그러다 자신을 지켜보는 나를 발견한 듯했다. 구조 신호를 보내듯 여러 번 기지개를 켰다. 나는 그녀가 신호를 보내는 대상이 나인지 아니면 주변에 있는 또 다른 누구인지 알 수 없어 자세히 살펴보았다. 그녀의 행동을 눈치챈 사람은 눈에 들어오지 않았다. 확실히 나뿐이었다.

잠시 후 그녀는 테이블에 놓인 휴대 전화를 집어 들고 자신에게 온 문자를 확인했다. 동석한 친구들에게 잠깐만, 미안해, 하며 일어서는 그녀의 모습이 보였다. 문자는 우연히 온 것일 수도 있고, 아닐 수도 있다. 지독히 심심한 누군가가, 혹은 그녀를 보기를 간절히 원하는 누군가가 보낸 것일 수도 있고, 그녀 스스로 누군가에게 시간 맞춰 보내 달라고 부탁한 것일 수도 있다. 어쨌든 상관없는 일이다. 나는 여기에 있고, 그들은 여기 없질 않은가.

자리에서 일어나 서슴없이 그녀를 쫓아갔다. 그녀는 화장실을 지나쳐 곧장 밖으로 나갔다. 카운터로 가서 술값을 계산하고 서둘러 술집을 나왔다. 다행히 그녀의 뒷모습이 보였다. 그녀는 느릿느릿 걸어가고 있었다. 빠르게 그녀에게 다가갔다. 순간 그녀가 걸음을 멈추고 뒤를 돌아보았다.

"다행이네."

그녀가 두 발자국 정도 앞에 서 있는 나를 향해 말했다. 묘한 웃음이 그녀의 입가에 이슬처럼 맺혀 있었다.

"다행이라니?"

"아저씨가 나를 따라오지 않으면 그냥 집에 가려고 했거든."

그녀가 발을 내디뎌 내 바로 앞에 섰다. 손을 내밀어 내 손목을 붙잡았다.

"나, 배고파."

그녀에게 이끌려 지하철역 근처에 있는 레스토랑으로 갔다. 그곳에서 그녀는 티본스테이크를 시켰고, 나는 과일 안주와 맥주를 시켰다. 그녀의 식욕은 대단했다.

"아까 그치들 내 남자 친구하고 친한 애들이에요. 내 남자 친구는 군대 안 가려고 별짓을 다 했는데 결국 끌려가고 말았어요. 스물여섯 살에. 재수가 없었던 거죠, 뭐. 얼마나 억울할까. 생각만 해도 끔찍해. 참 아저씬 군대 갔다 왔죠?"

그녀의 질문에 뜨끔했으나 내색하지 않고 고개를 끄덕였다. 그녀가 내 고갯짓을 어떻게 해석하든 상관없었다.

"아저씬 갔다 왔으니까 잘 알겠다. 그쵸? 그런데 친구라는 새끼들은 날 위로한답시고 불러내서, 어떡하면 같이 잘 수 있을까 머리 굴리고, 서로 견제하고 눈치 보고… 더러운 놈들."

여자애는 맥주가 싱겁다며 위스키를 시켰다. 나는 말리지 않았다. 그녀는 내가 한 잔을 비우는 동안 연거푸 두 잔을 들이켜고 씩씩하게 손을 내밀었다.

"난 아저씨가 날 쳐다보고 있는 걸 알고 있었지."

그녀가 놀리듯 말했다. 나는 그녀의 빈 잔을 술로 채웠다.

"뒤따라올 걸 알고 있었지."

"장하다."

"그으럼."

여자애는 술잔을 들고 휘청휘청 일어나 내 옆으로 자리를 옮겼다. 그녀의 얼굴은 불그스름하게 달아올라 있었다. 서서히 술기운이 올라오는 듯했다.

"이쑤시개가 왜케 많냐."

그녀는 방울토마토에 꽂혀 있는 장식용 이쑤시개를 빼서 흔들어 보였다.

"빨간 깃털이 춤추네."

이쑤시개 장식 꽃 색깔은 주황이었다. 그녀는 묘하게 웃으며 이쑤시개로 파인애플 조각을 쿡쿡 찔러 댔다. 그러더니 지나가는 웨이터를 불러 세우고 위스키 두 병을 추가 주문했다. 웨이터는 사늘한 눈빛으로 나를 쳐다보았다. 어린 여자애와 함께 있는 내가, 과음하는 그녀를 말리지 않는 내가 못마땅한 듯했다. 나는 두 병을 한 병으로 정정했다. 주문을 확인하는 웨이터의 표정은 여전히 떨떠름했다. 테이블을 밀어내고 일어섰다.

"어디 가는 거야?"

"화장실."

"같이 가야지."

그녀는 내 뒤를 졸졸 따라와 내가 오줌을 누는 모습을 지켜봤다. 다행히 화장실에 다른 사람은 없었다.

"우리, 클럽 가자."

소변을 보고 나가려는 나를 그녀가 막았다.

"술 시켰잖아."

"빨리 마시면 되지 뭐."

나는 슬그머니 안기는 여자애를 뿌리치지 못했다. 우리는 사이좋게 팔짱을 끼고 제자리로 돌아왔다.

"건배! 건배! 건배!"

그녀는 술을 마시는 게 아니라 입에 깔때기를 대고 들이붓는 것 같았다. 나는 그녀를 도와 나머지 술을 연거푸 마셔 병과 잔을 깨끗이 비웠다.

여자애는 카운터에 비스듬히 기댄 채 술값을 지불하는 나를 지켜보았다. 나는 잘 움직이지 못하는 그녀를 부축해 술집을 나왔다.

"클럽 가야 돼, 클럽."

그녀는 연신 딸꾹질을 하면서도 내 귀에 바싹 입을 들이밀고 유혹하듯 속삭였다.

"헤븐 가, 헤븐."

그래. 좋다. 열심히 춤을 추면 술 또한 깨지 않겠는가.

나는 손을 높이 치켜들어 지나가는 택시를 세웠다. 뒷문을 열고 비틀거리는 그녀를 안으로 밀어 넣었다. 그녀 옆자리에 앉아 운전기사에게 목적지를 말했다. 여자애는 내 입에서 자신이 가기를 간절히 원하는 장소의 이름이 나오자 장난꾸러기 어린애처럼 깔깔거렸다.

택시는 이십 분 정도 달려 목적지에 도착했다. 나는 운전기사에게 요금을 내고 그녀를 부축해 택시에서 내렸다. 그녀는 클럽을 보는 순간 환성을 내질렀다. 그녀를 데리고 클럽 안으로 들어갔다. 웨이터가 재빨리 따라붙었다. 웨이터에게 룸을 잡아 달라고 말했다. 팁도 주었다. 웨이터가 밝게 웃으며 우리를 룸으로 안내했다. 그녀는 내가 이끄는 대로 룸에 들어오기는 했으나 자리에 앉지는 않았다. 잠시 서 있다가 내 손을 뿌리치고 탈출하듯 뛰쳐나갔다.

나는 웨이터에게 술과 안주를 주문하고 그녀를 뒤따라갔다. 플로어는 사람들로 가득했다. 그래도 그녀를 쉽게 찾아낼 수 있었다. 그녀의 춤 솜씨는 한사코 클럽을 고집했던 것에 비하면 형편없는 수준이었다. 팔과 고개와 다리를 놀리는 동작이 매우 어설펐다. 우스꽝스럽기도 했다.

지나치게 많이 마신 술 때문에 자신의 기량을 충분히 발휘하지 못하는 걸까.

그러나 분명한 것은, 그녀의 체력이었다. 그녀의 체력은 주량만큼 대단했다. 턱까지 차오르는 숨을, 메슥거리는 속을 참을 수가 없어 플로어를 내려오면 그녀는 즉시 술래를 찾는 양 내 뒤를 쫓아왔다. 룸에 들어오면 선 채로 맥주 두 잔을 벌컥벌컥 들이켜 흘린 땀을 보충했다. 이어 위스키를 스트레이트로 마시고 걸레마냥 자리에 널브러져 있는 나를 잡아끌었다. 나는 개처럼 그녀에게 끌려 플로어로 나갔다. 그런 일이 몇 번이나 되풀이되었다.

다시 플로어에 선 나는 엉거주춤 서 있다가 그녀가 정신없이 머리를 흔드는 사이에 혼자 룸으로 왔다. 그녀도 잠시 후 룸에 들어왔다. 그녀는 맥주부터 따라 마셨다. 나는 술이 취했다 깼다 하는 그녀에게 두통을 호소했다.

"괜찮아. 괜찮아질 거야. 나만 믿어."

그녀는 위스키 두 잔을 연거푸 입에 털어 넣고 나서 말했다.

"춤이 무슨 만병통치약이냐!"

나는 데자뷰처럼 나를 일으켜 세우는 그녀에게 버럭 고함을 질렀다. 그녀는 전혀 개의치 않았다. 나는 또다시 그녀에게 질질 끌려갔다.

"저 사람 어디서 본 것 같지 않아?"

내 팔목을 움켜쥐고 당당히 걸어가던 그녀가 갑자기 걸음을 멈췄다. 그녀는 턱짓으로 누군가를 가리켰다. 나는 알 수 있었다. 그녀의 눈에 띈 사람은, 아시아 개점 제1호 술집 안에서 어떤 여자에게 면박을 당하던 사내였다. 하얀 티셔츠 위에 물빛 와이셔츠를 걸치고 날씬함을 돋보이게 하는 검은색 면바지를 입은 그는 사람들이 만들어 준 공간을 폭넓게 활용하며 화려하게 몸을 비틀고 있었다. 음악과는 상관없이 그의 동작은 갈수록 현란해져 갔다. 나는 힘이 빠진 여자애의 손을 가볍게 떼어 냈다.

"어… 아닌데…."

어느새 사내 주위로 컬트 영화의 한 장면이나 기이한 구도의 옷 광고에서 본 것 같은, 희한한 생김새와 옷차림을 한 여자들이 몰려와 호위하듯 둘러섰다. 나는 편치 않은 배 속의 상황을 풀어 보려고 연거푸 트림을 하며 룸을 향해 걸어갔다. 내가 보기에 사내는, 날 선 목소리로 그를 다그치던 여자의 말처럼 지루해 보이지도, 평범해 보이지도 않았다. 그는 아주 즐거워 보였고, 주위 사람들 역시 그를 재미있어 하는 눈치였다.

"아, 알았다!"

내 뒤를 졸래졸래 따라오던 여자애가 굉장히 중요한 사실을 깨달은 사람처럼 들떠서 그 기분을 내게까지 전하려 했다. 손을 휘저어 그녀의 입을 막았다. 배 속의 상황은 급격히 나빠지고 있었다. 서둘러 화장실로 갔다.

한참을 속에 있는 것들을 변기에 토해 내고 간신히 룸으로 돌아온 나는 자리에 앉아 등받이에 상체를 기댔다. 그런 상태로 깜박 잠에 빠진 모양이었다. 여자애가 라이터 불을 내 코앞에 대고 흔드는 불쾌한 수법으로 나를 깨웠다.

"치우지 못해!"

나는 버럭 소리쳤다. 몹시 언짢았다.

"확인했어?"

"그래."

"그럼 좀 괜찮아졌겠네?"

"아니. 전혀."

"아, 어쩌지. 난 이제부터 시작인데?"

"미안하다."

"많이 안 좋아?"

그녀는 내 왼쪽 팔에 바싹 가슴을 붙였다. 나는 살짝 오른쪽으로 옮겨 앉았다. 그녀는 흥, 코웃음을 날리더니 위스키 병에 이어 맥주병을 흔들어 보였다. 술이 떨어졌음을 알리는 몸짓이었다. 시켜 달라는 시위였다. 웨이터를 불러 두 종류 술을 주문했다.

"역시 아저씨, 눈치 짱이야."

여자애는 저 혼자 신이 나서 비어 있는 자신과 나의 맥주잔부터 채웠다. 나는 호들갑스럽게 잔을 부딪쳐 오는 그녀와 마지못해 건배는 했으나 내용물을 마시진 않았다. 마시는 척했을 뿐이었다. 무리했다 싶으면 즉각 반응을 보이는, 형편없는 내 체력. 나는 아마 사십 대 중반이나 오십 대 초반의 신체를 소유하고 있을 것이다. 운동이라고는 전혀 하지 않으니까. 하루 평균 삼십 개비가 넘는, 어떨 때는 육십 개비 가까이 담배를 피우고 거의 매일 알코올을 섭취하니까. 자주 끼니를 거르고 시도 때도 없이 과식을 일삼으니까. 따라서 술 마신 다음 날이면 찾아오는 장시간에 걸친 구토와 설사는, 지극히 당연한 결과물이었다.

"넌 참 지독한 애다."

나는 술 마시기를 권하는 게 아니라 집요하게 졸라 대는 그녀를 노려보았다.

"술 취함 삶이 어디론가 이전되어 가는 걸 느낄 수 있다면서."

그녀의 눈에는 내가 몇 시간 뒤에 벌어질 일, 즉 격렬한 신체 접촉을 염두에 두고 몸을 사리는 것처럼 보일지도 몰랐다.

"우습네. 벌써 이전을 해 버린 건가."

더는 행동하려 하지 않는 나를 은근히 비꼰 그녀는 보란 듯이 맥주잔을 채워 단숨에 비웠다. 나는 그녀에게 말하려 했다. 비틀거리거나 쓰러지지 않고 토하지 않는, 음주로 인해 가장 기분이 좋아지는 상태, 그때까지 마신 술을 적정 주량이라고 한다면, 나는 그보다 거의 세 배가 넘는 엄청난 양을 배 속에 들이부었다. 그리고 그 칠칠치 못했던 행동의 대가를 톡톡히 치렀다. 냄새나는 화장실에서. 그런데, 그럼에도 불구하고 계속, 너의 만족을 위해 술을 들이킨다면, 아마 며칠 동안 음식물을 넘기지 못하고 쓴 위액만을 뱉어 내야 하는 고통스러운 상황에 처하게 될 것이다.

하지만 아무 말도 하지 않았다. 그녀는 내 말을 들으려 하지 않을 터였다. 설사 듣는다 하더라도 곱게 받아들이지 않을 것이었다. 오히려 구질구질한 변명을 늘어놓는다며 나를 더욱 무시할 테고, 종내는 자기 마음대로 가지고 놀려 할 것이었다.

"여기 계속 있고 싶으면 그렇게 해."

나는 결단을 내리고 일어섰다.

"가려고? 비겁하게?"

"그 입, 함부로 놀리지 마. 난, 너와는 달리 할 일이 아주 많은 사람이야. 알아들었으면 계산 끝내고 먼저 갈 테니까 너나 실컷 마시고 와."

"어딜 가겠다는 거야?"

그녀는 재빨리 다리를 뻗어 내 걸음을 방해했다. 그녀의 행동이 견디기 힘들 만큼 짜증 났다.

"어디긴 인마. 집이지!"

나는 냅다 소리를 질렀다.

"저리 비켜."

그러나 나는 그녀의 무릎조차 넘지 못했다. 눈살을 찌푸리며 내 얼굴을 올려다보던 그녀가 갑작스레 나를 끌어안고, 내 입안에 자신의 혀를 밀어 넣었기 때문이었다. 당황한 나는 그녀와 함께 슬그머니 자리에 앉았다. 술기운이 배어 있는 그녀의 혀는 끈적했고, 끈질겼다. 나는 본드같이 접착력 강한 그녀의 혀에 내 혀를 맡겨 놓고 자유로운 두 손으로 그녀의 가슴과 허벅지와 다리를 쓰다듬었다.

"더 있다 갈 수 있지?"

적당한 시점에 몸을 일으킨 그녀는 승리한 이종 격투기 선수처럼 의기양양해져서 내 손이 무슨 고삐라도 되는 양 함부로 잡아끌었다. 내 꼬락서니가 한심하게 느껴져 손을 빼려 했으나 그녀는 흔쾌히 놓아 주질 않았다.

나는 그녀에 의해 다시 플로어에 섰다. 여배우처럼 예쁘게 생긴 사내 녀석이 나와 여자애를 보고 아는 체를 해 왔다. 녀석은 사람들의 눈길을 끌었던 현란한 동작을 더는 취하지 않았다. 양어깨만을 적당히 흔들어 댔다. 그것 역시 가벼운 탄식을 불러일으킬 정도로 보기 좋았다.

사내 왼쪽에는 밑이 헌 스웨터에 너덜너덜한 청바지를 입은 여자애가, 오른쪽에는 초미니 원피스에 은색 재킷을 걸친 여자애가 서서 백업 댄서처럼 그의 동작을 따라하고 있었다. 나는 은근히, 사내를 꾸짖던 여자가 플로어에 나타나길 바랐다. 그녀의 등장이 녀석을 초라하게 만들 테고, 비참하게 만들 테고, 사람들은 녀석을 측은하게 여길 것이고, 녀석은 슬금슬금 우리로부터 도망칠 것이다.

그러나 사내를 꾸짖던 여자는 끝내 나타나지 않았고, 내 앞에 있던 여자애는 자연스럽게 사내 패거리에 합류했다. 나도 어물어물 그들에게로 다가갔다. 혼자 있기는 싫었다. 여자애가 사내와 그의 패거리에게 무슨 말인가를 했다. 모두 고개를 끄덕였고, 모두 여자애들 따라 내가 빌린 룸으로 갔다. 나도 갔다.

상황은 그때부터 묘하게 흘러갔다. 과연 내가 그들과 잘 어울릴 수 있을까, 하는 걱정은 기우에 불과했다. 그들과 건배한 첫잔을 삼키기 전에만 잠깐 긴장했을 따름이었다. 고통스러울 것 같았던 술이 오히려 배 속을 편안하게 만들어 주었다. 두 번째, 세 번째, 네 번째 잔 역시 마찬가지였으므로 나는 아주 기분이 좋아져서 고삐 풀린 망아지처럼 정신없이 술을 마셔 대기 시작했다.

밑이 헌 스웨터를 입은 여자애의 피부색은 흑인처럼 새까맣구나. 그 새까만 손으로 술을 따르는구나. 초미니 원피스를 입은 여자애가 내게 뭘 묻는구나. 사내 녀석이 그 여자애의 허벅지를 더듬는구나. 가만있자, 내 옆의 여자애는? 그녀는 사내 녀석을 쳐다보고 있구나. 그들은 서로 대화를 나누는구나. 무슨 소린지 도통 알아들을 수가 없구나, 딸꾹. 나는? 나는, 술을 마시는구나.

그러다 깜빡 정신을 잃은 듯했다. 언뜻 요란한 웃음소리가 들렸다. 눈을 뜬 나는 황급히 주변을 둘러보았다. 내 옆에 바싹 붙어 앉아 있는 여자애가 나를 가리켰다.

"나? 내가 뭘 어쨌기에?"

나는 중얼거리며 내 몰골을 쳐다보았다. 내 손에는 거꾸로 뒤집혀진 술잔이 쥐어져 있었다. 그녀의 말에 의하면 그 상태로 계속 건배를 외치고 있었던 것이 분명했다.

그 이후로 내 정신은 꽤 오랫동안 들락거림을 계속했다. 문득 정신을 차리고 보니 흑인처럼 새까만 여자애와 춤을 추고 있었고, 누군가가 내 귓불을 만지작대고 있었다. 문득 정신을 차리고 보니 테이블 밑이었고, 벽기둥 옆이었고, 유리 거울 앞이었다. 문득 정신을 차리고 보니 사내 녀석이 웃고 있었고, 내 입이 초미니 원피스를 입은 여자애의 입술을 빨고 있었다. 문득 정신을 차리고 보니 내 몸이 테이블 위에 올라가 있었고, 웨이터들이 주위를 둘러싸고 있었다. 내 정신은 주위를 둘러싼 웨이터들에게 지갑을 던지는 장면을 마지막으로 들락거림을 멈추었다.

내가 눈을 뜬 곳은 어둑한 공간이었다. 내 옆에는 누군가가 누워 있었다. 나는 심한 갈증을 느끼고 냉장고를 찾았다. 무엇에 막혔는지 빛이 제대로 들어오지 않는 데다 전등 밝기마저 약해 사물이 잘 보이지 않았다. 그래도 조금 있으니 한구석에 냉장고가 있음을 알 수 있었다. 힘써 몸을 일으켜 냉장고 앞으로 갔다. 문을 열고 생수통을 꺼내 물을 마셨다. 그러곤 곧바로 쓰러져 잠이 들었다.

아, 아 이 빌어먹을 놈의 숙취.

나는 얼마 지나지 않아 다시 일어나야만 했다. 속이 뒤틀려 견딜 수가 없었던 것이다. 마신 물을 모두 화장실 변기 속에 토해 냈다. 참으로 지독한 일이었다. 나는 일정한 간격을 두고 찾아오는 구토로 인해 더는 편안히 잠잘 수 없었다. 구토를 마치면 설사가 찾아왔고, 설사가 끝나면 갈증이 찾아왔다. 갈증을 해결하면 졸음이 찾아왔고, 잠이 들었다 싶으면 구토가 찾아왔다.

나는 또다시 허둥지둥 욕실 문을 열고 들어가 고해 성사하듯 무릎을 꿇었다. 몇 번의 헛구역질 뒤에 가래같이 생긴 노란 액체가 배 속에서 올라와 목구멍을 거쳐 변기 안에 뚝뚝 떨어져 내렸다. 변기 가장자리를 붙잡고 기어 올라오는 액체를 모두 뱉어 냈다. 몹시 피곤했다.

"괜찮아?"

잠시 후 등 뒤에서 누군가가 부드러운 목소리로 물었다. 어린애처럼 도리도리 고개를 흔들었다. 지겨웠다. 나는 지금 이 구토가 마지막이길 간절히 바라며 내 자신에게 맹세했다. 다시는 이렇게 함부로 술을 마시지 않으리라. 누구, 술 마시기를 집요하게 권하는 새끼가 있으면 먼저 놈의 정체부터 의심하리라. 놈이 누구인지 확실하게 밝혀내리라.

가까스로 변기와의 맞대면을 끝낸 나는 거추장스러운 속옷을 벗어 문밖에 내던지고 샤워기를 틀었다. 미지근한 물줄기가 온몸을 가볍게 두드려 댔다. 도망쳤던 원기가 조금씩 돌아왔다. 샤워를 마치고 욕실을 나왔다. 어느새 전등 빛이 밝아져 있었다. 사내와 함께 간 줄 알았던 여자애가 셔츠만 걸친 채 침대에 앉아 있는 게 보였다. 그녀는 나와 눈이 마주치자 느닷없이 박수를 쳤다.

"아저씨, 대단하던데."

그녀를 무시하고 벌렁 침대에 드러누웠다. 그녀의 얼굴이 내 얼굴 가까이 다가왔다. 슬쩍 고개를 돌렸다.

"아저씨 덕분에 모두 즐거워했어. 자주 넘어져서 탈이었지만. 다친 데는 없지?"

"나, 내버려 둬. 건드리지 말라고."

그녀의 따뜻한 손이 간신히 안정을 찾은 배 속을 헤집었다. 또다시 헛구역질이 나왔다. 그녀가 안쓰럽다는 눈빛으로 나를 내려다보았다.

"내가 도와줄 일 있음 말해. 약 사다 줄까?"

"필요 없어."

나는 고통을 견디려고 이를 악물었다. 그녀가 수건으로 내 몸에 묻어 있는 물기를 닦았다.

"저리 치우지 못해!"

나는 누군가의 손이, 아무것도 걸치지 않은 맨살에 와 닿는 것이 불쾌해서 견딜 수가 없었다.

"감기 걸린단 말이야."

"치워, 제발."

이불을 뒤집어쓰고 눈을 감았다. 어지러웠다. 여자애는 마치 내 아내라도 되는 양 투덜거렸다.

"술이 약한 게 자랑이냐."

제발, 그냥 좀 내버려 둬, 나를!

나는 소리가 새어 나가지 않게 손으로 입을 막고 웅얼거렸다. 여자애가 그 말을 들으면 또 뭐라 대꾸할 것이 분명했다. 그러고 있는데 어느 순간 잠이 왔다 갔다. 눈을 떴다. 화장대 앞에 얌전히 앉아 있는 여자애의 모습이 보였다. 속은 많이 편안해졌지만 여전히 피곤했다.

"무을!"

나는 극심한 전투 끝에 부상을 당한 군인처럼 외쳤다. 그녀는 군소리 없이 냉장고에서 생수통을 꺼내 왔다. 간호사처럼 내 머리를 받쳐 들고 편안하게 물을 마실 수 있도록 도와주었다. 원하는 만큼 물을 마신 나는 본격적으로 잠잘 태세를 갖추었다.

"잠깐만."

여자애가 눈을 감으려는 내 동작을 방해했다. 어쩐지 시키는 대로 한다 싶었다. 사납게 그녀를 노려보았다. 여자애는 주위를 둘러보며 무언가를 찾았다. 찾는 것이 보이지 않는지 핸드백을 뒤져 눈썹 그리는 데 사용하는 화장 도구를 꺼냈다. 그것으로 컵 받침에 숫자 열한 개를 적었다.

"내 전번이야. 연락해."

여자애가 컵 받침을 내게 건네며 말했다. 아저씨 휴대 전화는 꺼져 있다고, 배터리가 사망한 것 같다고 했다. 허리를 구부리고 있는 그녀에게, 컵 받침을 내 윗옷 주머니에 넣어 달라고 부탁했다. 그녀는 순순히 내 부탁을 들어주었다. 그제야 내 겉옷들이 옷장에 있음을 알았다.

나는 그녀를 가까이 오게 했다. 그녀 손바닥에 내 휴대 전화 번호를 적어 주었다. 그녀가 만족스러운 양 환하게 웃었다. 나 또한 예의상 웃지 않을 수 없었다.

드디어 그녀는 문 저쪽으로 사라졌다. 나는 가벼운 고통 속에서도 일종의 평화, 뿌듯함, 뻐근함을 느끼며 눈꺼풀을 닫았다. 그녀가 내 주머니 속에 넣어 준 컵 받침은 집에서 사용할 작정이었다. 그녀로부터 연락이 오든 오지 않든 간에. 그 생각을 끝으로 까무룩 잠이 들었다.

나를 깨운 건 객실을 찾아온 모텔 직원이었다. TV를 틀어 보니 오후 2시가 넘어 있었다. 서둘러 옷을 챙겨 입고 지갑을 살펴보았다. 현금은 물론 없었다. 그래도 다행히 카드는 온전하게 남아 있었다.

모텔을 나와 곧장 집에 돌아왔다. 술이 덜 깬 탓인지 뭔가 모르게 불안했다. 혹시나 해서 휴대 전화를 충전하고 술값을 확인해 보았다. 예상치를 훨씬 웃도는 금액이 찍혀 있었다. 덤터기를 제대로 쓴 것이었다. 심사가 편치 않았다. 그러나 어쩌겠는가. 이미 지난 일인 걸. 더 생각해 봤자 짜증만 더할 뿐인 걸. 되도록 빨리 잊는 것이 그나마 건강을 덜 해치는 묘수 아니겠는가.

그녀는, 어디 갔을까

1

정혜가 사라졌다. 나에게 '들'이라는 이름을 지어 준 무니는 정혜의 것이 분명한 녹음기를 가지고 내 집에 왔다. 오전에 혼자 나를 찾아온 무니는 그녀가 유일했다. 핑크빛 기내용 캐리어를 끌고 온 데다 연보라색 브이넥 니트에 데님 팬츠 차림이어서 며칠 어디 쉬러 가는 길에 잠깐 들렀나 보다, 생각했다. 틀린 생각이었다.

"정혜를, 찾을 수가 없어."

무니는 거실 소파에 앉아 침울한 표정으로 말했다. 나는 그녀가 무슨 까닭으로 나를 찾아와서 굳이 나에게 정혜가 실종되었다는 소식을 알리는지, 알 수 없었다. 지나친 음주로 단단히 속앓이를 하고 있는 내게.

무니는 어깨에 메고 있던 캐멀색 크로스 백에서 정혜의 목소리가 담겨 있는 녹음기를 꺼냈다. 녹음기의 전원을 켜고 플레이 버튼을 눌렀다.

웃기는 자식. 개자식. 나는 아무에게나 아무렇게나 욕을 한다. 아무도 없는 방 안에서. 그러면 마치 메아리처럼, 대상이 없는 욕은 고스란히 내게 되돌아온다. 웃기는 년. 바보 같은 년. 나는 미친 듯이 소리친다. 차라리 내 목을 베!
나는 고속도로에 있다. 시속 백육십 킬로. 속도감은 전혀 느껴지지 않는다. 언제부턴가 남편은 내게 말하곤 했다. 당신, 속도 불감증에 걸린 것 같아. 하지만 어디, 내가 느끼지 못하는 것이 속도뿐이겠는가.

무니는 좀처럼 녹음기의 스톱 버튼을 누르지 않았다. 나는 그녀가 왜 나에게로 와서 정혜가 녹음해 놓은 내용을 듣는 건지도 알 수 없었다. 정혜의 목소리를 마음 놓고 들을 만한 장소가 없어서 나를 찾아온 걸까?
"그만 껐으면 하는데."
나는 정중히 부탁했다. 정혜의 목소리를 더 듣고 싶지 않았다.
"어디 갔을까…."
무니는 녹음기를 끄고 내던지듯 바닥에 떨구었다. 나는 소용이 다한 물건처럼 초라하게 누워 있는 녹음기를 수거해 잡동사니를 모아 두는 상자에 넣고 무니의 흐트러진 머리카락을 쓰다듬었다.

그녀가 귀찮다는 듯이 고개를 흔들었다.

"나 좀 잘게."

그녀는 편치 않은 자세로 소파에 누워 눈을 감았다. 그녀의 입에서 간헐적으로 신음이 새어 나왔다. 오랜만에, 느닷없이 나타나 정혜가 실종됐다는 소식을 전하고, 충치 환자처럼 앓는 소리를 내는 무니.

나는 조심스럽게 그녀를 들어 안았다. 방으로 가서 침대에 눕혔다. 입과 코에 가득 찬 텁텁함, 계속해서 넘어오는 신물 때문에 죽을 지경이었지만 손목을 베고 누워 있는 그녀를 모른 척 그대로 내버려 둘 수는 없었다. 나는 방을 나와 주방으로 갔다. 차가운 레몬 티를 만들어 거실로 가져갔다.

…이상하구나.

소파에 앉아 레몬 티로 불편한 속을 다스리던 나는, 문득, 친구가 실종됐으면 경찰에 신고를 하거나 흥신소에 의뢰를 하거나, 이도저도 아니다 싶으면 자신이 직접 찾아 나설 일이지 무엇 때문에 나에게 왔을까, 하는 생각을 했다. 그것도 친구의 손때가 묻은 물품을 가지고. 의논 상대가 필요하다면 더더군다나 나는 부적합한 인물 아닌가. 그녀들을 잘 아는, 함께 공유하는 기억, 그 기억의 뿌리가 오래된 사람이 분명히 있을 텐데.

뭐, 그럴 만한 이유가 있겠지.

리모컨을 눌러 TV를 켰다. 여기저기 채널을 바꾸며 야구를 보다가 축구를 보다가 당구를 보다가 까무룩 잠이 들었다.

바람 소리를 들은 것 같았다. 문 여닫는 소리. 바스락거리는 소리. 그릇들 맞부딪치는 소리. 타닥거리는 소리 들을. 나는 한순간 이마에 강한 빛이 와 닿는 것을 느끼고 번쩍 눈을 떴다. 무니는 머그잔을 들고 거실 창문 바로 앞에 서 있었다.

"왜 그러고 있어? 뭐 하는 거야?"

나는 연신 하품을 하며 물었다.

"부탁이 있어."

그녀는 뒤돌아보지 않고 말했다.

"부탁?"

"당분간 여기 있게 해 줘. 될 수 있는 한 네 생활에 방해되지 않도록 조심할게."

"난 상관없어. …근데 정혜는?"

"고마워."

그녀는 내 질문에 대한 답은 하지 않고 유령처럼 스르르 창가에서 물러나 현관 옆 작은 방으로 갔다. 그녀는 분명히 '당분간'이라고 말했다. 나도 그녀가 내 공간에 오래 머물 거라는 생각은 하지 않았다. 다른 무엇보다 정혜의 실종이 그녀를 편안하게 내버려두지 않을 것이기에.

하지만 그녀는 사흘이 지나도 나흘이 지나도 떠날 낌새를 보이지 않았다. 그렇다고 여기저기 연락해서 정혜의 행방을 수소문하는 것도 아니었고, 정혜를 찾았다는 내용의 전화가 오기를 기다리는 눈치도 아니었다.

그녀와의 동거 아닌 동거 생활은 지루하기 짝이 없었다. 그녀는 내가 어떤 행동을 할 틈은 물론이거니와 말을 붙일 기회조차 쉽사리 허용하지 않았다. 가끔 내 옆에 앉아 내가 보고 있는 영화에 대해 시답잖은 감상을 늘어놓거나, 창문을 모두 열어 놓고 거실과 주방과 방 안을 청소하거나, 요란하게 세탁기를 돌리거나, 때맞춰 끼니를 준비해 함께 식탁에 앉는 것이 전부였다. 그것은 나에 대한, 자신이 쉴 수 있는 공간을 빌려 준 집주인에 대한 최소한의 예의일 뿐이었다.

나는 차츰 답답해지기 시작했다. 그녀는 저녁 뉴스가 끝나면 몽유병자처럼 일어서서 내가 가져다준 요와 이불과 베개, 그리고 자신이 가져온 캐리어와 녹음기만이 어색하게 놓여 있는 방으로 기어 들어가곤 했다. 그녀와 함께했던 가장 가까운 기억을 반추하며 은밀하면서도 솔직한 성욕을 느낀 내가 적당히 달아올라 그녀의 뒤를 쫓아 들어가면, 그녀는 실종의 단서를 찾으려는 듯 벽에 등을 기댄 채 힘없이 앉아 정혜의 목소리를 듣고 있었다. 식은땀을 흘리는 그녀의 복잡한 표정 앞에서 성욕은 어김없이 사그라들었다. 나는 아무 짓도 할 수 없었다.

도대체 어쩌자는 건가.

나는 불안했다. 그녀는 제대로 소화를 시키지 못하는 위장 때문에 식사를 거르는 일이 잦았다. 먹는다 해도 고작 국 몇 모금, 밥 몇 수저였다.

정혜는 어떻게 된 걸까? …혹시 그녀는, 사라진 것이 아니라….

나는 식사하는 흉내만 내다 슬그머니 수저를 내려놓는 무니를 보며 문득 그런 생각을 했다. 생각을 끝내려고 세차게 머리를 흔들었다. 사라진 것이 아니라, 사라진 것이 아니라, 사라진 것이 아니라….

도리질을 멈추고 고개를 치켜드는 순간, 식탁을 정리하던 무니와 눈이 마주쳤다. 나는 벌떡 일어섰다. 정혜에 대한 추측은 걷잡을 수 없을 만큼 빠른 속도로 치달았다.

…죽, 은, 것, 이, 다.

무니는 말없이 거실 쪽으로 사라졌다.

그러나, 그러나, 그러나….

나는 간신히, 빠르게 내달리는 추측의 고삐를 움켜쥐었다.

그것은 단순한 짐작에 지나지 않는다. 무니가 말하지 않았던가. 정혜는 느닷없이, 자신에게조차 아무런 언질을 주지 않고 사라졌다고. 그녀가 무엇 때문에 나에게 거짓말을 한단 말인가. 도대체 무엇이든 어떤 것이든 의심할 필요가 없는 것이다.

나는 다른 무니들의 방문을 알게 모르게 방해하는 건 그렇다 치더라도 갈수록 내 사랑스러운 공간을 어지럽히는 그녀, 이젠 식사마저 거부함으로써 끝내는 심각한 문제를 일으켜 내 생활을 엉망으로 만들지도 모르는 그녀를 이대로 더 보고 있을 수만은 없다고 판단했다. 내가 생각하는 바를 솔직히 그녀에게 전하는 것이 현명한 선택이었다.

그녀가 사용하고 있는 방문을 점잖게 노크하고 손잡이를 비틀어 문을 열었다. 그녀는 손바닥만 한 수첩에 무엇인가를 적고 있었다. 나는 다시 한 번 머릿속 생각을 문장으로 정리했다.

난, 네가, 여기서 나가길 원하지 않는다면 강제로, 억지로 쫓아내진 않겠다. 다만, 여기 있는 동안에는, 내게 즐거움은 주지 못하더라도 최소한, 쓸데없는 걱정은 끼치지 말아야 할 것 아니겠는가.

"내가 있는 게 불편하지?"

그녀가 수첩을 내려놓고 나지막하게 한숨을 내쉬었다. 측은한 느낌이 일었다.

…겨우 이 정도 가지고 흔들리다니. 천하에 한심한 녀석 같으니.

마음을 단단히 하고 머릿속의 말을 보다 정확하게 전달하기 위해 그녀 가까이 다가갔다. 그녀가 갑자기 고개를 치켜들고 나를 쳐다보았다.

"미안해."

그녀의 검은 눈은 방향만 나를 향하고 있을 뿐 내가 아닌, 내 뒤에 있는 다른 어떤 것을 보고 있는 듯했다. 마치 영혼이 사라져 버린 것 같은 눈이었다. 할 말을 잃은 나는 쉬이 입을 열지 못했다.

"…베개는 마음에 들어?"

결국 엉뚱한 소리를 내뱉고 말았다.

"미안해."

그녀는 낮게 말하고 천천히 일어섰다. 나는 내 가슴에 얼굴을 묻는 그녀를 살포시 끌어안았다. 그녀는 내 품에 안겨 여리디 여린 숨소리를 냈다. 내 계획을 눈치채고 선수를 쳐 입막음을 하려는 거라면, 너는 성공했다.

"…힘들어."

그녀가 밭은기침을 토해 내며 슬쩍 내 가슴을 밀었다. 한 번 시작된 그녀의 기침은 좀처럼 멈추지 않았다. 하지만, 나를 지푸라기처럼 하찮게 여겼다면, 너는, 나를, 잘못 본 것이다.

나는 싫다는 그녀를 억지로 끌어내 거실 소파에 앉혔다. 그녀는 더는 공허한 기침 소리를 만들어 내지 않았다. 허리를 숙이고 그녀의 바지를 노려보았다. 그러나 마법사도 아닌 내가 눈빛만으로 단추를 끄를 수는 없는 노릇이었다. 나는 과감하게 손을 뻗었다. 그녀는 내 행동을 예상하고 있었는지 재빨리 몸을 비틀었다.

이런 빌어먹을.

목표물을 놓친 나는 쑥스러움을 감추기 위해 허둥지둥 그녀의 셔츠를 들추었다. 그녀의 살결은 여전히 하얗고 부드러웠다. 나는 반 미친 사람처럼 얼굴을 셔츠 속으로 들이밀고 두 손으로 그녀의 바지 단추를 끄르려 했다.

"무슨 짓이야!"

그녀가 브래지어를 물어뜯는 내 머리통을 완강히 밀어냈다. 나는 쉽게 끌러지지 않는 단추에서 손을 떼고 머리를 빼냈다. 그녀는 애써 담담한 표정으로 흐트러져 있는 옷매무새를 간추렸다. 나는 그녀에게 분노에 가까운 역겨움을 느꼈다. 어떻게 해서든 그녀의 오만한 얼굴에 상처를 내고 싶어졌다.

"나, 많이 아파."

그녀가 애처로운 표정으로 나를 바라보았다. 내가 하려는 말의 내용을 짐작한 듯했다.

보기 싫으니까 당장 꺼져. 정혜는….

나는 간신히, 생각을 소리로 바꾸려는 자신을 제지했다. 그녀는 힘없이 얼굴을 숙였다. 나는 고릴라처럼 쿵쾅거리며 주방으로 갔다. 냉장고를 열고 먹다 남은 소주를 꺼내 병째 들이켰다.

"화났어? 미안. 조금만 기다려 줘."

등 뒤에서 그녀의 음성이 들렸다. 풀 죽은 목소리였다.

"기다리라니? 뭘?"

돌아서서 눈에 힘을 주고 그녀를 노려보았다.

"모르겠어."

그녀가 고개를 가로저었다.

"난 바보가 아니야."

"알아."

"섹스를 못 해 환장한 놈도 아니고."

"알아."

그녀가 우두커니 서 있는 내게 식탁 앞에 앉기를 권했다. 나는 잠시 머뭇거리다 그녀의 권유를 따랐다. 그녀는 냉장고를 열고 사과 두 알을 꺼냈다. 과도과 도마, 포크와 접시도 꺼내 씻어 놓았다. 과도로 사과를 깎아 도마에 놓고 먹기 좋게 조각내서 접시에 올렸다. 포크와 함께. 그 접시를 가져와 식탁에 내려놓고 나와 마주 앉았다.

"나도 한 잔 줄래?"

나는 순순히 그녀가 내미는 컵을 술로 채웠다. 그녀는 단숨에 술을 들이켜고 내게 무슨 말인가를 하려다 다시 빈 컵을 내밀었다. 나는 먼저 한 모금 마시고 남아 있는 술을 모두 그녀의 컵에 부었다.

무니는 띄엄띄엄 술을 비우며, 정혜의 실종을 계기로 아주 오래전 일이 하나 둘 떠오르면서, 새롭게 풀이되고 느껴지는 것이 많아 그것들을 차곡차곡 정리하느라 내게 신경 쓸 여유가 없었다고 변명하듯 말했다.

"난, 강의실 앞 복도에 서 있었어. 수업은 분명 지루할 것 같았고, 어디론가 도망을 치고는 싶은데 막상 떠오르는 장소가 없어 선뜻 움직이지 못하고 있는 내게, 정혜가 다가왔어. 뭐 잃어버렸니? 그녀는 장난스럽게 물었고, 대답 대신 손을 내저은 나는 재빨리 건물 밖으로 나왔어. 그러곤 정문 쪽으로 걸어갔지. …아마 분수대 근처였을 거야. 갑자기 불어온 바람에 눈을 찔려 걸음을 멈추고 서 있는데 어느새 뒤따라온 정혜가 친한 친구처럼 스스럼없이 팔짱을 끼지 뭐야. 좋은 데 있음 같이 가자, 얘. 정혜는, 그 솔직함으로 자신을 미워할 수 없게 만드는 묘한 재주를 지녔어. 눈이 아파. 나는 팔을 잡아당기는 그녀에게 티로 인해 생긴 고통을 호소했고, 그녀는 후, 하고 입바람을 세게 불어 아주 쉽게 내 눈 속에 들어 있는 티를 빼냈지. …물론 나는 그녀를 알고 있었어. 그녀는 과 대표였으니까. 하지만 수업도 제대로 듣지 않고, 신입생 환영회라는 이름으로 매일같이 벌어지던 술자리에 한 번도 참석하지 않은 나를, 그녀가 알고 있으리라고는 전혀 생각하지 못했어."

한번 시작된 그녀의 말은 감긴 실이 풀어져 나오듯 술술 이어졌다. 나는 그녀를 위해 뚜껑을 따지 않은 새 술병을 가져왔다. 술은 적당히 지쳐 있을 때, 적당히 허기가 느껴질 때, 적당히 고통스러울 때 훨씬 더 잘 들어가는 법이었다. 나는 컵을 비운 그녀에게 포크로 귀처럼 생긴 사과 조각을 찍어 건넸다.

"고마워. 졸리면 말해. 언제든지."

무니가 포크를 받아 들고 미소를 지었다. 그녀의 마음을 옥죄고 있던 긴장감은 이제 완전히 사라진 듯 보였다. 나는 웃음으로 인해 희미하게 찌그러진 그녀의 검은 눈을 바라보며, 조금 전까지 나와 내 공간을 심히 어지럽혔던 그녀를 용서하기로 마음먹었다.

"난 늘 혼자였어. 하지만 사람들과 어울리는 자리가 싫어서 일부러 피했던 건 아니야. 사람들은 나와 함께 있는 걸 불편해 했고, 그 사실을 눈치챈 나는 솔직히 천덕꾸러기가 되고 싶지 않아서 끼지 않았던 것뿐이야. 그들에겐 중요한 문제가 내겐 그다지 중요하지 않다는, 아주 단순한 이유가 내 입을 다물게 했는데 그들은 자신들의 의견에 아무런 의사 표시도 하지 않는 내가 부담스러웠을 거야. 나는 내 자신을 질책하기도 했어. 너는 왜 세상일에 흥미를 느끼지 못하는 거냐. 근본적으로 정서에 문제가 있는 건 아니냐. 네 앞에서 부끄러운 줄도 모르고 온갖 재롱을 피우는 남학생들을 봐라. 저들은 오직 네 관심을 끌기 위해, 환심을 사기 위해 비록 바보 같은 행동이라 할지라도 서슴없이 행하질 않느냐. 왜 너는 저들처럼 순수해지지 못하느냐…."

그때였다. 내 휴대 전화 수신 벨 소리가 무니의 목소리를 뚫고 거칠게 들려온 것은. 힐끔 무니를 쳐다보았다. 말을 멈춘 무니가 가볍게 고개를 끄덕였다. 거실로 가서 소파에 놓여 있는 전화기를 집어 들고 통화 버튼을 밀었다.

"뭐 해요 지금?"

전화를 건 사람은 전화 받은 자가 누구인지 확인하는 과정을 생략하고 대뜸 물었다. 취기가 흠뻑 느껴지는 여자 목소리였다. 나는 늦은 시간에, 잔뜩 술에 취해 전화하는 인간은 좋아하지 않는다. 나에게 '무니'라는 이름을 받은 여자라면 모두 알고 있는 사실이다. 때문에 무니는 비비 꼬인 혀로 전화하는 짓 따위는 결코 하지 않았다.

"여보세요, 여보세요, 여…."

"듣고 있으니까 말해."

"나 여기 홍대야. 나 돈 좀 빌려 줘요. 나 집까지 걸어가게 생겼어. 거지 같은 새끼, 빨리도 온다. 돌아버리겠네, 정말. 돈은 한 푼도 없는 자식이 이거 자기 폰이라고 달래네. 알았다. 알았어. 알았다니까!"

여자의 음성에 이어 무엇인가 부딪치는 소리가 나더니 아까부터 어디다 전화질이야, 하는 고함을 끝으로 전화가 끊겼다. 나는 전화기를 바지 주머니에 넣고 창가로 갔다. 전화를 건 사람은 아시아 개점 제1호 술집에서 만난 여자애였다.

거실 유리문을 열고 발코니로 나갔다. 발코니 창문도 열었다. 기다렸다는 듯 한 무더기의 바람이 세차게 밀려 들어왔다. 나는 큰소리로 무니를 불렀다. 꼬리를 물고 이어지는 차량의 행렬, 헤드라이트 불빛, 사람들.

"누구 오기로 한 거 아냐?"

불어오는 바람의 반대편에서 무니의 목소리가 들렸다. 한참 동안 밑을 바라보고 있으면 어느 순간 느껴지는 추락에의 강렬한 열망. 떨어져? 떨어져 볼까? 떨어지면, 떨어져 바닥에 부딪치기까지 그 짧은 시간 동안, 나는 무슨 생각을 할까.

"어딜 그렇게 쳐다봐?"

무니가 내 옆에 서서 물었다. 그러나 생존의 욕구 또한 만만치 않았다. 눈을 돌려. 뒤돌아서. 물러나. 추락에의 열망과 생존의 욕구가 벌이는 치열한 싸움을 나는 흡사 까무러칠 만큼 위험하게 느껴지는 놀이기구를 탔을 때처럼 즐기고 있는 것은 아닐까? 단단한 안전장치로 인해 사고가 일어날 가능성은 거의 없다는 사실을 잘 알고 있음에도 불구하고, 내 몸만 유독 기계의 고장으로 캡슐을 박차고 나와 바다에 떨어져 부서질지도 모른다는 험악한 불안감. 나는 분명히 떨어지지 않을 테고, 멀쩡하게 제자리에 있으리라 확신하면서도 자신조차 의식하지 못하는 어느 한순간 허공을 향해 몸을 던져 버릴지도 모른다는, 시선을 거두거나 물러서지 않는 한 멈추지 않을 원기 왕성한 두려움. 이 두 느낌은 나를 한없이 아찔하게 만든다.

"정신 차려."

무니가 내 눈앞에 왼손을 갖다 대고 흔들었다. 나는 오른손으로 그녀의 왼손을 잡았다.

"괜찮아?"

무니가 이상하다는 듯 나를 노려보았다. 그녀의 손을 놓고 발코니를 나와 주방 쪽으로 걸어갔다.

"무슨 일 있는 거지? 당신과 관련된 거야 아니면….'

무니가 내 뒤를 따라왔다. 걸음을 멈추고 돌아서서 무니의 얼굴을 말없이 쳐다보았다. 그녀는 나에게 전화를 건 사람이 정혜는 아니어도 정혜에 대한 이야기를 했을지도 모른다는 추측을 하는 것 같았다. 아니, 그걸 바라는 느낌이었다. 하지만 그녀의 궁금증을 풀어 주기 위해 누가 전화했는지, 그 인간이 무슨 말을 했는지, 시시콜콜 설명하는 짓은 하고 싶지 않았다. 나와 누군가의 통화 내용이 궁금한 건 그녀였다. 내가 아니었다.

나는 식탁 위의 술병과 접시, 컵 등을 거실 탁자로 옮기고 소파에 앉았다. 그녀도 내 옆에 앉았다. 하지만 그녀는 내가 권하는 술을 정중히 사양했다. 나는 삐딱하게 앉아 혼자 술을 마셨다.

'이곳은 마치 무균실 같다.'고 말했던 그녀, 무니. 그 무균실 같은 곳에 바람이 부는구나. 바람을 타고 옅은 졸음이 밀려오는구나.

한동안 고양이처럼 허리를 숙이고 자신의 뭉툭한 발톱을 살피던 그녀가 갑자기 각성한 듯 일어서서, 포크로 사과 조각을 찍는 내게 바람이 좋은데 밖에 나가 산책이라도 하지 않겠느냐는 제안을 했다. 선뜻 내키지는 않았지만 나는 그녀의 제의를 받아들였다. 내가 거절하면 그녀는 혼자서라도 나갈 태세였고, 흐트러진 머리카락을 아무렇게나 쓸어 넘기는 그녀가 어쩐지 측은하게 느껴졌기 때문이었다.

나와 그녀는 각자 쓰고 있는 방에 들어가 옷을 갈아입고 나왔다. 머리카락을 단정하게 묶고, 입고 있던 옷에 그물 모양의 베이지색 카디건을 걸치고 내 앞에 나타난 무니는, 갓 결혼한 신부같이 사랑스러웠다. 언젠가의 정혜처럼.

나는 그녀의 손을 잡고 씩씩하게 집을 나섰다. 사람들의 눈에 우리는, 평수 적당한 아파트에 보금자리를 틀고 만족해 하는 신혼부부쯤으로 보이는 듯했다. 엘리베이터 안에서 만난 아주머니들이 우리에게 쓸데없는 관심을 보이며 대답하기 곤란한 질문을 던져 무니를 난처하게 만들었다. 무니는 내 귀에 대고 속삭였다.

"나도 나이가 들면 저렇게 편해질 수 있겠지."

아파트 단지를 빠져나온 우리는 산을 향해 천천히 걸어갔다. 며칠 동안 식사도 제대로 하지 않고, 더군다나 오늘은 제법 많은 양의 술을 마시기까지 했는데 무니는 지친 기색 하나 없이 태연하게 오르막길을 올라갔다. 그동안 누군가에게 기공이나 단전 호흡 같은 것을 배워 익힌 걸까.

무니와 나 두 사람 중에 먼저 지친 쪽은 나였다. 무안해진 나는 손가락으로 길가 커피숍을 가리켰다.

"저기서 잠시 쉬었다 가는 게 어때?"

무니는 순순히 그러자고 했다. 나는 커피숍에 들어가 무인 주문기로 커피 두 잔을 주문하고 카드 결제했다. 카운터에서 커피를 받아 들고 빈 자리에 앉았다. 무니는 나와 마주 앉았다.

"…그 사람을 처음 본 건 문과대 건물 앞이었어."

무니가 커피를 한 모금 마시고 말했다.

"그 사람은 강의실에 있는 낡은 의자들을 꺼내 건물 앞에 쌓아 놓고 거기에 불을 지르려 하고 있었지. 교직원처럼 보이는 사람들이 그에게 달려들었고, 그는 끌려가지 않으려고 언성을 높이며 그들과 몸싸움을 벌였어."

그녀의 목소리는 차분했다.

"그 사람을 두 번째 본 건, 정확한지 어떤지는 모르겠는데 도서관에서였을 거야. 그때 그는 여러 사람과 어울려 무언가를 촬영하고 있었어. 먼저 심각한 표정으로 두꺼운 책과 노트를 번갈아 쳐다보는 안경 쓴 여자애를, 그다음엔 굳게 입을 다물고 일정한 위치에 시선을 두고 있는 남자애를, 다음엔 네일 파일로 손톱을 다듬고 있는 여자애를, 여자애의 다리를 은근히 훔쳐보는 남자애를 각각 다른 위치에서 촬영했어. 쉴 새 없이 왔다 갔다 하며 사람들에게 뭐라 뭐라 소리를 질러 대는 그를 보고 정혜가 한마디 하더라. 저 사람 꼭 장난치는 거 같아. 나는 그때, 정혜도 나처럼 그에게 호감을 느끼고 있다는 것을 눈치챘어. 정헨, 관심 없는 대상은 철저히 무시했었으니까. 나중에 정혜가 세 명이 모인 자리에서 그 이야기를 꺼낸 적이 있었어. 그러자 그 사람, '아, 그거, 제목이 권태야. 부산국제단편영화제에 출품했는데 보기 좋게 떨어졌어. 봤구나, 너희.' 하며 그답지 않게 부끄러워하더군."

무니는 잠시 말을 끊고 커피를 마셨다. 나도 내 커피를 마셨다.

"그 사람을 세 번째 만난 장소는 학교 식당이었어."

무니가 다시 입을 열었다.

"그는 우리가 앉아 있는 곳으로 와서 뚫어지게 나를 쳐다보더니 '저 아시죠?' 하고 물었어. 전혀 예상치 못했던 질문에 당황한 나는 정혜를 쳐다봤고, 정혜는 그를 쳐다봤지. 그는 어쩔 줄 모르고 앉아 있는 내게 자신과 나와의 관계를 반드시 알아내야겠다며 술을 사겠다고 했어."

무니의 눈은 이야기 속 장면을 직접 보고 있는 것처럼 빛났다.

"그의 행동은 의도적이었어. 그가 관심을 가지고 있는 사람은 내가 아니라 정혜였으니까. …어쨌든 그렇게 해서 나는, 본의 아니게 그와 정혜가 꾸며 나가는 사랑 이야기의 시작을, 즐거움과 고통의 시간들을, 그리고 그 끝을 지켜본 사람이 되고 말았지. 정혜 부모님이 두 사람의 관계를 알아채고 서둘러 정혜를 유학 보냈을 때 그는 대학을 졸업하자마자 뛰어든 영화판에서 이기지도 못할 싸움을 이어 가고 있었어. 그 싸움을 좀 더 일찍 끝냈어야 했는데…. 그가 정혜 가까이 가기 위해 CF를 제작하는 프로덕션으로 자리를 옮겼을 때는 이미 차가 지나간 상태였지. 정혜가 부모님 친구 분의 주선으로 예전에 잠깐 만난 적이 있는 남자와 미국에서 결혼식을 올린 후였거든. 남편은 재미 교포였어. 그는 결국 회사를 때려치웠고, 사람들과 연락을 끊은 채 술과 경마에 미쳐 돌아다녔는데… 당시 그에게 있어 유일한 위안은, 나를 만나는 일이었을 거야. 그나마 내게 오면 정혜의 소식을 들을 수 있었으니까."

나는 무니의 눈치를 살피며 뻐근한 어깨를 주물렀다. 열심히 중얼거리는 그녀에겐 미안한 일이지만 몹시 배가 고팠다.

"그는 우리에게 얘기하곤 했어. 나는 아주 지겨운 내용의 영화를, 지루하지 않게 만들 것이다. 내 영화를 보면 사람들은 자신의 삶이 얼마나 평범하게 흘러가고 있는지 깨달을 것이고, 그동안 잊고 살았던 어린 시절의 꿈을 떠올릴 것이다."

무니도 몸 상태가 썩 좋아 보이지 않았다. 얼굴빛이 파리했다. 나는 조심스레 그녀에게 돌아가기를 권했다. 하지만 무니는 내 목소리를 못 들은 양 말을 이었다.

"나는, 지금, 생각해. 내게 있어 가장 귀중하고 소중한 시간들은, 그 사람을 위로해 줄 때가 아니었나, 하고."

"그럼 뭐라도 좀 먹자. 배고파. 커피로는 안 되겠어."

나는 훌쩍 일어서서 커피숍을 나왔다. 왔던 길로 스무 걸음 정도만 내려가면 왼쪽에 술집이 있었다. 올라올 때 봐 둔 곳이었다. 거침없이 그곳에 들어가 창가에 자리를 잡고 앉았다. 종업원이 다가와 테이블에 메뉴판을 내려놓았다. 대충 훑어보고 종업원에게 감자전과 도토리묵, 막걸리 두 통을 주문했다. 막걸리는 주전자에 넣어 오고, 한 사람 더 오니 잔은 두 개 달라고 했다. 무니는 종업원이 누런 양은 주전자와 잔 두 개, 김치 등을 들고 와서 테이블에 올려놓을 때쯤 술집 문을 열고 들어왔다.

나는 술잔 두 개에 막걸리를 가득 따라 한 잔은 나와 마주 보는 자리에 앉는 무니 앞에 놓았다. 한 잔은 입에 대고 단숨에 비웠다. 속이 찌르르 했다. 안주 삼아 젓가락으로 김치를 집어 먹었다. 짜고 썼다. 무니도 잔을 들어 단숨에 비웠다. 나는 다시 그녀의 잔과 내 잔을 술로 가득 채웠다.

잠시 후 종업원이 감자전과 도토리묵을 가져왔다. 테이블에 놓인 감자전을 젓가락으로 찢어서 먹었다. 도토리묵도 먹었다. 김치를 먹어 보고는 전혀 기대하지 않았는데 제법 맛있었다. 계속 먹었다. 하지만 무니는 음식에는 손을 대지 않았다. 내가 따라 주는 막걸리만 마셨다. 나는 그녀에게 안주를 먹으라고 강요하지 않았다. 그녀가 알아서 할 일이었다.

술과 음식을 다 먹고 나니 졸음이 밀려왔다.

"그만 가자."

무니에게 말하고 일어섰다. 카운터로 가서 술집 주인처럼 보이는 남자에게 술값을 지불하고 밖으로 나갔다. 곧이어 무니도 뒤따라 나왔다.

"정말 모르겠어. 너를 보고 있으면 왜 그 사람 생각이 나는지. 넌, 남자라는 것 말고는 그 사람과 닮은 구석이 하나도 없는데."

무니가 집을 향해 걸어가는 내 옆으로 왔다.

"정혜도 비슷한 얘기를 하더라."

"그래서?"

나는 걸음을 멈추지 않고 물었다.

"피곤해?"

무니가 되물었다.

"응. 졸려. 빨리 집에 들어가 자고 싶어."

나는 퉁명하게 내뱉었다.

"그래… 그렇구나."

무니가 맥없이 중얼거렸다. 실망한 기색이 느껴졌다. 짜증이 일었다. 이 여자는 도대체 무엇 때문에 나에게 와서 애꿎은 나를 괴롭히는가.

"왜 그러는데?"

나는 신경질적으로 물었다.

"아니, 뭐…."

"뭐?"

"저기, 내가 좀 성가시지?"

그녀가 어울리지 않게 혀 짧은 소리를 냈다. 모질지 못하다는 것, 그것은 나의 가장 큰 장점이자 단점이었다.

"집에 가고 싶지 않은 거지? 내게 할 말이 남은 거지?"

걸음을 멈추고 무니를 쳐다보았다. 무니도 멈춰 서서 나를 보며 고개를 끄덕였다.

"어디 아는 데라도 있어?"

"그런 건 아니지만… 저기 괜찮을 거 같아."

무늬가 손을 들어 길 건너편에 있는 카페를 가리켰다. '레인'이라는 곳이었다. 나는 무늬를 따라 그곳으로 갔다. 그러면서 열두 시가 훨씬 넘은 시간이었으므로 문이 닫혀 있을지도 모른다고 생각했다. 하지만 아니었다. 손잡이를 잡아당기자 훌쩍 열렸다.

"어서 오세요."

치와와처럼 생긴, 사십 대 초반으로 보이는 여자가 반갑게 우리를 맞이했다. 우리는 그녀가 안내하는 자리에 앉아 맥주와 한치를 시켰다. 얼마 지나지 않아 그녀가 술과 안주를 가져왔다. 나와 무늬는 물끄러미 우리가 주문한 것들이 테이블에 차려지는 모습을 지켜보았다.

"그 사람을 정혜에게 보낸 건, 바로 나였어."

이윽고 무늬가 입을 열었다.

"나는 알고 있었어. 정혜가 살고 있는 집 주소만 손에 넣으면 그 사람이 바로 거기로 가리라는 것을."

그녀는 내 도움 없이 혼자 힘으로 병뚜껑을 따서 앞에 있는 잔에 술을 따라 마셨다. 나는 뚜껑을 따서 병째 들이켰다.

"왜 그랬을까? 정혜에게 그 사람에 대한 미련이 남아 있다는 걸 알고 있었기 때문에? 그 사람이 고통스러워하는 모습을 더는 볼 수가 없어서? 그들의 사랑을 이어 주려는 갸륵한 마음의 발로? 천만에. 정혜는 그 사람 소식을 물어본 적이 없었어. 정혜가 미국 유학을 떠난 건 부모님의 강요에 의해서가 아니야. 스스로

한 선택이지. 그 사람에게 싫증을 느꼈다기보다는 두려웠을 거야. 정혠, 나 때문이었다고 말했지만, 그 사람이 관심을 기울이며 정성을 쏟는 상대는 나였다고, 저울의 무게가 내 쪽으로 기울었음을 알아챘기 때문이라고 허튼 변명을 했지만."

나는 입을 크게 벌리고 하품을 했다. 이쯤에서 그녀를 내버려 두고 도망친다면 그녀는 어떤 반응을 보일까. 적어도 수치심에 못 이겨 고래고래 소리치는 멍청한 짓 따윈 하지 않겠지.

"어떻게 정혜는 그런 생각을 할 수 있었을까? 그녀가 여기 있는 동안 그 사람과 내가 단둘이 만난 적은 단 한 번도 없었는데…. 돌이켜 보면, 그래. 정혠 어떤 식으로든 떠났을 거야. 인정하려 들지 않겠지만 처음엔 대단해 보였던 그의 능력에 회의가 일었다는 거, 갈수록 회의가 짙어졌다는 거, 그게 가장 큰 이유였겠지. 그는 자신을 키워 줄 만한 위치에 있는 사람들에게 인정받지 못하고 있었으니까. 정혜에게 확신을 심어 줄 그 무엇도 이루지 못했으니까. 그런데 그녀는 내게 이상한 평계를 댔어. …나에 대한 배려. 그 사람이 정혜에게 내 얘기를 했다면 그건 질투를 일으키려는 수작이었겠지. 정혜는 바보 멍청이가 아니었고, 그렇다면 그에게 지독한 실망을 느꼈을 거야. 혹시라도 만에 하나 그의 말이 사실이라고 믿었다면 당연히 큰 상처를 입었겠지. 얼토당토않지만. …이렇게 생각해 볼 수도 있겠다. 정혠 내 마음을 눈치채고 있었고, 나를 위해, 모두를 위해 자신이 물러나는 게 좋겠다는 판단을 내렸다. 이건 정말 소름 끼칠 만큼 유치한 가정이고, 내가 추측하는 건 그의 능력에 대한 불신 위에 부모님의 완강한 반대, 부모님의 강요로 선을 본 남자에 대한 호감, 미국이라는 거대한 나라에 대한 동경 등등이 서로 상승 작용을 일으켜 정혜는 나를 위해서라는, 그녀 딴에는 제법 근사한 이유를 만들어 놓고 이 땅을 떠났으리라는 거야."

말을 마친 무니는 공허한 눈빛으로 나를 쳐다보았다. 나는 그녀를 외면하고 주위를 둘러보았다. 어디 있다 왔는지 모를, 머리카락을 노란색으로 물들인 젊은 여자가 카운터에 앉아 질겅질겅 껌을 씹어 대고 있었다. 사십 대 여자는 손님 테이블에서 사내 두 명과 킬킬거리며 농지거리를 주고받고 있었다.

나는 내 앞에 놓여 있는 맥주병을 모두 비웠다. 대체로 그녀처럼 문과 계통의 학문을 전공한 사람들일수록 차츰 나이를 먹고, 따라서 좋지 않은 경험도 더러 하게 되는 일상의 생활을 구태여 분석하려 하고, 정리하려 하고, 어떤 의미를 부여하려 애씀으로써 스스로를 피곤하게 만드는 경향이 있었다.

나는 무니에게 나갈 건지, 더 있을 건지 물었다. 그녀는 대답 대신 이야기를 이어 갔다.

"밤늦게 술에 젖어 나타나 정혜에 대해 묻고, 나를 껴안으며 미안하다 사과하고, 내 몸을 더듬으며 고통스러워하고, 그러다 다음 날 새벽이면 허둥지둥 사라지곤 하던 그가 어느 날, 멀쩡한 상태로 나를 찾아와서는 말했어. 이상하게도 너에겐 더 가까이 갈 수가 없구나…. 그때 나는 결심했어. 정혜의 주소를 그에게 알려 주기로. 그 사람이 비참하게 깨져서 되돌아오기를 기대했던 건지도 모르겠어."

그러고는 남아 있는 술을 남김없이 잔에 따라 마시고 일어섰다. 나도 일어서서 술값을 치르기 위해 손님들을 문 앞까지 배웅하고 돌아오는 사십 대 여자에게 다가갔다. 아무래도 그녀가 주인인 듯해서였다. 내 짐작은 맞았다. 나는 지갑에 있는 현금을 꺼내 주인 여자가 얘기한 술값을 냈다. 얼마 안 되는 거스름돈은 받지 않았다.

"다음에 또 오세요."

여자가 호의 어린 눈으로 나를 보며 애교를 부렸다. 징그러웠다. 서둘러 밖으로 나갔다. 무늬가 천천히 걸어가고 있었다. 그녀에게로 다가갔다. 그녀의 걸음걸이는 평상시처럼 똑바르지는 않았다. 그렇다고 부축할 정도는 아니었다.

…흠흠 흠흠흠 흠흠흠…

무늬는 알아들을 수 없는 노래를 허밍으로 부르며 아파트 단지 안으로 들어갔다. 이제 집에 가서 씻고 자는 일만 남았다는 생각에 마음이 놓였다.

방심은 금물이었다. 이 분이 채 지나지 않아 놀이터를 지나치던 무늬가 갑자기 주저앉았다. 처음에는 돌부리에 걸려 넘어진 줄 알았다. 하지만 아니었다. 그녀는 화단을 향해 기다시피 걸어가 속에 있는 것들을 뱉어 내기 시작했다. 그녀의 구토는 얌전을 빼느라 찔끔찔끔 일정한 간격을 두고 지루하게 계속되었다. 보다 못한 나는 과감하게 그녀의 등을 두드려 주었다.

"됐어, 고마워."

무니의 손이 내 어깨를 더듬거렸다. 그녀의 팔을 들어 올리고 빈 공간에 머리를 넣었다. 그녀는 불쑥 다가온 내 얼굴을 밀어내는 시늉을 했다. 개의치 않고 그녀를 부축했다. 축 늘어진 그녀는 제법 무거웠다. 나는 조금만 방심하면 손아귀를 벗어나는 무니를 서둘러 엘리베이터 안으로 운반했다. 그녀가 우울하게 말했다.

"미안해."

그녀를 구석에 붙여 세우고 등에 업었다. 엘리베이터 문이 닫혔다. 재빨리 칠 층 버튼을 눌렀다. 다행히 사람들은 아무도 없었고, 중간에 아무도 타지 않았다.

솔직히 나는 조금 고통스러웠다. 등에 달라붙어 있는 그녀의 입에서 숨 쉴 때마다 시큼한 냄새가 풍겨 나왔던 것이다. 나는 엘리베이터가 열리자마자 뛰쳐나갔다. 집 앞에 서서 도어 록을 터치하고 비밀번호와 별표를 눌렀다. 잠금장치 풀리는 소리가 났다. 문을 열고 안으로 들어갔다.

"그 사람 대신 여기 온 정혠, 지금 어디 있을까…."

무니가 넋 나간 사람처럼 중얼거렸다. 나는 그녀를 거실 소파에 내려놓았다. 그녀가 내게 무슨 말인가를 한 것 같았지만 내 귀엔 정확하게 들리지 않았다.

욕실에 들어가 욕조에 물을 받았다. 무니에게로 가서 차근차근 그녀가 입고 있는 옷을 벗겼다. 모두. 그녀의 몸은 고무공처럼 탄력이 있었다. 그녀를 들어 안고 다시 욕실로 갔다. 욕조에 그녀를 집어넣고 보디 클렌저를 꺼냈다. 그녀는 함부로 자신의 몸을 만지는 내 손을 거부하지 않았다. 표정도 편안해 보였다. 나를 신뢰한다는 느낌이 들었다.

기분이 좋아진 나는 정성을 다해 그녀의 몸을 씻겨 주었다. 머리도 감겨 주었다. 물기도 말끔하게 닦아 주었다. 그녀는 일찍 철이 든 어린애처럼 얌전했다. 그녀를 안아 들고 욕실을 나와 내 방으로 갔다. 침대에 앉히고 옷장을 열었다. 검은색 티셔츠를 꺼내 그녀에게 입혔다. 검은 옷이 그녀의 하얀 피부를 돋보이게 했다. 나는 인형 같은 그녀를 침대에 눕혔다. 그제야 내내 나만 바라보던 그녀가 전등 스위치를 끄듯 스르르 눈을 감았다. 그녀 옆에 누우면서, 잠깐, 정혜의 녹음기에 대해 생각했다.

2

나는 무니 방에 있었다. 그녀와 함께. 그녀는 내 집을 나갈 채비를 마치고 나를 쳐다보았다. 나는 방 안을 휘둘러보았다. 구석진 곳에 놓여 있는 녹음기가 눈에 띄었다.

"깜박 했나 보네. 이거 가져가야지."

녹음기를 집어 무니에게 건넸다.

"아니. 정혜 오면 줘."

무니가 받지 않겠다는 표시로 손을 펴서 흔들었다.

"뭐야? 흘린 게 아니라 일부러 놓아둔 거야?"

"정혜가 언젠가는 여기 올 것 같아서. 한 번은."

"무슨 말이야? 정혜가 왜 여길 와?"

나는 뜨끔해서 물었다. 무니는 정혜가 혼자 내 집에 온 사실을 알고 있는 듯했다. 일부러 숨기려던 건 아니었다. 구태여 얘기할 필요가 없어서 하지 않은 것뿐이었다.

"느낌이 그래."

무니가 씁쓸하게 웃었다.

"그래도 가져가. 정혜는 당신 친구지 내 친구가 아니잖아. 나보다는 당신을 찾아가겠지."

녹음기를 억지로 무니 손에 쥐어 주었다. 내 행동이 못마땅한지 무니가 눈살을 찌푸렸다. 불쾌하다는 표정으로 내가 쥐어 준 녹음기를 한참 노려보았다. 알 수 없는 일이었다. 녹음기를 내 집에 두고 가면 사라졌던 정혜가 돌아올 거라는 터부라도 마음속에 생긴 걸까.

"좋아. 알았어. 줘."

나는 그녀가 듣기 원하는 말을 했다. 무니가 환해진 얼굴로 녹음기를 내밀었다. 흔쾌히 받아 들었다. 대수롭지 않은 일로 그녀와 다투고 싶지 않았다. 미련한 짓이었다.

그제야 무니는 방을 나와 현관 쪽으로 걸어갔다. 나도 따라갔다. 그녀는 현관 앞에서 걸음을 멈추고 문득 생각났다는 듯 돌아서서는 내게 손을 내밀었다. 나는 기분 좋게 그녀와 악수를 했다.

"잘 지내."

무니는 본의 아닌 이별을 눈앞에 둔 연인처럼 말했다. 나는 그녀의 손을 놓고, 머뭇거리는 그녀를 위해 현관문을 활짝 열어 주었다. 그녀는 잠시 나를 바라보더니 밖으로 나갔다. 나는 나가지 않았다.

"조심해서 가."

"응. 고마웠어."

그녀는 뒤돌아보지 않고 말했다. 나는 그녀의 뒷모습이 눈앞에서 사라지기를 기다려 문을 닫았다. 그리고 주방으로 갔다. 아침부터 나는 그녀를 위해 일을 많이 했다. 먼저 과일과 채소 몇 가지를 사 왔다. 싱싱한 콩나물로 해장국을 끓여 바쳤고, 어르고 달래서 밥 한 공기를 다 비우게 했다. 식사를 마친 그녀에게 싱싱한 딸기와 자두를 먹였으며, 여기저기 널려 있는 그녀의 옷을 걷고 가지런히 개어 캐리어에 넣어 주었다.

내가 지닌 가장 큰 장점은 어려운 입장에 처해 있는 사람을 도울 줄 안다는 것이다.

나는 꼼꼼히 설거지를 하고 집 안 곳곳을 돌아다녔다. 혹시 무니가 정혜 녹음기처럼 일부러 놓아두거나 자신도 모르게 떨어뜨려 놓고 간 물건은 없는지 살피기 위해서였다. 다행히 무니 것으로 보이는 물건은 어디에도 없었다.

오랜만에 집 안의 창문을 모두 열어놓고 안방부터 시작해서 중간 방과 작은 방, 거실과 주방, 욕실에 이어 발코니까지 깨끗하게 청소했다. 그녀에게는 미안한 얘기지만, 나는 느낄 수 있었다. 잠시 흔들렸던 내 공간이 상처 하나 없이 말끔하게 원래의 상태로 되돌아와 있음을.

 기분이 좋아진 나는 욕실에 들어가 한참 칫솔질을 했다. 그런 다음 중간 방으로 가서 책상 서랍을 열고 그 안에 넣어 둔 컵 받침을 꺼냈다. 컵 받침에는 아시아 개점 제1호 술집에서 만난 여자애의 이름과 휴대 전화 번호가 여전히 적혀 있었다.

제2장 섬

이제 그녀의 꿈에는
변화가 생길 것이다.
어쩌면 당분간
꿈을 꾸지 않을지도 모른다.

여행을 떠나야만 하는 이유

 그 이상한 여자애만 아니었다면 나는 여행을 갈 생각 따위는 하지 않았을 것이다. 비록 몸을 태울 햇볕과 모래사장, 넓게 펼쳐진 바다, 기암절벽 같은 아름다운 풍광은 없다 할지라도 내 공간에는 여름을 나기에 하등의 불편함이 없을 만큼 성능 좋은 에어컨이 설치되어 있었다.
 내가 여름 휴가철에 여행을 떠나려 하지 않는 데에는 몇 가지 이유가 있었다. 첫째, 때를 잘못 맞춰 세찬 비를 맞고 다니는 미련한 짓은 하고 싶지 않아서였다. 둘째, 몸속의 수분을 빼앗아 가는 열기, 음식을 쉬 상하게 만드는 그 뜨거운 기운에 옥죄어 지내고 싶지 않아서였다. 셋째, 버스나 기차 안에서 껌을 딱딱 소리 내어 씹거나 함부로 몸을 밀치거나 술에 취해 말도 안 되는 시비를 거는 사람들을 만나게 될까 두려워서였다.
 물론 가장 중요한 이유는 휴가를 받지 못해, 혹은 피서를 떠날 입장이 못 되어 하루하루를 힘겹게 보내는 내 사랑스러운 무늬들에게 편안한 휴식처를 제공해 줄 수 있는 기회를 놓치고 싶지 않아서였다. 나마저 없다면 그녀들은 이 무더운 도시 어디에 처박혀 더위를 식히고 짜증을 달랜단 말인가.

아시아 개점 제1호 술집에서 만난 여자애, 민선주의 여행 제의를 거절한 것도 바로 이런 이유들 때문이었다. 선주는 단단히 삐친 듯했다. 내 전화를 받지 않았다. 나이 먹은 내게 예상치 못한 거절을 당해서 자존심이 많이 상했을 터였다. 그 후 다른 파트너를 구하려 하는데 쉽게 찾아지지 않아 더 화가 났을 수도 있다. 어쨌든 그녀는 내게서 오는 전화를 일부러 피하고 있음이 분명했다. 나는 휴대 전화를 꺼내 다시 한 번 선주와의 통화를 시도했다.

그 이상한 여자애를 처음 본 건 사흘 전이었다. 나는 아파트 단지 건너편 횡단보도 앞에 서서 싫다고 해도 계속 같이 여행을 가자고 조르는 선주를 가까스로 택시에 태워 보내고 허전한 배를 채우기 위해 톱니바퀴라는, 근처 퓨전 레스토랑에 들어갔다. 저녁 무렵이라고는 하나 밖은 아직 대낮처럼 환한데 그곳에는 적지 않은 인간이 모여 술잔을 기울이고 있었다.

나는 실내를 한 바퀴 돌아 에어컨 바람의 혜택을 가장 많이 받는 자리를 찾아 앉았다. 테이블에 놓인 메뉴판을 살펴보았다. 여러 가지 음식이 나오는 스페셜 안주가 눈에 띄었다. 종업원을 불러 맥주 세 병과 스페셜 안주를 시켰다. 내 집에서 벌인, 장장 이틀에 걸친 선주와의 성 대결이 나를 몹시 힘들게 했다.

나는 주문을 접수하고 돌아서려는 여종업원에게 은근히, 내게 청량제가 되어 줄 재기 넘치는 대답을 기대하며 실없는 농담을 건넸다.

"그런데 설마 스페셜 안주에 바퀴는 들어가 있지 않겠죠?"

아쉽게도 그녀는 내 농담을 이해하지 못했다.

"무슨 말씀이신지…."

그녀가 난감한 얼굴로 나를 쳐다보았다.

"더워서 헛소리가 나왔네. 신경 쓰지 마요."

머쓱해진 나는 손을 흔들어 그녀를 물리쳤다. 술이 먼저 오고, 십오 분쯤 뒤에 안주가 나왔다. 술집 안 대형 스크린은 방탄소년단 뮤직비디오를 보여 주고 있었다. 나는 최대한 편안하게 앉아 스크린에 시선을 둔 채 술과 안주를 마시고 먹었다. 바삭한 닭 날개와 새우튀김, 생선가스와 채소샐러드가 내 입을 즐겁게 했다.

스멀스멀 올라오는 술기운을 느끼며 느긋하게 실내를 살펴보았다. 하필이면 그 많은 사람 가운데 이제 막 회사에 들어간 것처럼 보이는 말끔한 신사복 차림의 사내 녀석과 함께 술을 마시는, 적어도 스물일곱은 넘었을 것으로 보이는 여자와 눈이 마주쳤다. 순간 여자는 황급히 고개를 돌렸다.

나는 확인차 일부러 종업원을 불렀다. 여자가 조심스럽게 고개를 내 쪽으로 향했다. 앞에 선 종업원에게 술을 주문했다. 여자는 계속 내 얼굴을 힐끔거렸다.

저 여잔 뭐야?

나는 나를 훔쳐보는 여자에게 살짝 호기심을 느꼈다. 그녀는 술집 안에서 내게 관심을 보이는 유일한 사람이었다. 그러나 이내 호기심을 거둬들였다. 그녀는 내가 싫어하는 요소를 두루 갖추고 있었다. 일단 얼굴 생김새부터 신통치 않았다.

나는 흐물흐물 취해서 톱니바퀴를 나왔다. 어둠이 깔리기 시작한 거리는 그래도 여전히 무더웠다. 가끔씩 불어오는 바람도 더위를 물리치기엔 그 힘이 너무 약했다. 넉넉한 포만감으로 흐뭇하게 달아오르던 내 기분은 미적지근한 바람의 영향으로 급속히 부패되어 갔다.

이런 젠장.

짜증이 분수처럼 솟아올랐다. 나는 파란불이 켜진 횡단보도를 신경질적으로 걸어갔다.

"잠깐만요."

횡단보도를 건너 아파트 단지 쪽으로 두어 걸음 발을 내디뎠을 때였다. 누군가가 갑자기 내 어깨를 낚아챘다. 목덜미에 날카로운 통증이 느껴졌다. 뒤돌아섰다. 내 걷기를 과감하게 방해한 사람은, 술집 안에서 끊임없이 나를 힐끔거리던 비호감 여자였다.

"저, 혹시… 이지두 씨 아니세요?"

여자의 음성에는 듣기 싫은 쇳소리가 섞여 있었다.

"아닌데요."

나는 과장된 동작으로 목에 난 상처를 어루만졌다. 여자는 생김새만큼이나 뻔뻔했다. 아랑곳없이 나에게 물었다.

"저, 정은이에요. 오정은. 기억 안 나세요?"

"왜 이러십니까. 남자 분하고 같이 오신 것 같던데…"

목덜미를 움켜쥔 채 여자의 손톱과 얼굴을 번갈아 쳐다보았다.

"정말, 아니에요?"

여자는 내 옷을 모두 뒤져서라도 신분증을 찾아 사실 여부를 확인해 봐야겠다는 듯 가까이 다가왔다. 나는 황황히 뒷걸음질 쳤다.

"이지두 씨."

여자가 차갑게 나를 노려보았다. 나는 그녀의 눈빛에서 강한 적개심을 느꼈다. 이 여자 옆에 앉아 술을 마시던 녀석은 대체 어디 있단 말인가.

"설마 채희마저 모른다고는 안 하시겠죠."

수사관이 심문하듯 그녀가 다그쳤다.

"무슨 영문인지 모르겠지만, 저 진짜 아닙니다."

정색을 하고 침착하게 말했다. 입안 가득 비웃음을 물고 나를 쳐다보던 여자가 고개를 갸우뚱했다.

"…이상하네…."

나는 여자의 시선을 피하지 않았다. 일순간 냉랭하게 빛나던 그녀의 눈빛에 변화가 일어났다.

"그럼, 이만."

나는 혼란스러워하는 그녀를 지나쳤다. 횡단보도를 되짚어 건너 어두운 골목으로 들어갔다. 다행히 여자가 쫓아오는 것 같지는 않았다. 하지만 몰래 뒤를 밟을지도 모른다는 생각에 이리저리 돌아다니다 치와와처럼 생긴 여주인이 운영하는 카페로 갔다.

"어머, 이 땀 좀 봐."

문을 열고 들어가자 여주인이 호들갑스럽게 나를 맞이했다. 돈 많은 단골손님에게 하듯 과도한 친절을 베푸는 그녀에게 시원한 자리를 요구했다. 카페 안은 썰렁하기 그지없었다. 일찍 집에 들어갔었다면 여기 올 필요가 없었을 거라는 후회가 일었다.

"무슨 일 있었어?"

여주인은 살금살금 내 눈치를 살피며 물었다. 나는 간단하게 자초지종을 설명했다. 무슨 말을 어떻게 알아들었는지 여주인은 내 이야기가 끝나자마자 대뜸 그 여자 소매치기이거나 전문 사기꾼일 수도 있어, 하고 말했다. 얼토당토않은 추측이었다. 그래도 뒷주머니에 넣어 둔 지갑을 꺼내 내용물을 확인했다. 역시나 사라진 건 없었다. 지갑을 기웃거리는 여주인에게 맥주 두 병과 마른 안주를 주문했다. 여주인의 얼굴에 실망하는 기색이 떠올랐다. 모른 척했다.

잠시 후 테이블에 술과 안주가 놓였다. 나는 코브라를 춤추게 하는, 인도 마술사의 피리 소리 같은 묘한 음악을 들으며 술을 마셨다. 안주에는 거의 손을 대지 않았다. 정체를 알 수 없는 불안함이 내내 마음을 무겁게 했다.

술은 빠른 속도로 떨어졌다. 그때마다 지체 없이 주문을 넣었다. 세 번째까지는 그랬다. 그러다 계속 술을 시키는 짓도 지겨워져서 네 번째에는 한꺼번에 일곱 병을 주문했다. 세븐은 행운의 숫자였다. 좋은 일이 생겼으면 했다.

　…아니, 그저 아무 일 없기를…. 별 탈 없이 하루가 지나가기를….

　행운을 바라는 건 무리한 욕심이라는 생각에 희망의 수위를 낮추었다. 기도하듯 지그시 눈을 감았다 뜨고 테이블에 놓이는 술병을 물끄러미 바라보았다. 바닷가에 놀러온 양 소매 없는 검은색 티셔츠에 베이지색 반바지를 입은 여자애가 나에게 다가온 것은 바로 그때였다.

　"따분하죠."

　여자애는 서슴없이 내 앞자리에 앉았다. 불쾌했다. 오늘 하루가 별 탈 없이 지나가기를 바라는 것이 과한 욕심인 걸까. 왜 이리 성가신 일이 연거푸 일어나는 걸까.

　나는 날건달처럼 잔뜩 눈살을 구기고, 어깨를 건들거리며 앞자리의 여자애에게 협박조로 물었다.

　"너, 뭐 하는 애냐?"

　"궁금하세요?"

　그녀는 내 얼굴과 태도, 말투에서 험악한 분위기를 느끼지 못했는지 훌쩍 일어나 내 옆자리로 옮겨 앉았다. 당연한 수순이라는 듯 태연한 동작이었다.

　나는 옆에 앉은 여자애를 차갑게 노려보았다. 제법 예쁘장한 얼굴이었다. 살짝 마음이 흔들렸다. 여자애는 내 눈을 마주 보고 아주 자랑스럽게 말했다.

"저는 이 집 종업원이 아니에요. 주인 언니 부탁을 거절하기 뭐해서 온 거예요. 팁 같은 건 필요 없으니 걱정 마세요."

그 말이 오히려 경각심을 불러일으켰다. 종업원이건 아니건 여자애와 어깨를 나란히 한 채 노닥거리고 싶지 않았다.

"내가 일어설까, 아니면 네가 일어설래?"

나는 무게를 잡고 묵직하게 물었다.

"저기, 덥지 않아요? 난 더운데."

그래도 여자애는 뻔뻔하게 웃으며 나에게 잔을 내밀었다. 더 참는다는 건 무의미한 일이었다. 과감하게 일어서서 여주인에게 다가가 술값 계산을 끝냈다. 어쨌든 여자애가 옆에 앉아 있었다는 사실을 감안해 얼마간의 팁까지 얹어 주었다. 해서 그녀가 뒤쫓아 나오리라고는, 내 앞을 가로막고 언성을 높이라고는 짐작조차 하지 못했다. 그녀는 내 발바닥을 향해 거칠게 침을 뱉었다.

"나 참 기가 막히네. 웃겨서 말이 안 나오네. 아저씨가 뭔데 사람을 무시해?"

나는 여자애의 말투가 썩 마음에 들지 않았다. 그러나 그녀와 다툼을 벌이면 어떤 형태로든 피해를 보는 쪽은 나일 거라는 생각이 들어 싸움닭처럼 턱을 치켜세우고 있는 그녀에게 최대한 정중히 말했다.

"내 행동이 불쾌했다면 사과하마. 그러니 비켜 다오."

하지만 여자애는 물러나지 않았다.

"저리 가, 좀!"

나는 왈칵 올라오는 짜증을 억누르지 못해 여자애를 밀치려 두 손을 뻗었다. 그녀는 날렵하게 내 손을 피했다. 순간 몸의 중심을 잃은 나는 하마터면 땅바닥에 넘어질 뻔했다.

간신히 균형을 찾고 똑바로 서서 빠르게 주위를 살펴보았다. 새벽이라 대부분의 상점이 문을 닫은 거리는 한적하기 그지없었다. 그 가운데에서도 그녀와 내가 대치한 곳은 음침하기 그지없는 골목길이었다. 더군다나 나는 제법 술에 취한 상태였다. 정신을, 차려야 했다.

"원하는 게 있으면 얘기해."

나는 심신을 가다듬고 침착하게 말했다. 여자애는 왼손 엄지손톱 끝으로 오른손 검지손톱 끝을 깎으며 이따금 후, 후 입김을 불었다.

"돈이냐?"

나는 여자애의 몸짓에서 좋지 않은 느낌을 받았다. 이 근처 어딘가에 그녀의 신호를 기다리는 패거리가 숨어 있을지도 모르는 노릇이었다. 쓸데없는 봉변을 당하지 않으려면 그들의 요구를 미리 알아서 만족시키는 편이 나았다.

나는 타인이 만든 난감한 상황에서 아무 탈 없이 빠져나오기 위해 뒷주머니에 있는 지갑을 꺼냈다. 지갑 속의 돈을 모두 끄집어내 여자애에게 건넸다. 여자애는 순순히 내가 건네는 돈을 받아쥐었다.

나는 내심 시원함과 섭섭함을 동시에 느끼며 뒤돌아섰다. 그러나 상황은 바뀌지 않았다. 여자애는 내 지갑이 비어 있음을 확인했음에도 계속 내 뒤를 쫓아왔다.

"또 뭐냐?"

걸음을 멈추고 돌아서서 여자애에게 물었다. 그녀는 아무 대답도 하지 않고 바로 내 앞에 와서 섰다.

"도대체 왜 이러니? 벌써 새벽 두 시야. 정말 피곤하다."

"나, 아저씨 집에서 재워 주면 안 돼?"

여자애가 느닷없이 오른손을 내 어깨에 올려놓았다. 이 여자앤 지금, 만만하게 보이는 나를 유혹해서, 내가 가진 모든 것을 빼앗을 작정인가.

나는 안기듯 바싹 품 안에 들어와 있는 여자애를 양손으로 밀었다. 그녀는 조금도 밀리지 않았다. 뿌리 깊은 나무처럼 단단히 버티고 서 있었다. 난감했다. 여자애의 몸은 부드러웠고, 목 부위에서는 기분 좋은 향기가 풍겨 나왔다.

이런 빌어먹을.

나는 신음처럼 내뱉었다. 선주와의 장장 이틀에 걸친 성 대결을 끝낸 지 여덟 시간이 채 지나지 않았는데 또다시 성욕이 싱싱하게 살아나 꿈틀거렸다.

…정신을 차려야 한다, 정신을. 여자애는 내가 유혹에 넘어갔다고 판단하는 순간 갑자기 면도날을 씹어 뱉거나 험악한 자기 패거리를 불러 모을지도 모른다.

나는 힘껏 어깨를 휘돌려 여자애의 손을 떨치고 돌아서서 성큼

성큼 걸어갔다. 위험을 감지한 내 몸은 서서히 시들어 갔다. 여자애는 계속 투덜거리며 악착같이 내 뒤를 따라왔다.

그래, 여기다.

마침 골목 끝부분에 모텔이 있었다. 그 앞에서 걸음을 멈췄다. 눈을 돌려 여자애를 쳐다보았다. 여자애는 두어 발짝 떨어진 곳에 엉거주춤 서서 내 행동을 지켜보았다. 나는 거침없이 모텔 문을 열고 들어갔다. 모텔 내부는 밖에서 본 것과는 다르게 제법 넓고 깨끗했다. 나는 안내 데스크에 앉아 꾸벅꾸벅 졸고 있는 직원을 깨웠다. 깜짝 놀라 고개를 치켜든 그는 어리둥절한 눈으로 우리를 쳐다보았다. 어느 틈에 따라 들어와 내 옆에 서 있던 여자애가 그 모습을 보고 주책없이 키득거렸다. 나는 그에게 물었다.

"방, 얻을 수 있죠?"

"그라암요."

하회탈처럼 얼굴에 잔주름이 많은 직원이 크게 하품을 하고 말했다. 그러다 내 옆에 서 있는 여자애를 보고는 미심쩍은 표정을 지었다.

"그란디 그짝 주민등록증 잠 볼 수 읍으까?"

"이거 왜 이래요? 나 스물 둘이에요."

여자애는 얼굴을 붉히며 앙칼지게 내뱉었다. 그러나 직원은 호락호락 물러나지 않았다.

"아, 주민등록증만 보여 주면 될 일을 어쩨 그리 화를 내는감? 내가 뭐 잘못한 게 있는감?"

직원은 느긋하게 우리를 번갈아 쳐다보았다. 어쩐 일인지 그의 입가에는 음흉한 미소마저 감돌고 있었다. 나는 여자애의 얼굴을 보았다. 어린 건지, 어려 보이는 건지 알 수 없었다. 어쨌든 카페 여주인이 미성년자를 불러 손님 테이블에 앉힐 만큼 막돼먹은 사람 같지는 않다는 생각이 들었다.

"미안합니다. 대구에 사는 동생인데 급한 연락을 받고 갑자기 올라오는 바람에 주민등록증을 가져오지 못했어요. 상관없지 않습니까?"

나는 당당한 태도로 말하고 여자애에게 돈을 꺼내 주라는 몸짓을 했다. 미성년자를 유혹해 모텔까지 끌고 들어온 파렴치한 인간으로 전락할 위기에서 벗어나려면 강하게 나갈 필요가 있었다.

여자애는 졸라 재수 없네, 어쩌고 하면서도 데스크에 있는 이용 요금 안내 표지판을 확인했다. 앞주머니에 넣어 둔 돈을 꺼내 숙박비를 세서 직원에게 건넸다. 직원은 돈을 받고 나서도 여전히 마뜩잖은 눈으로 우리를 쳐다보았다. 나는 그의 시선을 피하지 않았다.

"좋습니다. 돈, 돌려주세요. 그냥 가겠습니다."

나는 심드렁하게 말했다. 솔직히 더는 모텔에 머물고 싶지 않았다. 당황한 직원은 다급히 "아니, 아니요." 손사래를 쳤다. 그는 얼른 카드 키를 꺼내 내주었다.

"이 백 이 호로 가쇼."

나는 마지못한 척 카드 키를 받아 들고 계단을 향해 걸어갔다.

여자애가 직원 들으라는 듯 투덜거렸다.

"재작년에 결혼해서 작년에 아들을 낳은 친구도 있는데, 뭐 어째? 주민등록증을 보자고? 그러니 내가 이런 데를 들어오고 싶겠냐고."

여자애가 따라오든 말든 상관하지 않고 이 층으로 올라갔다. 202호 앞에 서서 도어 록에 카드 키를 갖다 댔다. 잠금장치 풀리는 소리가 났다. 여자애는 내 뒤에 있었다. 문을 열고 안으로 들어갔다. 여자애도 따라 들어왔다. 오른쪽 벽에 붙어 있는 키 박스에 키를 꽂았다. 센서 등이 켜졌다. 문은 여자애가 손댔는지 닫혔다.

신발을 벗고 방에 들어갔다. 통합 리모콘을 찾아 실내를 환하게 밝혔다. 에어컨을 켜고 냉장고에서 생수를 꺼내 마셨다. 여자애는 음료수를 꺼내 마시고 입고 있던 옷 네 개 가운데 두 개를 거침없이 벗어 던졌다. 여자애의 가슴은, 어림짐작했던 것보다 더 봉긋했다.

나는 멍하니 여자애의 움직임을 지켜보았다. 내 눈길을 의식한 그녀는 또 하나의 옷을 벗어 바닥에 떨어뜨려 놓고 욕실을 향해 걸어갔다. 여자애는 내게 말하는 듯했다.

개폼 잡지 마, 아저씨. 아저씨나 나나 다 그렇고 그런 인간이야.

잠시 후 물을 틀고 샤워하는 소리가 들렸다. 숙달된 본능이 망설이는 나에게, 여기서 더 머뭇거린다면 이후의 상황은 아주 더럽게 전개될 거라는 점을 일깨워 주었다. 무거운 몸을 일으켜 그녀가 나오기 전에, 그녀의 패거리가 들이닥치기 전에 조용히 객실을 빠져나왔다.

  일 층으로 내려온 나는 또 다른 출구가 있나 살폈다. 없었다. 어디에도. 재빨리 우리가 들어온 곳으로 나왔다. 언제 여자애가 뛰쳐나올지 몰라 불안했다. 나는 집을 향해 걸으면서 끊임없이 뒤를 돌아보았다. 때로는 어둠 속에 몸을 숨긴 채 한참을 서서 주변을 꼼꼼히 살펴보았다. 그렇게 몇 번의 탐색을 거치고 나서야 비로소 미행하는 자가 없음을 확신한 나는 한적한 도로를 가로질러 아파트 단지로 들어섰다. 스르르 긴장이 풀렸다. 지금쯤이면 여자애와 그녀의 패거리가 내가 도망쳤다는 사실을 알아채고 나를 찾으려 동분서주하고 있을 터였다.

  하지만 나는 다음 날 오후 아파트 입구 놀이터에서 여자애와 마주쳤다. 어이없는 일이었다. 슬며시 주위를 둘러보았다. 그녀의 패거리는 없는 듯했다. 모른 척 뒤돌아섰다. 그녀는 서슴없이 내가 들고 있는 봉투를 빼앗았다. 오랜만에 음식물 사냥을 나가 나름대로 성공을 거둔 나는 먹을거리로 가득한 봉투를 손에 쥐고 공연히 의기양양해져서 씩씩하게 귀환을 서두르던 중이었다.

  나는 빈손으로 여자애를 쳐다봤다. 여자애는 내 집 쪽으로 걸어갔다.

  …대체 내가 여기 산다는 걸 어떻게 알았을까?

  나는 곰곰이 생각해 보았다. 짚이는 데가 있었다. 다시 아파트 단지를 나섰다. 여러 가지 상황을 종합해 볼 때 전문적인 훈련을 받은 조직의 일원이 내 뒤를 밟은 것이 틀림없었다.

그렇다면 여자애는 왜 즉시 내 공간으로 침투해 들어오지 않았을까? 그녀의 조직은, 비교적 손쉽게 모텔을 탈출한 나에 대해 보기와는 달리 만만치 않은 놈이라는 판단을 내리고, 긴급회의를 열어 신중한 토의를 거듭한 끝에 단기전이 아닌 중장기전을 택한 것일까?

"뭐 더 살 거 있어?"

어느새 뒤따라온 여자애가 생글생글 웃으며 팔짱을 꼈다. 나도 그녀처럼 티셔츠에 반바지 차림이었다. 그만큼 햇볕에 노출된 부분이 많아 더웠다.

"내가 여기 사는 건 어떻게 알았지?"

나는 껌처럼 끈적끈적한 여자애의 팔을 떼어 내고 짜증 섞인 목소리로 물었다. 여자애는 대답 대신 코를 찡긋하면서 입술을 오므렸다.

"돌겠네."

나는 성큼성큼 횡단보도를 건너 대형 에어컨이 더위를 막는 수문장처럼 버티고 서 있는 커피숍 문을 열고 들어갔다. 실내는 당연히 시원했다. 나는 카운터 앞에 서서 종업원에게 수박주스를, 내 옆의 여자애는 애플망고주스를 주문했다. 결재는 내가 다 현금으로 했다. 종업원이 내준 주스를 들고 에어컨과 가장 가까운 자리로 가서 앉았다. 여자애는 내 앞에 앉았다. 주스는 탁자에, 봉투는 옆 의자 위에 올려놓았다.

"날 찾아온 용건이 뭐야?"

나는 그녀를 노려보며 물었다.

"그냥. 심심해서."

여자애의 대답은 지극히 간단했다. 애써 마음을 다독이고 차근차근 이야기했다. 나는 할 일이 아주 많은 사람이다. 너와 이렇게 마주 앉아 노닥거릴 시간이 없다. 그리고 나의 착한 아내로 말할 것 같으면, 쓸데없는 오해를 할 사람은 아니지만, 그래도 너와 단둘이 있는 걸 보면 속이 편하지는 않지 않겠는가.

여자애는 내 이야기가 끝나자마자 코웃음을 쳤다.

"까고 있네."

"이 자식이 정말! 대체 뭣 때문에 나를 귀찮게 하는 거냐?"

나는 벌컥 화를 냈다. 순간 여자애가 기다렸다는 듯 목소리를 높였다.

"화낼 사람은 나야. 한 번도 아니고 두 번씩이나, 아저씬 뭐가 그렇게 잘나서 사람을 무시해? 어제 오늘 내가 얼마나 비참했는지 알아? 생각이나 해 봤어?"

여차하면 내 뺨이라도 갈길 기세였다. 나는 슬그머니 고개를 숙였다. 먼저 화를 낸 건 분명 멍청한 짓이었다.

"왜 그러고 있어? 내 말이 틀려? 얘기해 봐. 내가 귀찮은 이유가 뭐야? 정말이지 너무 심하다는 생각 안 들어?"

여자애가 테이블을 밀치고 일어섰다. 나는 힘없이 그녀를 올려다보았다.

"미안하다."

"뭐?"

"그만하자. 여긴 공공장소야."

"지금 그걸 사과라고 하는 거야?"

그때 다행히 카운터에 있던 종업원이 우리에게 다가왔다. 한숨이 절로 나왔다. 여자애는 무슨 일 있었냐는 표정으로 태연하게 자리에 앉았다. 나는 종업원에게 원치 않은 소란을 일으킨 데 대해 유감의 뜻과 미안함을 전하고 재발 방지를 약속했다.

"흡연실로 가."

그녀가 일어서서 명령하듯 말했다. 나도 몸을 일으켜 그녀를 따라 흡연실로 갔다. 우리는 거의 동시에 담배를 꺼내 물었다. 라이터를 켜서 여자애 담배에 불을 붙이고 내 담배에도 붙였다. 여자애가 연기를 내뿜으며 비스듬히 몸을 틀었다. 창문을 통해 들어온 햇빛이 그녀의 몸 가장자리에 흰 금을 두 줄 그었다. 하나는 왼쪽 귓불에서부터 턱과 둥근 어깨를 거쳐 손가락 끝까지. 또 하나의 선은 오른쪽 어깨에서 시작해 허리를 지나 엉치뼈를 거쳐 복사뼈까지. 여자애의 다리는 길었고, 탄탄해 보였다. 나는 안간힘을 다해 시선을 돌렸다.

여자앤 날카로운 바늘을 교묘히 감추고 있는 미끼라는 사실을, 한시도 잊어서는 안 된다. 자칫 잘못하면 내 입을 사정없이 꿰뚫을 것이다.

가까스로 평정을 되찾은 나는 목소리를 낮추고 조심스럽게 여자애에게 그녀가 속한 조직에 대해 물었다. 여자애는 살점이 떨어져 나가기라도 하는 양 펄쩍펄쩍 뛰었다.

"살다 살다 별 거지 같은 소리를 다 듣네. 아저씨 원래 이래? 여기가 크게 잘못된 거 아냐? 돌은 거 아니냐고?"

여자애는 '여기가'라는 말을 할 때 오른손 집게손가락으로 자신의 머리를 콕콕 찔렀고, '돌은 거'라는 말을 할 때는 손가락을 빙빙 돌렸다.

"그럴 리가."

나는 단호하게 머리를 흔들었다. 하긴 여자애의 입에서 똑바른 대답이 나오기를 기대한 자체가 말도 안 되는 일이었다. 아무리 형편없는 집단에 속해 있는 허접한 조직원이라 할지라도 작업 대상에게 쉽게 비밀을 노출시키는 짓을 하겠는가.

흡연실에서 내 자리로 돌아온 나는 봉투를 집어 들고 밖으로 나갔다. 여자애는 분명히 나를 쫓아올 터였다. 나는 치와와처럼 생긴 여주인을 찾아갈 생각이었다. 여자애를 만난 것이 그녀가 운영하는 카페에서였으니 당연히 그 부분에 대해서 여주인이 책임을 져야 할 것이었다.

줄곧 앞만 보고 걷다가 카페 앞에 이르러 뒤를 돌아보았다. 언제 어디로 갔는지 여자애의 모습은 보이지 않았다. 혼자 카페에 들어갔다. 여주인은 카운터에 앉아 휴대 전화를 들여다보고 있었다. 그녀에게 다가가 카페가 보이는 근처 어딘가에 숨어 내가 나오기만을 기다리고 있을 여자애의 정체를 캐물었다.

"작년 여름에 대학 중퇴하고 미용 학원에 다니고 있는 사촌 여동생 친구야. 손님이 많이 오거나 남자 손님이 여자를 찾을 때만 부르는데, 왜 무슨 일 있었어?"

여주인이 묘한 웃음을 비실비실 흘리며 물었다. 나는 그녀에게 내가 처해 있는 상황을 설명했다. 이어 만약 여자애가 또다시 내 눈앞에 나타난다면 그때는 법적 대응도 불사하겠다고 엄포를 놓았다.

"법적 대응?"

여주인이 까르르 웃음을 터뜨렸다. 나는 단어 선택이 다소 잘못되었음을 느꼈으나 전혀 위축되지 않았다.

"지금 나 비웃는 겁니까? 좋습니다. 아무래도 상관없어요. 그쪽이야 내 말만 그 애에게 전하면 되니까. 그 애한테 다시는 나를 찾아오지 말고, 내 주변을 얼씬거리지도 말라고 해요. 나, 그렇게 쉬운 놈 아닙니다!"

여주인은 여전히 웃는 얼굴로 손님 말뜻은 충분히 알아들었다, 뭔가 큰 오해를 하고 있는 것 같다, 어쨌든 내가 알아서 잘 타이를 테니 너무 걱정하지 말라고 다독였다. 그러고는 영업 준비를 해야 한다며 카운터를 나왔다. 순간 여주인도 여자애와 한패가 아닐까 하는 의심이 솟구쳤다. 이틀 전 무턱대고 나를 뒤쫓아 온 그 못생긴 여자까지 포함해서.

갑자기 머릿속이 복잡해졌다. 나는 카페를 나와 주위를 세밀히 살펴보았다. 여자애는 보이지 않았다. 천천히 집을 향해 걸음을 옮겼다. 아파트 단지에 다다를 때까지 여자애는 모습을 나타내지 않았다. 아마도 카페 여주인의 전화를 받은 듯했다. 여자애는 통화를 마치고 생각했을 것이다. 오늘만 날이냐. 앞으로 그 얼빵한 놈에게 작업 걸 기회는 얼마든지 있다.

  나는 궁리 끝에 내 사랑스러운 공간을 상처 하나 없이 원래대로 유지하기 위해선 잠시 서울을 떠나 있는 편이 낫겠다는 판단을 내렸다. 굳이 불안감을 안고 집에 머물 필요는 없었다.

  나는 곧바로 휴대 전화를 꺼냈다. 액정 화면을 켜고 전화 앱을 눌렀다. 아시아 개점 제1호 술집에서 만난 여자애의 이름이 제일 위에 있었다. 그 이름과 통화 버튼을 차례대로 눌렀다.

지독히 어색한 농담

 일부러 눈을 감고 자는 척하는 일에 지친 나는 호시탐탐 눈을 뜰 기회를 노렸다. 나와 함께 차 안에 있는 타인들 간의 대화는 좀처럼 끊길 낌새를 보이지 않았다. 샛눈을 뜨고 차창 밖 풍경을 바라보았다. 봉담과천로와 국도를 거쳐 서해안고속도로로 접어들었던 차는 다시 고속도로를 빠져나와 국도를 내달리고 있었다.
 쓸쓸했다. 심심한 사람은 나 혼자뿐이었다. 운전석에 앉은 주용길은 내가 아시아 개점 제1호 술집에서 만난 민선주와 그녀의 친구 이연미를 상대로 끊임없이 입을 놀렸다. 그녀들은 장시간 운전을 도맡아 해야 하는 주용길의 처지에 부담을 느꼈는지 적극적으로 그의 이야기에 귀를 기울였고, 대수롭지 않은 농담에도 즐거워하는 기색을 보였다.
 "…길을 잘못 들었나 보네."
 한참을 정신없이 떠들던 주용길이 갓길에 차를 세웠다. 사실 내비게이션은 아까부터 경로를 이탈했다는 경고를 보내고 있었다. 그 소리를 분명히 들었을 텐데 선주와 연미는 주용길에게 아무런 언질을 주지 않았다. 이것도 여행을 보다 특별하게 하려는 일종의 이벤트로 여기는 걸까. 어쨌든 이제라도 주용길이 내비게이션의 경고를 받아들여 다행이었다. 나는 기지개를 펴며 연거푸 하품을 함으로써 드디어 잠에서 깨어났음을 모두에게 알렸다.

"잠깐만, 좀 보고 올게."

내비게이션을 노려보던 주용길이 벌컥 차 문을 열고 내렸다. 그 틈을 이용해 오른쪽 옆자리에 앉아 있는 선주의 어깨를 툭, 쳤다. 그녀는 여전히 조석석에 앉은 이연미와 수다를 떨고 있었다. 나는 삐죽 고개를 돌리는 선주에게 물었다.

"몇 시나 됐어? 여긴 어디야? 목적지까진 얼마나 남은 거지?"

"그게… 내비는 한 시간 정도 걸린다네요."

연미가 대신 대답했다.

"내비가 맞네. 내비 따라 가면 되겠네."

어느새 나타난 주용길이 운전석에 앉아서 태연하게 말했다. 나는 두 손을 허리춤에 대고 활처럼 몸을 뒤로 젖혔다. 오랜 시간 비좁은 공간에 쭈그리고 앉아 있었던 탓인지 허리와 궁둥이뼈가 저리고 쑤셨다. 그렇게 몇 번 하고 나서 농악대원이 상모돌리기를 하듯 목을 돌렸다.

"많이 피곤하셨나 봐요."

연미가 처음으로 내게 말을 건넸다. 힐끗 그녀를 쳐다보았다. 내 대답을 기다리는 눈치였다. 그러나 나는 답을 하지 못했다. 그저 통증이 느껴지는 목 부위를 오른손으로 주물러 대기만 했다. 그녀에게 무안을 주지 않으려면 무슨 얘기든 해야 한다는 생각이 더 큰 부담이 되어 아무 소리도 할 수 없었던 것이다.

주용길은 또다시 농담을 지껄였다.

세상에서 제일 빠른 닭은? 후다닥. 제일 섹시한 소는? 홀딱. 제일 망한 닭은? 쫄딱. 미친 닭은? 회까닥.

그의 농담에 여자들은 냉담한 반응을 보였다. 아무리 달콤한 칭찬이라 할지라도 한 자리에서 여러 번 반복해 들으면 질리는 법이었다. 주용길은 그 간단한 이치를 모르고 있었다.

세상에서 가장 무서운 구름은? 무서운. 세상에서 가장 무서운 소년은? 무섭군.

더군다나 지금은 여행 초기와는 달리 일상 탈출에서 오는 설렘과 흥분의 수위 또한 크게 낮아진 상태였다.

세상에서 가장 무서운 소녀는? 무서운걸. 세상에서 가장 무서운 나방은? 무섭나방.

선주는 앞좌석 등받이를 감싸고 있던 팔을 풀었다. 연미는 슬그머니 고개를 돌려 차창을 내다보았다.

세상에서 가장 무서운 전쟁은? 무서워. 가장 추잡한 전쟁은? 더러워.

선주가 스르르 상체를 누였다. 주용길은 고집스럽게 농담을 이어 갔다.

좋은 것 같지만 해서는 안 되는 말. 올해 연세가 아흔 아홉이신 노인에게 '할머니, 백 살까지 사셔야 해요!' 매일 남편한테 얻어맞는 부인에게 '남편께서 무병장수하시길 빕니다!'

내 전화를 받은 선주는 "이럴 줄 알았다."며 까르르 웃었다.
"여행, 같이 갈 거지?"
"응."
"좋았어. 마침 친구들도 놀러 간다니까 거기 끼자. 걔들 차 있으니까 묻어서 움직이자고."
"그건 싫다."
"왜 또 이래?"
"알잖아. 나 낯가리는 거."
"참 나… 아저씨 운전면허 있어?"
"없어."
"자랑이다. 차만 없는 게 아니라 운전면허도 없어서 렌터카를 쓸 수도 없잖아?"
선주가 질책하듯 물었다. 그녀가 눈앞에 있는 것처럼 고개를 끄덕였다.
"차 없음 버스나 기차를 타야 하는데, 이 지독한 무더위에 주렁주렁 짐을 짊어지고 걸어 다닐 생각을 해 봐. 그 장면을 그려 보라고. 아, 벌써 현기증이 이네. 진땀이 나네. 그럴 바에야 차라리 집에 틀어박혀 에어컨 빵빵하게 틀어 놓고 팥빙수나 먹으며 빈둥거리는 게 낫지 않아?"

선주가 짜증 섞인 목소리로 몰아붙였다. 내 말이, 하는 소리가 목구멍까지 올라왔다. 며칠 냉방 잘 되는 모텔 방 잡아 놓고 시원한 음식 먹으며 보내자는 의견을 전하고 싶었다. 물론 선주는 단칼에 거절할 터였다.

"암튼 알아서 해. 우린 모레 오후 두 시에 양재동 엘타워 앞에서 만나기로 했어. 시간 맞춰 안 오면 우리끼리 갈 거야."

선주가 쐐기를 박듯 말하고 냉정하게 전화를 끊었다. 내게는 선택의 여지가 없었다. 나는 생각했다. 낯선 이들과 한패가 되어 여행을 해야 한다는 사실이 꺼림칙하긴 했으나 어쩌겠는가. 수상한 여자애의 작업에 휘말려 정신적, 금전적, 육체적 피해를 입는 것보다는 낫지 않겠는가.

"안면도 처음이시죠?"

연미가 다시 나를 보며 물었다. 내 대답을 기다리는 그녀에게, 아마 처음일 거라고 더듬더듬 말했다. 연미는 내 얘기가 끝나기 무섭게 또 다른 질문을 던졌다.

"운전, 못하세요?"

나는 계속되는 연미의 질문이 부담스러워 선주를 쳐다봤다. 선주도 나를 봤다. 그러나 그녀는 내게 전혀 도움을 주지 않았다. 오히려 연미의 질문을 발판 삼아 나를 비꼬았다.

"얘는. 헬리콥터나 전투기 면허라면 모를까, 자동차 면허는 시시하잖니."

선주는 내가 못마땅한 모양이었다. 나를 쳐다보는 눈빛이 썩 좋지 않았다.

"그렇지. 잠수함이나 우주선 면허라면 또 모를까. 안 그래요?"

연미마저 자신의 농담에 관심을 기울이지 않아 의기소침해 있던 주용길이 나에게로 눈을 돌렸다. 시선이 마주쳤다. 선주가 지원 사격을 하듯 킬킬킬 비린 웃음을 흘렸다. 기분이 나빴다. 양재동 엘타워 앞에서 처음 만났을 때, 선주는 주용길이 운전하는 차 뒷좌석에 앉아 있었다. 내리지 않았다. 대신 열린 창문 밖으로 고개를 내밀어 나를 불렀다. 그녀를 발견한 나는 서둘러 반대편으로 가서 문을 열고 그녀 옆자리에 올라탔다. 지나가는 차가 많아 위험했다. 내가 타자마자 주용길은 차를 출발시켰다.

"안녕하세요. 주용길입니다."

녀석은 백미러로 당혹스러워하는 내 얼굴을 바라보며 크게 소리쳤다. 놀림을 받는 느낌이었다. 조수석에 앉은 연미는 내가 차에 올라탄 것도 몰랐는지 선주의 재촉을 받고 나서야 건성으로 인사를 건넸다.

"안녕하세요."

연미의 얼굴은 선글라스와 모자챙에 가려져 있어 생김새를 알 수 없었다. 나는 선주의 입을 통해 그녀의 이름을 알았다. 선주와 주용길은 아무런 관계가 없었다. 그들이 서로를 알게 된 건 연미 때문이었다.

연미는 한때 주용길이 다니던 전문대 일 년 후배였다. 지금 주용길은 별로 이름이 알려지지 않은 대학의 생소한 학과에 편입해 대학원까지 진학한 상태였다. 그가 계속 학교에 머무는 이유는 선주의 남자 친구처럼 군에 입대해야 하는 절체절명의 위기에서 벗어나기 위해서라고 했다. 어쨌든 나와는 상관없는 일이었다.

"내 이름은 들입니다. 성은 이."

나는 그들에게 말했다. 들. 나를 처음 아시아 개점 제1호 술집으로 데려갔던 무니가 지어 준 별칭이었다. 그러고 보니 선주를 만난 곳이 바로 그 술집이었다. 참 묘한 인연이었다.

"이들? 특이하네요."

무슨 이유에서인지 연미가 고개를 까닥였다.

"그러게요."

나는 싱겁게 웃었다. 별칭을 알린 것은 의도했던 바가 아니었다. 오랫동안 입에 올리지 않아 진짜 내 이름을 선뜻 기억해 낼 수 없었던 탓이었다.

"무슨 일 하세요?"

연미는 내 시선의 사각지대에 위치한 자신의 얼굴을 나에게로 돌려 세웠다. 나는 그녀가 내미는 초콜릿을 엉겁결에 받아 들었다.

"음악가는 아닌 것 같고, 그래. 변호사. 맞죠?"

연미는 계속 나를 바라보았다. 그녀는 분명 내게 관심을 보이고 있었다. 변호사? 무엇을 근거로 내린 판단인지 알 수 없었다.

"신경 꺼."

선주가 차갑게 내뱉고 왼손으로 내 어깨를 꼬집었다. 나는 멍하니 그녀를 쳐다보았다. 나를 제외한 나머지 세 사람은 모두 반팔 티셔츠에 반바지 차림이었다. 선주는 나를 위해 교묘하게 다리를 꼬았다. 그녀의 다리는, 역시 근사했다.

"선주, 어디서 만났어요? 어떻게?"

연미가 재차 물었다. 대답하기 곤란한 질문이었다. 난처했다. 그때 앞좌석 어딘가에서 드라마 OST 같은 휴대 전화 수신 벨 소리가 요란하게 울렸다. 선주는 연미의 질문에 신경 쓸 것 없다는 표시로 손을 내저었다. 혼자 뭐라 뭐라 구시렁대던 주용길이 길가에 차를 세웠다. 전화기는 콘솔 박스 컵 홀더에 꽂혀 있었다.

에어컨 때문에 담배를 피우지 못했던 나는 잘됐다 싶어 차 문을 열고 밖으로 나갔다. 기다렸다는 듯 후텁지근한 열기가 온몸을 휘감아 왔다. 나는 재빨리 근처 나무 그늘에 들어가 담배를 꺼내 물었다. 뒤늦게 내린 연미가 아지랑이처럼 피어오르는 지열을 뚫고 하롱하롱 내 옆에 다가와 섰다.

"오빤 꿈을 자주 꾸는 편이에요?"

바람은 내 쪽에서 그녀 쪽으로 불고 있었다. 나는 그녀의 기침 소리를 듣고 담뱃불을 껐다.

"저, 어제 이상한 꿈을 꿨거든요. 중딩 때 친구와 고딩 때 친구가 서로 반갑게 인사를 하는 거예요. 난 당연히 그 두 애를 알지만 걔들은 서로를 전혀 모르는 사이거든요. 근데 꿈속에선 우리 셋이 아주 자연스럽게 어울려 놀았어요. 이상하죠? 나도 눈을 뜨기 전까진 그 사실을 모르고 있었으니까. 오빤 어떻게 생각해요?"

말을 끝낸 연미가 모자와 선글라스를 벗었다. 장난기 어린 웃음을 입에 물고 서 있는 연미의 모습은 마치 음료 광고에 나오는 걸 그룹 멤버처럼 순수해 보였다.

"표정이 왜 그래요? 꿈보다 내가 더 이상해요?"

연미의 맑은 눈매와 귀여운 몸짓이 나를 들뜨게 했다.

"아, 아니 뭐…."

나는 적당히 얼버무리고 얼굴을 간질이는 연미의 긴 머리카락을 피해 돌아섰다. 순간 공교롭게도 나를 처다보고 있던 선주와 눈이 마주쳤다. 언제 차에서 내린 것일까.

선주를 향해 피식 웃어 주었다. 선주가 거친 동작으로 나에게 빨리 오라는 손짓을 보냈다. 성큼성큼 다가가 차 문을 열었다. 선주는 나를 안으로 밀어 넣고 연미에게로 갔다. 주용길이 나를 보지도 않고 물었다.

"선주와는 어떤 사이에요?"

녀석의 목소리엔 짜증이 듬뿍 배어 있었다. 대답할 이유도, 필요도 없는 질문이었다. 대거리하지 않고 창밖을 처다보았다. 잠시 무슨 이야기인가를 주고받던 선주와 연미가 거의 동시에 차로 와서 각자의 자리에 앉았다. 나는 그들 사이를 맴도는 어색한 기류를 감지했다. 차를 출발시킨 주용길이 백미러를 통해 내 행동을 관찰했다. 나는 혹시 있을지도 모르는 오해를 풀기 위해 선주에게 손장난을 걸었다. 내 손가락들은 빠르게 그녀의 무릎과 허벅지와 옆구리와 가슴 부분을 오르락내리락했다. 주용길이 헛기침을 했다. 선주의 어깨에 턱을 올려놓고 혀끝으로 그녀의 귓불을 어루만졌다. 주용길이 응원가를 부르듯 여러 번 경적을 울렸다. 나는 선주의 귀에 대고 속삭였다. 회, 까, 닥. 선주가 흐이익, 하는 이상한 소리를 냈다. 그녀가 가장 즐거울 때 흘리는, 그녀만의 독특한 웃음소리였다.

안면대로로 들어서면서부터 제대로 속력을 내지 못하던 차는 안면삼거리에 이르러서는 아예 거북이걸음을 걸었다. 누구에게나 마찬가지 상황이겠지만 제일 먼저 배고픔을 호소한 사람은 선주였다. 뒤이어 연미가 칭얼거렸고, 주용길은 길가에 큰 식당이 나타나자 바로 그곳 주차장으로 들어갔다. 연미와 선주가 주용길의 결단에 박수를 보냈다.

우리는 주차를 마친 차 문을 열고 우르르 밖으로 나왔다 식당에 들어가 김치찌개와 된장찌개를 시켜 먹었다. 맛은 별로였다. 차량의 흐름이 원활해지기를 기다려 식당을 나온 우리는 다시 차에 올랐다. 주용길이 변속기를 주행 모드로 놓고 천천히 나아갔다. 길 양옆으로 예쁘장한 펜션이 심심치 않게 보였다.

"어째, 펜션에 묵을까?"

주용길이 물었다.

"예약 안 했잖아?"

연미가 되물었다.

"응. 여기 펜션이 무지 많다더라고. 쉽게 구할 수 있을 거래."

"모텔은?"

"아까 밥 먹을 때 종업원한테 물어봤더니 방포사거리에서 우회전해서 들어가면 모텔도 있대."

"그럼 일단 그리로 가."

"오케이~."

주용길이 차를 몰고 가다 모텔이 보이는 길가에 멈춰 세웠다. 우리는 모두 차에서 내렸다. 펜션도 주변에 많았다.

"자, 이제 정해야지. 펜션이냐, 모텔이냐."

주용길이 나와 선주와 연미를 둘러보며 말했다. 그러더니 손을 번쩍 들었다.

"나는 펜션. 찬성하는 사람."

그들 따라 손드는 사람은 아무도 없었다.

"뭐야? 다들 모텔로 가자는 거야?"

주용길이 머쓱해진 표정으로 맥없이 손을 내렸다.

"예약하지 않은 게 마음에 걸려. 모텔이야 뭐 예약하지 않았더라도 상관없을 거 같고."

연미가 달래듯 말했다. 선주가 동의했다.

"알았어. 타."

주용길이 다시 운전석에 올랐다. 나와 선주, 연미도 차에 탔다. 약간 지쳐 있던 우리는 처음 들른 모텔에서 그냥 묵기로 했다. 가격이 적당한지는 모르겠으나 종업원이 보여 준 방은 두 개 다 큰 침대가 있고, 넓고 깨끗했다. 에어컨 바람도 쌩쌩 잘 나왔다.

나는 기분 좋게 모텔비를 지불했다. 그러나 만족스러운 기분은 오래가지 않았다. 어이없게도 선주의 룸메이트는 내가 아니었다. 연미였다. 나는 연미와 함께 방에 들어간 선주를 밖으로 불러냈다. 주용길이 있는 곳을 손가락질하며 따졌다.

"이게 무슨 짓이야? 내가 동성연애자냐? 뭣 때문에 저 자식과 같이 자야 하는 거냐?"

선주는 붉게 달아오른 내 얼굴을 보고 피식 웃었다.

"하룻밤이잖아. 참아."

"웃는구나, 넌. 그런데 난 하나도 우습지 않거든. 하룻밤이든 어쨌든 난 저 자식과 한 방에 있기 싫어."

"그럼 어떡해? 벌써 여덟 시가 넘었어. 난 좀 씻어야겠으니 이따 얘기해."

선주는 냉정하게 등을 돌리고 자신의 방으로 들어가 버렸다. 그녀의 무책임한 태도가 나를 더욱 화나게 했다. 나는 배낭을 주용길이 있는 방에 던져 놓고 혼자 모텔을 빠져나와 골목 입구에 위치한 대하 소금구이 전문 식당에 들어갔다.

소주는 적당히 피곤할 때, 적당히 우울할 때, 적당히 소화 기관이 비어 있을 때 더 맛깔나는 법이었다. 나는 연거푸 석 잔을 들이켜고 소금에 구워 익힌 대하의 껍질을 벗겼다. 언뜻 전갈처럼 보이는, 갓난아이 팔뚝만 한 새우는 제법 먹을 만했다. 나는 소주 두 병과 대하 열 마리를 순식간에 먹어 치웠다. 입천장이 얼얼했다. 문득 물안개처럼 아스라한 외로움이 마음속에 일었다. 낯선 곳, 낯선 술집에 앉아 낯선 소주를 마시고 낯선 음식을 씹어 삼키는 나.

주머니에서 휴대 전화를 꺼내 선주에게 전화를 걸었다. 전화를 받은 사람은 연미였다. 선주는 욕실에 있다고 했다.

"무슨 샤워를 한 시간이 넘도록 하지?"

"아뇨. 조금 전에 들어간 걸요. 지금 뭐 하세요?"

"아무것도 안 해."

"용길 선배는요?"

"모르겠어. 내가 알게 뭐야."

"혹시 밖에 있는 거예요? 혼자?"

연미가 갑자기 목소리를 낮췄다.

"거기 어디예요?"

나는 대답하지 않았다. 잠시 망설이다 전화를 끊었다. 술기운 탓인지 어지러웠다. 음식값을 치르고 식당을 나왔다. 불량배처럼 건들거리며 이리저리 돌아다니다 눈에 띈 슈퍼에 들어갔다. 아이스크림을 사 들고 나와 다시 선주에게 전화를 걸었다. 그녀의 휴대 전화는 꺼져 있었다. 전화를 끊고 주변을 살펴보았다. 길 건너편 벽돌색 건물 이 층에 레스토랑이 있었다. 아이스크림을 다 먹고 그곳에 들어갔다. 맥주와 마른안주를 시켜 놓고 십 분 간격으로 선주에게 전화를 했다. 선주의 휴대 전화는 계속 먹통이었다. 테이블 위에는 맥주병이 때로는 빠르게, 때로는 천천히 놓였다. 선주는 내가 레스토랑에서 건 열 번째 전화도 받지 않았다. 나는 그녀에게 문자를 보냈다.

여기는 사거리 벽돌색 건물 이 층에 있는 레스토랑. 이거 확인하는 대로 연락 바람.

전화기를 테이블에 놓았다. 취기가 걷잡을 수 없이 올라왔다. 등받이에 몸을 기댄 채 눈을 감았다. 그러다 깜박 잠이 들었는데 문득 목덜미에 차가운 기운이 느껴져 눈을 떴다. 머리가 띵했다. 더듬더듬 주위를 돌아보았다. 내 목에 물수건을 얹어 놓은 사람은, 선주가 아닌 연미였다.

나는 그녀를 옆에 앉혔다. 술잔을 들어 그녀에게 건넸다. 그녀는 내가 건네는 술잔을 받지 않았다. 보기 좋게 거절당했다는 생각이 얼굴을 뜨겁게 했다. 슬그머니 잔을 내려놓고 큰소리로 종업원을 불렀다.

"여기 얼음물 좀 가져다줘요. 맥주 세 병하고."

"아니에요, 됐어요. 오빠, 왜 이래요? 애들 기다리는데 그만 일어나요."

그녀가 선한 웃음을 앞세워 뭉그적거리는 나를 일으켜 세웠다. 나는 술값을 치르고 그녀를 따라 레스토랑을 나왔다. 연미가 나를 데려간 곳은 근처 단란 주점이었다. 연미는 일부러 비틀거리는 내게, 속삭이듯 말했다.

"문자를 늦게 봤어요. 미안해요."

선주의 휴대 전화가 꺼져 있는 걸 발견한 사람도, 전화기를 켜고 내가 보낸 문자를 본 사람도 모두 자신이라고 했다.

나는 연미가 권하는 자리에 앉아 플로어에 있는 선주와 주용길을 바라보았다. 손님이라곤 우리 넷뿐인 단란 주점에서, 선주는 바락바락 악을 써 가며 내가 알지 못하는 노래를 부르고 있었고, 주용길은 선주 옆에서 짧은 팔다리를 열심히 흔들어 대고 있었다.

마침내 노래를 끝낸 선주가 주용길에게 마이크를 넘기고 내가 있는 곳으로 왔다. 그녀는 자리에 앉자마자 자신의 맥주잔에 술을 따르고 벌컥벌컥 들이켰다.

"왔어?"

선주가 손에 쥔 빈 잔을 내게 건넸다. 응, 하며 받았다. 선주가 그 잔에 술을 따르고 마시라는 시늉을 했다. 그렇게 했다.

"저 친구 취한 것 같은데."

나는 이제 막 노래를 시작한 주용길을 쳐다봤다.

"아직 멀었어. 올라와."

선주는 나를 끌고 플로어로 나갔다. 힐끔 연미를 돌아보았다. 그녀가 고개를 끄덕였다. 선주는 늘 그랬듯 쉽게 정신을 놓았다. 리듬 따윈 그녀에게 중요하지 않았다. 그녀는 머리를 뒤로 젖히고 팔과 다리를 제멋대로 움직이며 크게 소리를 질러 댔다. 마치 바람에 흔들리는 사람 형체의 키다리 풍선 같았다.

…여전하구나.

나는 무심코 중얼거렸다. 그 말이 내 귀에 메아리처럼 울렸다. 나는 알고 있었다. 나 또한 머지않아 그녀와 비슷한 상태가 되리라는 것을.

안면도는 섬이다

생김새가 썩 신통치 않은 비호감 여학생이 나에게 술잔을 던졌다. 술잔은 내 이마를 스치고 지나가 벽에 부딪쳐 산산조각 났다.

"도대체 형은 어떻게 살 것인지, 어떻게 살아야 올바르게 사는 것인지 단 한 번이라도 생각해 본 적 있어? 회의도 없고, 갈등도 없고, 목표도 없고, 의지도 없고, 나는 형 같은 새끼가 존재한다는 사실이 믿어지지 않아!"

여학생의 음성에는 듣기 싫은 쇳소리가 섞여 있었다. 나는 일어서야 한다고 생각했다. 하지만 다리 근육이 마비된 것처럼 몸을 일으킬 수 없었다. 주변 사람들의 시선은 내게 집중되어 있었다. 이리저리 눈을 돌려 후배에게 면박 당하는 나를 안쓰러워하고 있을 누군가를 찾았다. 그가 나를 이 상황에서 끄집어내 주기를 바랐다.

"누굴 또 집적대려는 거야? 이 추잡한 새끼, 꺼져!"

여학생은 재차 나를 향해 술잔을 던졌다. 술잔은 정확하게 내 이마를 때렸다. 소주가 이마에서 흘러내렸다. 손바닥으로 대충 눈가를 훔치고 '딱해서 어째' 하는 눈빛으로 나를 바라보던 여자를 다시 쳐다보았다. 한데 어찌된 일인지 그녀의 얼굴에 냉기가 감돌았다. 눈빛도 달라져 있었다. 나를 원망하는 듯했다. 도무지 까닭을 알 수 없었다. 내가 아는 그녀라면 서둘러 손수건을 꺼내 들고 나에게로 와서 상처 입은 내 얼굴과 마음을 치료했을 터였다.

"뭐야? 왜 그래?"

나는 그녀에게 물었다. 그녀는 섬뜩하리만큼 차가운 음성으로 내뱉었다.

"이건 시작일 뿐이야. 이, 지, 두."

눈을 떴다. 몹시 목이 말랐다. 골치도 아팠다. 상체를 일으켰다. 주용길의 발이 내 옆에 있었다. 주용길은 냉장고와 어깨를 맞댄 채 누워 있었다. 나는 앉은걸음으로 냉장고 앞으로 갔다. 냉장고를 열고 500mL 생수통을 꺼냈다. 한 통을 다 마시고 다른 통을 꺼냈다.

"여기…."

어느새 잠에서 깨어난 주용길이 희미한 목소리로 나를 불렀다. 그는 벌을 서는 학생처럼 무릎을 꿇고 앉아 내가 쥐고 있는 생수통을 손가락으로 여러 차례 가리켰다. 나는 미련 없이 그에게 생수통을 던졌다. 주용길은 알코올 중독자처럼 떨리는 손으로 생수통을 집어 들더니 뚜껑을 열고 정신없이 물을 들이켰다. 나는 음료수를 꺼내 마셨다. 문득 꿈속에서 들었던 소리가 귀에 울렸다.

…이 추잡한 새끼, 꺼져.

무심코 머리를 매만졌다. 멀쩡했다. 힐끔 주용길을 쳐다보았다. 무릎을 꿇고 턱을 쳐든 채 생수통을 입에 물고 있는 주용길은 일본 AV에 나오는 변태 성욕자 같았다.

그를 지나쳐 욕실 문을 열고 들어갔다. 세면대 거울 속의, 퉁퉁 부어오른 내 얼굴 위로 다른 사람의 얼굴이 스쳐 갔다. 가슴이 철렁 내려앉았다. 재빨리 옷을 벗어 욕실 밖으로 던지고 샤워기를 틀었다. 세차게 쏟아지는 차가운 물줄기가 불쾌하게 남아 있는 술기운과 꿈의 잔재를 한꺼번에 지워 버렸다. 개운했다. 나는 샤워를 끝내고 나와 배낭에서 새 옷을 꺼내 입었다. 욕실 문 앞에 널브러져 있는 옷가지들은 버릴까 하다 챙겨서 배낭에 넣었다.

우리는 모텔 근처 식당에서 아침 겸 점심을 먹고 차에 올랐다. 우리 가운데 적지 않은 양의 공깃밥에 콩나물과 우거지, 선지가 그득한 해장국 그릇을 깨끗이 비운 사람은 연미뿐이었다. 나와 주용길과 선주는 숟가락으로 국물만 몇 차례 떠먹었다. 밥과 건더기, 반찬에는 거의 손을 대지 않았다. 주용길과 선주도 나처럼 속이 울렁거려 그것들을 먹을 엄두가 나지 않았던 듯했다.

연미가 멀쩡할 수 있었던 건 알코올이 두통을 일으키는 이상 체질 덕분이었다. 그녀는 조수석에 앉아 어제 저녁부터 오늘 새벽까지 나를 포함한 세 사람을 보호, 통제하느라 죽을 지경이었다고 공치사를 늘어놓았다. 주용길은 듣기 싫은지 시동을 걸고 차를 몰앉다. 나는 어제 주용길이 어느 순간부터 "형, 형" 하며 내게 아양을 떤 것과 연미를 붙잡고 무슨 이야기를 한참 지껄인 것, 그러다 그녀와 어깨동무를 한 것 말고는 어디에서 어떻게 하다 연미와 대화를 하게 됐고, 어떤 내용의 이야기를 어떤 식으로 떠벌렸는지, 언제 계산을 하고 언제 단란 주점을 나와 언제 모텔에 들어갔는지 도무지 기억해 낼 수 없었다.

차는 승언삼거리를 지나 해안로를 지나 상촌삼거리를 지나 지포저수지를 지나 감나무골삼거리를 지나 대형 마트가 보이자 그 앞에서 멈추었다. 미적미적 차에서 내린 나는 주용길을 따라 마트 안으로 들어갔다.

주용길은 사흘분의 식량이 필요하다며 카트에 210g 햇반 스물네 개가 들어 있는 박스 하나와 오 봉입 라면 두 팩, 2kg 맛김치 한 봉, 꽁치 통조림, 고등어 통조림, 캔 햄, 소시지, 고추장, 간장, 깻잎장아찌, 멸치볶음, 오징어채무침, 소고기장조림, 파, 마늘, 고추, 양파 등을 담았다. 카트가 가득 찼다.

입안이 썼다. 배 속은 뒤틀렸다. 죽을 맛이었다. 주용길도 나와 같은 고통을 겪고 있을 터였다. 그럼에도 그는 잊지 않고 다른 카트를 가져와서는 거기에 3kg 각 얼음 세 봉지와 매실주 세 병을 담았다. 그러자 선주가 나서서 위스키 다섯 병, 소주 열 병, 1600mL 페트병 맥주 세 개를 담았다. 연미는 콜라와 사이다, 주스 등을 담았다.

"이 술, 언제 다 먹냐."

연미가 카트를 보며 혼잣말하듯 물었다.

"이 정도는 우리가 정상 컨디션일 때 하루치밖에 안 돼."

선주가 자랑스럽게 떠벌였다. 주용길은 그 말을 부인하지 않았다. 그 역시 술을 좋아했다. 먹기도 잘 먹었다. 그러나 솔직히 선주와 나에 비하면 주량이 현저히 약한 편이었다.

주용길과 나는 각각 다른 카트를 밀고 계산대로 갔다. 돈은 내가 냈다. 우리는 구매한 것들을 종이 박스에 담아 들고 마트를 나와서 차로 갔다. 주용길이 트렁크에서 아이스박스를 꺼내 땅바닥에 내려놓았다. 우리는 아이스박스를 열고 비어 있는 공간을 얼음과 술, 음료수 등으로 풍성하게 채웠다. 그런 다음 다시 트렁크에 넣었다.

"여기서 얼마나 더 가야 안면도가 나오니?"

나는 트렁크를 닫는 주용길에게 물었다.

"여기가 안면도예요."

주용길이 어이없다는 표정으로 나를 쳐다보았다. 나는 지명이 안면도라기에 당연히 섬인 줄 알았고, 섬이면 배를 타고 들어가겠구나, 생각했었다.

"어제 다리 지나왔잖아요. 안면대교. 이를테면 그 다리가 배의 역할을 하는 거죠."

주용길이 말을 마치고 어깨를 으쓱했다. 알겠다는 표시로 고개를 끄덕였다. 녀석은 자신이 내뱉은 말이 그럴듯하게 느껴지는 모양이었다. 또다시 중얼거렸다.

"다리가 배의 역할을 한다, 이거지."

나는 카드 두 개를 원래 자리에 가져다 놓고 왔다. 차 뒷좌석 문을 열고 선주 옆에 앉았다. 에어컨의 보호를 받고 있는 차 안은 역시 시원했다. 나를 기다리고 있던 주용길이 곧바로 차를 출발시켰다. 나는 등받이에 몸을 기댄 채 오랜만에, 무리하게 힘을 쓴 탓인지 은근히 저려 오는 팔꿈치를 주물렀다.

차는 곧 고남면에 접어들었다. 조개부리마을을 지나 바다가 보이는 곳에 이르렀다. 주용길은 길에서 방파제로 이어지는 부분 옆 빈터에 차를 세웠다. 우리는 천천히 차에서 나왔다. 열린 트렁크에서 각자의 배낭을 꺼내 등에 멨다. 나는 주용길과 함께 접이식 손수레를 끄집어내서 폈다. 아이스박스와 음식물 박스, 취사도구가 들어 있다는 박스와 해먹 튜브 박스를 하나하나 들어내 손수레 바닥에 올렸다. 주용길은 앞에서 손잡이를 잡아 손수레를 끌고, 나는 뒤에서 밀고 방파제 쪽으로 갔다. 선주와 연미가 뒤따랐다. 우리는 방파제 어귀에 모여 서서 작은 섬이 듬성듬성 박혀 있는 바다를 바라보았다.

바람에 실려 오는 짠물 냄새와 해조류 냄새. 살랑이는 머릿결처럼 잔잔한 물결. 바다에 한가로이 떠 있는 고기잡이배들. 바다 위를 나는 기러기들의 어지러운 움직임과 울음소리.

서로 어깨를 맞대고 있는 연미와 선주가 합창하듯 의미를 알 수 없는 한숨을 토해 냈다. 주위를 둘러보았다. 인근에도 펜션이 여럿 있었다. 나는 바다와 가장 가까이 있는 펜션을 바라보며, 저곳 주인은 아침이 되어 문을 열면 눈에 환히 들어오는 삽상(颯爽)한 풍경에 가슴 트이는 즐거움을 느끼겠지만, 여기도 바다는 바다이고, 심한 태풍이라도 불어오는 날이면 거친 파도가 집을 덮쳐 자칫 귀중한 생명을 잃게 되진 않을까, 꽤 타당성 있는 걱정을 했다.

주용길이 휴대 전화를 꺼내 누군가와 통화를 했다. 십 분쯤 지나자 나이를 짐작하기 어려운 어른 한 분이 우리 앞에 나타났다. 적어도 육십은 넘지 않았을까. 마을에 사는 노인 같았다. 햇볕에 바싹 그을려 있는 노인의 몸에선 신체의 건강함보다는 삶의 고단함이 먼저 느껴졌다.

주용길이 노인과 무슨 말을 주고받았다. 나는 어느새 방파제 아래로 내려가 뭔가를 살펴보고 있는 선주와 연미를 불렀다. 내 부름을 들은 그녀들은 거의 동시에 허리를 펴고 뒤돌아서서 내게 손을 내밀었다. 나는 먼저 선주를 끌어올리고, 이어 연미를 끌어올리며 문득, 알 수 없는 낯익음, 이를테면 언젠가 했었던 일을 되풀이하는 듯한 묘한 느낌을 받았다.

"이제 가자."

주용길이 노인과의 짧은 대화를 끝내고 연미와 선주를 보며 말했다. 우리는 방파제 끝으로 갔다. 앞장선 노인이 옆에 매여 있는 낡고 작은 고기잡이배에 올랐다. 나와 주용길로부터 박스 네 개와 손수레를 차례로 건네받아 실었다. 우리는 연미와 선주, 나, 주용길 순으로 배에 탔다. 모두 승선했음을 확인한 노인이 줄을 풀고 기관실로 갔다. 배는 이내 몸을 돌려 바다로 나아갔다.

"저기야."

주용길이 뱃머리에 서서 백 미터쯤 떨어져 있는 섬을 가리켰다. 앞으로 우리가 머물 장소였다. 나는 무심히 수평선에 시선을 두었다. 어느덧 뉘엿뉘엿 해가 기울고 있었다. 바다와 맞닿은 지점에서부터 푸른 하늘과 하얀 구름에 선홍색 물이 들기 시작했다. 선홍색은 점점 더 짙어질 테고, 차지하는 범위도 점점 더 넓어질 터였다.

나는 하루 중 해가 떠오를 때나 해가 질 무렵이 가장 아름다운 이유는 파란색과 흰색, 붉은색이 나름의 존재감을 뽐내면서도 서로 잘 어우러져서일 거라는 생각을 했다.

노인은 해안에 배를 대고 모래밭에 우리 넷과 박스 네 개와 손수레를 내려놓았다. 그는 연미가 섬 이름을 물어보자 담배 연기를 들이마시고 내뱉을 때만큼이나 느긋하게 입을 열었다.

"여기? 미도(眉島)여. 생김새가 사람 눈썹 같다고 혀서 붙여진 이름이여."

무서운 이야기와 우스운 이야기

　허름한 집 세 채가 삼각형 형태로 각각 십여 미터 간격을 두고 서 있는 곳. 자식들 학교와 생계 문제로 주민이 모두 떠나고 이제는 무인도가 되어 버린 섬. 그 이름 미도.
　연미와 선주의 수영복이 우리를 섬에 데려다준 마을 어른을 잠시 난처하게 한 것을 제외하곤 우리는 주용길이 끌고 들어온 공간에서 별다른 말썽 없이, 별다른 다툼 없이 사이좋게 지냈다. 우리가 짐을 푼 집 마당에는 샘 같은 우물이 있었고, 평상도 있었다. 방은 마루 양쪽에 하나씩, 두 개였다. 전체적으로 낡기는 했으나 지저분하지는 않았다. 더군다나 두 개의 방에는 뽀송한 이불과 베개뿐만 아니라 모기장까지 갖추어져 있었다. 전기도 들어왔다. 주용길의 연락을 받은 노인이 우리가 오기 전에 미리 깨끗하게 집 안팎을 청소하고, 생활에 큰 불편함이 없도록 나름 준비를 철저히 한 듯했다.
　나는 즐거웠다. 바다에 뛰어들어 지칠 때까지 수영을 하는 것도, 바닷가에서 조개를 줍는 것도, 노인이 알려 준 대로 조새로 바위에 붙어 있는 굴을 따는 것도, 아이스박스에 넣어 둔 수박을 꺼내 주먹으로 쪼개 먹는 것도, 주용길과 연미의 눈을 피해 선주와 몸 장난을 치는 것도, 풋고추를 안주로 소주를 마시는 것도.

우리가 필요로 하는 술과 음료수, 얼음, 햇반과 라면, 구이용 고기와 반찬류, 과일과 채소 등의 먹을거리는 노인이 사다 주었다. 노인과 주용길이 촌수가 멀긴 해도 친척 사이라는 건 눈치로 알 수 있었다. 노인은 주용길의 아버지에게 큰 신세를 진 것처럼 보였다. 주용길이 아랫사람 부리듯 해도 전혀 싫은 기색을 내비치지 않았다.

우리는 밤이 되면 노인이 우리를 위해 철판 화덕과 불쏘시개, 마른 장작 등을 준비해 놓은 바닷가로 나갔다. 주용길이 들고 온 가스 토치로 불을 피우는 모습을 지켜보다가 장작에 불이 붙어 활활 타오르기 시작하면 화덕 주위에 둘러앉아 엠티 온 친한 대학 동기들마냥 이야기를 주고받았다. 연미는 겁이 많았다.

"더운 여름날이었어. 식구들은 다 피서를 떠나고 나 혼자만 텅 빈 아파트에 남아 공부를 하고 있었지. 그러다 머리가 지끈거려서 잠시 쉬려고 베란다로 나가 멍하니 밖을 바라보았어. 밤을 밝히는 가로등 밑 의자에 어떤 사람이 앉아 있었지. 나는 그를 뚫어지게 쳐다봤어. 그런데 그의 얼굴에 눈 코 입이 없는 거야. 마치 도화지 같은 얼굴이었어. 나는 무서워서 마구 소리를 질러 댔지. 저 사람 보라고, 저 사람 괴물이라고. 내 고함을 듣고 그가 천천히 몸을 일으켰어. …그는, 대머리였어."

그녀는 주용길이 주절거린 이런 시시한 이야기에도 꺅꺅 비명을 질렀다.

선주는 달랐다. 그녀는 주용길만큼이나 무서운 이야기, 혹은 우스운 이야기를 많이 알고 있었다. 만약 이야기하기 경연 대회가 있었다면 그들은 서로에게 깊은 경쟁의식을 느꼈을 터였다. 그 정도로 그들은 양적인 면에서나 질적인 면에서 우열을 가려내기 힘든 호적수였다. 그들에 비하면 나는 아는 게 거의 없었다.

내가 아는 무서운 이야기라고는 재래식 화장실 변기 구멍으로부터 소름끼치도록 창백한 손이 기어 나와 빨간 휴지 줄까, 파란 휴지 줄까 물어보는 고색창연한 괴담이 고작이었다. 우스운 이야기라고는 '아기들의 착각, 울면 다 되는 줄 안다.' '엄마들의 착각, 자기 애가 머리는 좋은데 공부를 하지 않아서 못하는 줄 안다.' 정도였다.

연미 역시 나와 비슷했다. 그녀가 아는 무서운 이야기는 건물 옥상에서 떨어져 숨진 전교 일등 아이가 자신을 옥상으로 불러내 밀친 전교 이등 아이를 물구나무 선 채 찾아다니다 마침내 책상 밑에 숨은 이등 아이를 발견해 낸다는 것 하나뿐이었다. 우스운 이야기는 전혀 알지 못했다. 듣긴 많이 들었는데 도무지 기억이 나질 않는다는 것이 그녀의 변명이었다.

나와 주용길은 연미의 무서운 이야기를 미소 지으며 들었다. 그녀는 이야기를 하는 도중 누가 조금만 움직여도 거침없이 비명을 질렸다. 심지어는 하려는 말의 내용에 자신이 먼저 겁에 질려 한참 침묵하기도 했다. 선주는 그런 연미를 짜증스러워했다.

"넌 애가…. 그렇게 무서우면 아예 입을 열지 말던가."

선주는 연미의 연약함에 질투를 느끼는 듯했다. 나와 주용길이 지켜 주고 싶다는 눈빛으로 연미를 쳐다봐서일까.

나는 무서운 이야기나 우스운 이야기 대신 내 이야기를 들려주었다. 하늘엔 마치 축포를 쏘아 놓은 양 수많은 별이 떠 있었다.

"…내가 다섯 살 때, 옆집에 이사 온 아이가 있었어. 식구는 할머니와 그 아이 단둘뿐이었지. 그 아이와 나는 또래였고, 친구가 없어 혼자 노는 아이를 안쓰러워하던 할머니의 배려로 우리 둘은 금방 친해지게 됐어. 아이가 사는 곳엔 우리 집에는 없는 예쁜 화단이 있었고, 모래가 가득 쌓여 있는 뒤뜰이 있었지. 나는 눈만 뜨면 그 집으로 달려가 아이와 함께 꽃에 물을 주거나 모래로 두꺼비집 만들기, 성 쌓기 등을 하며 하루를 보내곤 했어. 그러던 어느 날, 늘 그랬듯 그 집 대문을 열고 들어서는데 어찌 된 일인지 아이가 보이지 않는 거야. 마루에 걸터앉아 무언가를 먹고 있던 할머니는 아이의 행방을 묻는 내게, 다신 아이를 만나기 힘들 거라고 했어. 아이에게 그럴 수밖에 없는 사정이 생겼던 것 같아. 그때의 나는 너무 어려서 이유를 말해 줬어도 잘 몰랐을 테지만."

이야기를 하며 나는 문득, 비록 내 입을 통해 흘러나오기는 하지만 나 혼자 애써 일구어 나가는 것이 아니라 소주와 바람과 물결과 물결 소리, 바다에 떠 있는 고기잡이배들의 노란 불빛, 장작과 장작 타는 소리가 함께 이야기를 만들어 나가는 듯한 느낌을 받았다.

"아이를 다시 만난 건 그 후 여덟 해가 지난 초딩 육 학년 때였어. 아버지가 가끔 누나와 나를 데려가던 중국집 건너편에 있는 양복점을 나오는 여자애를 보는 순간 나는 그 애가 한때 우리 옆집에 살았던, 몇 날 며칠을 나와 어울려 놀았던 아이임을 알았지. 그래도 나는 선뜻 아이 앞에 나서지 못했어. 그저 등하교 길에 양복점 앞을 지나치며 창 너머로 여자애를 훔쳐보는 게 고작이었지. 왜 그랬을까? 어째서 그렇게 쑥스러워했을까? 만에 하나 양복점 딸과 옆집에 살았던 아이가 같은 사람이 아니라면, 공연히 말을 걸었다가 싸늘한 반응에 얼굴 붉힐지도 모른다는 생각을 잠깐 했었는데 그게 걸림돌이 된 걸까?

여자애는 내가 우물쭈물 하는 사이에 무슨 이유에서인지 양복점에 발길을 끊었어. 몹시 안타까웠지. 이제 다신 여자애를 만나지 못할 것 같았거든. 그러다 여자애가 나와 같은 학교에 다닐 거라는 생각을 해냈어. 참으로 기특한 일이었지. 그건 의심할 여지가 없는 사실이었으니까. 나는 쉬는 시간마다 이 반 저 반 돌아다니며 여자애를 찾았어. 하지만 여자애는 어디서도 보이지 않았지. 그 애를 찾는 데에만 정신이 팔려 내가 한 살 일찍 초등학교에 입학했다는 걸 까맣게 잊고 있었지 뭐야.

나는 그 애를 졸업식 전날 학교에서 만났어. 운동장과 양호실, 교실 들을 돌아보며 지난 기억을 더듬고 있는 내 앞에 그 애가 나타난 거야. 청소 도구를 손에 들고. 친구들과 함께 육 학년 교실 복도를 청소하러 온 거였어. 뭐라 말을 건네고 싶은데, 말을 걸어야 하는데….

나는 여자애를 쳐다보기만 했을 뿐 가까이 가지 못하고 멍하니 서 있었지. 갑자기 벼락이라도 맞은 사람처럼. 그러는 동안 나를 외면한 채 청소를 마친 여자애는 차츰 내 눈에서 멀어져 갔어. 그리고 삼 년 후, 같은 독서실에 다니는 초딩 동창 녀석에게 여자애에 대한 소식을 들었지. 그 아인 동네 불량배들에게 못된 짓을 당하는 바람에 정신 착란 증세를 일으켜 휴학을 했고, 지금은 시골에 내려가 요양 중이라고 하더군. 믿을 수도 믿지 않을 수도 없었어. 녀석은, 그 아이와 같은 중학교를 다녔으니까. 게다가 학생회장이었고.

한데 다행히도 다음 날 나는 그 애를 광화문 교보문고에서 봤어. 여자앤 친구 녀석의 말과는 달리 꽤 건강해 보이더군. 이해할 수 없는 일이었지만 그 앤 내가 어디 서 있는지 알고 있는 듯했어. 나를 쳐다봤거든. 아주 쉽게 시선이 마주쳤지. 몸이 얼음처럼 굳는 것 같더라. 여자애는 천천히 나를 향해 걸어왔고, 당황한 나는 우르르 몰려다니는 남학생들에 의해 넘어지고 말았어. 그런데 말이야. 재수 더럽게 없구나, 투덜대며 일어서는 내게, 어느새 다가온 여자애가 손을 내밀지 뭐야. 여자애는 웃고 있었어. 햇빛에 반짝이는 은종이처럼 환하게. 그때 나는 생각했지. 이 아인 틀림없이, 언젠가는 내 사람이 될 것이다. 왜냐하면 그건 우리로서는 어찔 수 없는, 태어난 순간 이미 정해진 운명이니까.

여자애는 내가 몸을 일으키자 자신의 임무를 무사히 완수했다는 듯 스스럼없이 서점을 나갔지. 뒤늦게 정신을 차린 내가 부랴부랴 여자애를 뒤쫓아 갔지만 찾을 수가 없었어.

그 후 가끔, 아주 가끔씩 여자애를 만났지. 혼자 거리를 걸어갈 때, 버스나 지하철을 탈 때, 술을 마실 때. 그 애는 내가 어떤 문제로 인해 고통스러워 하고 있을 때마다 눈앞에 나타나 자신의 존재를 확인시켜 줌으로써 나에게 커다란 위안을 주곤 했어. 그 애와의 만남이 거듭될수록 내 생각은 점차 확고한 틀을 가지게 돼. 여자애가 내게 말을 걸지 않은 이유는 아직 시기가 되지 않았기 때문이다. 여자애는 언제든지, 내가 자신의 존재를 의심하거나 불안하게 여기면 건재를 과시하기 위해 스스로 모습을 보일 것이다. 그녀에 대한 희망이 그나마 나를 숨 쉬게 하고 있음을, 그녀 또한 잘 알고 있을 테니까."

말을 마친 나는 길게 한숨을 내쉬었다. 내 이야기에 관심을 기울이는 사람은 연미뿐이었다. 선주와 주용길은 노골적으로 재미없어 했다. 선주는 냉정하게 말했다.

"다 끝났지? 이제부터 오빤 푹 쉬어."

그녀는 나 때문에 처진 분위기를 동행자인 자신이 책임져야 한다는 일종의 의무감을 느끼는 것 같았다. 빠른 속도로 이야기를 풀어 나갔다.

"초딩 사 학년 때였어. 아니, 오 학년 때였나. 정확한 건 잘 모르겠네. 아무튼 내 앞에 어떤 남자애와 여자애가 앉아 있었어. 아주 잘생긴 아이들이었지. 그 애들은 마치 일란성 쌍둥이처럼 닮아 있었어. 정말 쌍둥이였는지도 몰라. 어쨌거나 내가 희한하게 생각했던 건 걔들의 몸에서 설명할 수 없는 희한한 냄새가 풍긴다는 점이었고, 담임이 걔들을 무척이나 싫어했다는 점이야. 왜 그러셨을까? 그 애들은 얌전했고 수업 듣는 태도도 좋았는데. 몸에서 나는 그 기이한 냄새만 빼고는 나무랄 데 없는 모범생이었는데…."

나는 슬쩍, 어떤 기대감을 가지고 연미의 얼굴을 훔쳐보았다. 한동안 묵묵히 나를 쳐다보고 있던 그녀가 내게 무슨 말인가를 하려는 듯 길게 목을 세웠다. 황급히 고개를 돌렸다. 안쓰러워하는 것도 같고 탐색하는 것도 같은 그녀의 애매모호한 눈빛 때문이었다. 자리를 박차고 일어섰다.

…너는 언젠가 이와 비슷한 상황에서, 이와 비슷한 이야기를, 다른 누군가에게 들려준 적이 있질 않은가!

나는 바삐 걸음을 옮겼다. 휴대 전화 수신 벨 소리가 내 뒤를 따라왔다. 털썩 모래 위에 주저앉았다. 쭈그리고 앉은 내 발밑에서부터 바다는 시작되고 있었다.

"잘 안 들려요. 네. 네? 안 들린다니까요. 잠깐만요 엄마. 안 되겠어요. 끊으세요. 내가 전화할게요. 네."

주용길이 크게 목소리 볼륨을 높였다. 누군가가 내게 말했었다.

'한 단어로 이루어진 고유명사, 산과 강, 들, 내, 샘, 섬 중에서 가장 외롭게 느껴지는 어감의 단어는 섬인 것 같아요. 산은 의연

함을, 강은 은근한 생명력을, 들은 풍성함과 부드러움을, 내는 정겨움을, 샘은 신선함을 느끼게 해 주거든요. 형은 어때요? 난 어쩌면 조선의 많은 선비가 권력 다툼의 희생자가 되어 유배 생활을 한 대표적인 지역이 섬이기에 그런 느낌이 드는 건 아닐까 생각해요.'

"제 친구 막냇삼촌은 교통사고로 아내를 잃고 일 년 내내 바닷물을 안주로 술을 마시다 결국 돌아가셨대요."

어느새 가까이 다가온 연미가 내 옆에 앉아 엉뚱한 얘기를 했다.

"아버지요? 형이요? 무슨 소린지 모르겠어요. 네. 그게 낫겠어요. 알았어요, 엄마. 내일 아침 일찍 다시 전화할게요."

주용길이 목청을 더 돋우웠다. 나는 연미를 보며 물었다.

"저 친구, 원래 저렇게 시끄러워?"

연미가 대답 대신 피식 웃었다. 잠시 후 형 거기서 뭐 하는 거야, 연미야 뭐 하니, 하는 소리가 날아왔다. 나는 엉거주춤 몸을 일으켰다. 연미도 일어섰다.

"아까 얘기했던 아이가 채희라는 분인가요?"

연미의 물음이 바람인 양 귓불을 스쳤다.

"너무 고통스러워하지 마세요. 그래도 그분은 아직 살아 계시잖아요."

그제야 나는 이틀 전 잔뜩 술에 취해 연미에게 떠벌렸던 말의 내용을 짐작할 수 있었다.

채희. 내가 죄책감을 느끼는 유일한 사람. 나는 그녀를 교묘하게 이용했었다. 한때 내 아내였던 선하 때문에. 선하는 경제적으로, 육체적으로, 정신적으로 단단히 나를 지배했었다. 그녀는 나보다 세 살 많은 누나보다 두 살이 더 많았다.

처음에는 친누나처럼 살갑게 나를 보살폈던 그녀는, 일 년 넘게 동거가 지속되자 차츰 나에게 싫증을 느끼는 것 같았다. 불안해진 나는 이전과는 달리 열심히 학교에 드나들며 선하의 늦은 귀가에 맞서기 위해 거의 매일 술자리를 주최했다. 친한 친구는 모두 군에 입대해 학교에 없었지만 안면이 있는 동기 몇 명이 남아 있었고, 그들 덕분에 알게 된 후배들이 자신들의 동기를 내게 소개시켜 주는 일련의 과정을 통해 나는 제법 많은 술친구를 확보할 수 있었다.

채희는 같은 과 이 년 후배였다. 그녀는, 심성이 고왔다. 착했다. 가끔, 미친 듯이 술을 퍼마시는 나를 지켜보는 그녀의 시선이 느껴지곤 했다. 나는 술을 마실 때 함부로 남 욕을 하거나 주정을 부리지 않았다. 고함을 치지도, 말을 많이 하지도 않았다. 단지 함께 술을 마시던 친구들을 비싼 만큼 물 좋은, 부킹이 보장되는 클럽에 데려갔을 뿐이었다. 그것이 어떤 부류의 아이들에겐 꽤나 역겹게 느껴지는 모양이었다. 나는 어느 날 안면이 있는 후배 여자애에게 지독한 모욕을 당했다. 채희가 지켜보는 앞에서.

그녀는 내가 자기 동기에게 무참한 봉변을 당하고 다른 술집으로 자리를 옮겨 꺼이꺼이 울고 있을 때, 슬그머니 나타나 내 어깨를 쓰다듬었다. 교활한 나는 즉시 그녀에게 엉겼다. 거리의 여러 술집을 순례하며 그녀와 함께 밤새 술을 마셨고, 어느 순간 내 울음이 그녀에게 가장 큰 무기라는 걸 눈치챘고, 그 무기의 장점을 십분 활용해 채희를 끝내 모텔로 데려갔다.

선하는 그해 여름 새로운 사업 구상을 핑계 삼아 어디론가 떠났다. 혼자 움직이는 건 아닐 거라는 생각이 강하게 들었다. 그녀는 출발 전에 강아지에게 하듯 내 머리통을 쓰다듬으며, 보름 후에 돌아오지 않을까 예상하는데 더 늦어지게 되면 연락할 테니 집 잘 보라고 말했다.

나는 선하에게 보복하려는 심산으로 채희를 구슬려 함께 여행을 떠났다. 센트럴시티터미널에서 만나 고속버스를 타고 여수로 내려간 우리는 벌교 포구와 소록도와 나로도를 거쳐 애도까지 갔다. 나는 그 어느 섬에선가 채희에게 다섯 살 때 만난 여자애 이야기를 들려주었다. 그리고 덧붙였다.

"지금 그 아이가 나와 함께 있다. 너는 기억하지 못하겠지만, 나는 처음 만났을 때부터 알 수 있었어. 네가 그동안 내 앞에 수차례 나타났던 그 아이라는 사실을."

착한 채희는 당연히 행복해 했다. 그녀에게 미안했다. 그 순간에도 나는 누군가의 등장을 초조하게 기다리고 있었던 것이다.

그러나 여행이 계속되면서 점차 즐거워졌다. 채희에 대한 내 감정은 갈수록 더 애틋해졌다. 나는 마침내 내가 살고 있는 도시와 멀리 떨어진 어디 섬이나 시골 한 귀퉁이에 자리를 잡고 그녀와 함께 어부로 또는 농사꾼으로 평생을 살아도 좋겠다는 생각마저 하게 되었다. 그 생각은 여러 번 되풀이되었다.

　더운 날씨에 어울리지 않게 검은색 양복을 차려입은 사내가 나를 찾아온 건 바로 그때였다. 나는 첫눈에 그 사내가 선하가 보낸 사람임을 알았다. 저절로 안도의 한숨이 새어 나왔다.

　나는 채희에게, 몸살이 났다는 핑계를 대고 이제 그만 여행을 끝내는 게 좋겠다고 말했다. 사내의 입을 통해 선하의 전언을 듣는 도중에 이미 채희와 더불어 살겠다는 다짐은 잡을 수 없는 곳으로 달음박질쳤다. 그녀와 둘이 섬이나 시골에서 살아도 좋겠다는 생각을 되풀이한 것은, 만에 하나 일어날지 모르는 최악의 결말에 대비해 심신의 피해를 최소화하고자 스스로에게 자기 암시, 즉 최면을 건 것에 불과했다.

　나는 부랴부랴 짐을 챙겨 서울로 올라왔다. 선하는 내게 휴학을 권했다. 나는 그녀의 의견을 따랐다. 휴학계를 제출하고 난 이후로 학교에는 얼씬도 하지 않았다. 결국 나는 졸업을 하지 못했고, 다시는 채희를 만나지 못했다.

　내가 연미에게 했던 말에는 불순한 의도가 담겨 있었다. 그 말을 나는 그녀의 동정을 사기 위한 수단으로 활용했던 것이다. 나에 대한 관심을 지속시키고자 채희에게 아이 이야기를 들려준 것과 마찬가지로 낯선 사람, 특히 여자에게 연민을 불러일으킬 수 있는 내용이었으니까. 술 취한 내 옆에 누군가가 있었다. 그 사람은 연미였다. 따라서 나는 옆에 있는 그녀를 내 편으로 끌어들여야 한다는 집착에 시달렸을 것이다.

선주와 주용길은 소음 같은 음악을 틀어 놓고 정신없이 몸을 흔들어 대고 있었다. 연미가 나지막하게 말했다.

"또 시작이네."

　나는 천천히 그들에게 갔다. 연미가 뒤를 따라왔다. 장작불은 꺼져 있었다. 몇 초 지나지 않아 두 개의 손전등 불빛이 나와 연미의 얼굴을 비추었다. 나는 가볍게 눈살을 찌푸리는 연미를 물끄러미 쳐다보았다.

　…어쩌면 나는, 연미에게서 채희를 보고, 거칠게 치솟아 오르는 죄책감의 물줄기를 틀어 버리기 위해 어떤 식으로든 변명을 하려고 버둥거렸던 건 아닐까.

섬에서의 은밀한 하루

주용길은 귀찮아하는 연미를 구슬려 함께 섬을 떠났다. 그에게는 전파 방해가 일어나지 않는 곳에서 어머니와 통화를 해야 할 중요한 용무가 있었다.

나는 오 만 원권 열 장을 꺼내 주용길에게 건네며 연미와 나 사이를 의심하는 듯 보이는 그를 다독였다.

"내친김에 싱싱한 생선회를 사 오도록 하고, 어디 좋은 곳이 있으면 들러 연미와 즐거운 시간을 보내도록. 웬만하면 내일까지 네 얼굴 보고 싶지 않다."

주용길이 헤벌쭉 웃으며 내게 귓속말을 했다.

"걱정 마요, 형. 웬만하면 하루가 아니라 아예 며칠 있다 올 테니까."

반가운 소리였다. 주용길과 연미가 사라지자 섬의 분위기는 급격히 바뀌었다. 나는 느긋하게 선주를 바라보았다. 선주는 그늘진 마당 평상에 앉아 태닝 오일을 몸에 바르고 있었다. 나는 역시 단둘이 있을 때 마음이 안정되었다. 그게 편했다. 곁에 여러 명이 있으면 처음에는 재미있는 일이 많아 웃음 짓다가도 자존심 강한 두서넛이 별것 아닌 일로 다툼을 벌이는 등 분위기가 차츰 안 좋아져서 결국에는 몸에 맞지 않은 옷을 입은 것마냥 거북해지곤 했다.

"선주야, 가자."

바람을 넣은 해먹 튜브를 들고 선주를 쳐다보았다. 태닝 오일을 다 바른 선주가 고개를 끄덕였다. 모래사장을 가로질러 가서 튜브를 바다에 띄웠다. 생수통을 손에 쥐고 뒤따라 온 선주가 거침없이 튜브에 올랐다. 튜브를 밀며 천천히 앞으로 헤엄쳐 나갔다. 선주는 편안하게 누운 자세로 고개만 들어 나를 바라보았다. 나는 이따금 손가락으로 끈적거리는 그녀의 다리를, 가슴을, 배꼽을 찔렀다. 그때마다 선주는 자지러지게 웃었다. 입을 크게 벌리고 그녀의 발가락을 깨물었다. 그녀의 몸이 은밀하게 달아올랐다. 주위에 고기잡이배들만 떠 있지 않았다면 진즉에 튜브 위로 올라갔을 터였다.

나는 혀를 사용해 선주의 발바닥을 간질였다. 그녀가 쥐고 있던 생수통을 나에게 던졌다. 슬쩍 피하고 재빨리 튜브를 뒤집었다. 선주가 비명을 지르며 내 앞으로 떨어졌다. 선주를 끌어안고 바다 깊숙이 내려갔다. 그녀는 내 손을 떼어 내지 않았다. 물속은 고요했다. 순간 내가 버틸 수 있는 최대치의 시간 이 분 안에 모든 일을 끝낼 수 있을까, 하는 엉뚱한 생각이 떠올랐다. 선주가 팔꿈치로 내 옆구리를 쿡 찔렀다. 우리는 동시에 수면 위로 솟구쳐 올라왔다.

  나는 선주를 해먹 튜브에 실었다. 그녀는 이제 그만 돌아가기를 원했다. 나는 빠르게 헤엄을 쳤다. 그녀의 생각과 내 생각은 오랜만에 일치했다. 우리는 서둘러 집 안으로 들어갔다. 대문을 닫고 곧장 우물가로 갔다.

  나는 바가지로 물을 퍼서 먼저 선주의 몸에 묻어 있는 소금기를 씻어 냈다. 물은 시원했다. 아무도 우리를 볼 수 없다는 사실에서 오는 해방감 때문이었을까. 선주는 스스럼없이 수영복을 벗어 던졌다. 손을 뻗어 그녀의 말랑말랑한 입술을 매만졌다. 선주가 살짝 내 손가락 하나를 깨물었다.

  나는 현미경으로 세포를 관찰하는 생물학자처럼 선주의 알몸을, 가슴부터 발끝까지 유심히 살펴보았다. 그녀 역시 눈을 또렷하게 뜨고 내 행동을 주시했다. 인정사정없는 햇볕이 훤히 드러난 내 등을 채찍처럼 후려갈기고 있었다. 물을 퍼서 그대로 정수리에 붓고 적당히 그을려 더욱 피부가 탄탄해 보이는 선주를 번쩍 들어 평상으로 옮겼다.

  나는 이제 너의 반듯한 이마에 나의 분신을 올려놓는다. 분신은 이마를 스쳐 눈썹과 눈과 코와 인중과 입술과 턱과 목을 스쳐 어깨를 향해 긴 금을 긋는다. 마침내 분신은 네 가슴을 가로질러, 네 유두를 가로질러, 네 배꼽을 가로질러 무언가 속삭이듯 벌어져 있는 곳까지 쉼 없이 내려간다. 그곳에서 너에게 들어가 진자 운동을 시작한다. 천천히, 천천히, 그러다 빠르게, 더 빠르게, 더 빠르게…. 분신은 폭발할 때쯤 너에게서 나온다.

"배고파."

L자로 앉아 있는 내 두 허벅지에 턱과 두 손을 올려놓고 엎드린 자세로 누운 선주가 오른손을 뻗어 손톱 끝으로 내 귀두를 긁었다. 지독히 더웠고, 한꺼번에 많은 양의 에너지를 소비한 탓에 조금 어지러웠지만 그녀의 가벼운 손놀림으로 나의 분신은 다시 일어섰다. 선주가 슬그머니 손을 거두고 드러누웠다.

나는 그녀를 내려다보았다. 그녀는 나를 올려다보았다. 오른쪽 무릎을 세웠다. 그녀의 얼굴이 내 얼굴 가까이 다가왔다. 그녀의 입술에 입을 맞추고 입안으로 혀를 들이밀었다. 그녀의 혀가 기다렸다는 듯 내 혀를 감싸 안았다. 혀와 혀가 뒤엉켰다. 혀와 혀가 서로를 가지고 놀았다.

혀 놀이를 끝낸 쪽은 그녀였다. 그녀가 내 어깨를 밀었다. 나는 벌떡 일어섰다. 그녀도 일으키고 뒤돌려 세웠다. 그녀가 허리를 숙였다. 내 분신을 그녀의 중심에 집어넣었다. 다시 진자 운동을 시작했다. 어디선가 수많은 나비가 떼 지어 머릿속에 들어와 퍼덕이는 느낌. 내가 앞뒤로 움직일 때마다 그녀는 박수를 치듯 신음을 토했다. 이번에는 그녀 안에서 폭발했다.

나는 기꺼이 끼니 준비를 했다. 선주에게 무엇이든 만들어 주고 싶었다. 휴대용 가스버너부터 칼과 도마, 냄비와 두 벌의 밥그릇과 수저, 2L 생수와 라면, 김치와 캔 햄, 양파와 파까지 평상으로 옮겼다. 냄비에 물을 붓고, 라면 봉지 두 개를 뜯어 내용물을 내놓았다. 캔 햄 뚜껑을 따서 햄을 꺼내 도마에 올려놓고 잘라 놓았다. 김치도, 양파와 파도 썰어 놓았다. 선주는 서투른 내 칼질을 보고 팝콘 튀겨지는 소리를 냈다. 그녀에게서 풍겨 나오는 상큼한 샴푸 냄새가 또다시 내 분신을 자극했다. 그녀는 칼을 들고 다가서는 나를 피해 도망쳤다.

"그만해! 그만!"

아쉬운 일이었지만 어쩔 수 없었다. 나는 파렴치한 강간범이 아니었다.

"배고프다니까. 빨리 라면이나 끓여."

"넵. 알겠습니다."

가스버너를 켜고 그 위에 물이 들어 있는 냄비를 올렸다. 선주가 다가와 내 옆에 쭈그리고 앉았다.

"연미, 어때?"

물이 끓기 시작했다. 나는 못 들은 척 냄비에 김치와 햄과 라면과 스프를 넣고, 잠시 기다렸다가 양파와 파를 집어넣었다.

"귀엽게 생겼지?"

선주가 다시 물었다. 버너를 끄고 일어서서 우물가로 갔다. 의도가 뻔히 들여다보이는 질문이었다. 그녀가 나와 연미의 관계를 의심하고 있다는 것쯤은 진작에 알고 있었다.

나는 바가지로 물을 퍼서 정수리에 부었다. 시원했다. 아이스 박스에서 소주를 꺼내 들고 평상으로 올라갔다. 비록 칼질은 서툴

렀으나 내가 섬에 들어와서 개발해 낸 김치햄라면의 맛은, 연미의 말에 의하면 특허를 내도 좋을 만큼 맛있었다.

나는 버너 앞에 앉아 소주를 병째 들이켜고 허겁지겁 라면을 집어 먹었다. 선주도 부지런히 젓가락을 움직였다. 치열한 경쟁 속에 건더기들은 이내 사라지고 국물만 남았다. 남은 소주를 마저 마시고 국물을 떠먹었다. 선주는 젓가락을 놓고 물러났다. 그녀는 내 눈치를 살피며 전혀 궁금하지 않은 연미 이야기를 주섬주섬 늘어놓았다.

고딩 때부터 연미를 쫓아다니는 남자애가 많았다. 연미는 그 아이들을 다 만났다. 거절할 줄 모르는 성격 탓이었다. 지금 군대에 가 있는 자신의 남자 친구도 그들 가운데 한 명이었다. 연미가 주용길과 가까워진 것은 재작년부터다. 주용길은 이남 일녀 중 막내다. 그의 아버지는 치과 의사, 어머니는 피아니스트, 형은 공학박사, 누나는 뮤지컬 배우다.

"다 먹었으면 설거지나 해."

뿌듯하게 배를 채운 나는 다시 우물가로 가서 차가운 물로 삐질삐질 흘러내리는 땀을 씻어 내고 방에 들어가 누웠다. 선주는 나를 따라오지 않았다. 나는 아주 쉽게 잠이 들었다.

"뭐 해요 형. 일어나요. 어서요."

어느새 섬으로 귀환한 주용길이 한바탕 수선을 피워 잠을 깨웠다. 부스스 일어난 나는 멍한 상태 그대로 놈에게 끌려갔다. 하늘은 온통 붉은색이었다. 누군가가 구름에 불이라도 지른 듯했다.

이 자식은, 도대체… 웬만하면 하루가 아니라 아예 며칠 있다 오겠다고 하지 않았던가.

나는 평상에 올라가 앉는 주용길을 무섭게 훑어보기도 하고 손가락 뼈마디를 눌러 뿌드득, 뿌드득 소리를 내보기도 했다. 그러나 녀석은 내가 어떤 표정을 지어도, 어떤 행동을 해도 별로 신경 쓰지 않았다.

"그만하고 술이나 받아요 형."

주용길이 대뜸 내게 술잔을 건넸다. 누구의 의견인지는 모르겠으나 평상 위엔 제법 근사한 회식 자리가 마련되어 있었다. 나는 잔을 받아 들고 평상에 올라가 선주 옆에 앉았다. 주용길이 내 잔에 술을 따랐다.

"어허, 잠깐."

주용길이 잔을 입에 대려는 내 동작을 방해했다. 그는 재빨리 선주와 연미의 잔을 채우고 술병을 내게 건넸다. 나는 마지못해 주용길에게 술을 따랐다.

"우리 모두 건강하자구요, 젠장. 오래오래 즐겁게 살자구요."

주용길이 술이 가득 담긴 잔을 높이 치켜들고 익살을 떨었다. 우리는 서로 잔을 부딪치고 술을 들이켰다. 단숨에 잔을 비운 나는 생선 살점과 마늘과 초고추장을 듬뿍 얹은 상추를 입에 넣고 아삭아삭 씹어 먹었다. 회는 싱싱했다. 나는 선주와 주용길의 야유에도 불구하고 동일한 수법으로 접시에 수북이 쌓여 있는 회를 먹어 치웠다.

주용길이 사 온 매실주 세 병은 이내 바닥을 드러냈다. 평상을 내려온 나는 우물에 넣어 둔 소주를 꺼내 들고 왔다. 선주와 주용길은 소주를 그다지 좋아하지 않았다. 그들은 아이스박스 안에 있는 위스키와 맥주를 가져와서 마셨다.

"형은 언제쯤 떠날 예정이세요?"

주용길이 내 잔에 소주를 따르며 물었다. 나는 뜻밖의 질문에 선주를 쳐다보았다. 선주는 연미를 쳐다보았다.

"무슨 소리야?"

술잔을 비우고 주용길에게로 시선을 옮겼다. 주용길이 말했다.

"난 내일 가야 하거든. 군대 문제로 아버지가 상의할 게 있으시다네. 아무래도 유학 보낼 작정이신가 봐."

연미는 소리 없이 일어섰다. 군대. 나도 누군가의 도움이 없었다면 가야 했을 곳이었다. 그 누군가는 기억에서 깔끔하게 지워 버리고 싶은 사람이었다.

"유학? 어디로?"

선주가 놀란 듯 큰소리를 냈다.

"미국이겠지 뭐."

주용길이 힐끔 연미를 쳐다보았다.

"연미는? 같이 가는 거야?"

선주가 재차 물었다. 그녀의 목소리엔 연미에 대한 부러움과 질투심이 잔뜩 배어 있었다.

"아직까진 모르겠어."

주용길이 절레절레 고개를 흔들었다. 하루 중 가장 아름다운 한때는 지나가고 시커먼 어둠이 밀려왔다.

수상한 저녁이군.

나는 스스로 잔을 채우고, 비웠다. 주용길이 손전등을 집어 들었다. 나는 천천히 일어섰다. 연미는 보이지 않았다. 소주병을 들고 연미와 주용길이 사라진 반대 방향으로 걸어갔다. 선주가 내 옆을 바싹 붙어 따라왔다. 나는 찰랑거리는 병 속의 술을 말끔히 없앴다. 선선한 바닷바람이 손이 되어 온몸을 간질였다.

그들이 섬을 떠나는 건 아주 잘된 일이다.

나는 업어치기를 하듯 선주를 등에 업었다.

네 명이 함께 있어 봤자 내게 득이 되는 건 아무것도 없다. 오히려 성가시기만 할 뿐이다. 내가 무엇 때문에 이 사람, 저 사람의 눈치를 살펴야 하는가.

나는 선불 맞은 강아지마냥 정신없이 해안을 향해 뛰어갔다. 선주가 두 팔로 내 목을 세게 끌어안고 무어라 소리쳤다.

그녀, 나를 찾아오다

　선주는 다음 날 연미와 주용길과 함께 섬을 떠났다. 서운한 마음이 아예 없지는 않았으나 그녀가 남기를 기대했던 건 아니었다. 나는 알고 있었다. 선주는 에어컨 바람 시원한 차와 만만한 운전사와 오랜 친구를 버릴 만큼 내게 애틋한 감정을 갖고 있지 않았다. 그녀에게 있어 나라는 인간은, 시간 때우기용 게임 같은 것에 불과했다. 그녀 역시도 내게 별반 의미 있는 존재는 아니었다. 설혹 나한테 호감이 있다 하더라도 선주는 배낭을 짊어진 채 두 다리와 대중교통을 이용해 왔던 길을 되돌아가는 짓은 결단코 하지 않을 사람이었다.

　나는 같이 가자고 적극적으로 권유하지 않는 세 사람을, 내 집에 찾아와 머물던 손님을 배웅하듯 보냈다. 익숙한 상황이었다. 나는 혼자일 때가 많았다.

　섬은 좋은 공간이었다. 폐기되었다 여겼던 기억들이 이따금 머릿속에 떠올라 나를 당혹스럽게 만들었지만 잠깐이었다. 찬란한 햇빛과 신선한 바람, 푸른 하늘과 바다가 합세하여 내보이는 근사한 경치 덕분인지 몸도 마음도 상태가 괜찮았다.

주용길과 두 여자가 떠나고 사흘쯤 지나자 이곳에서 새로운 무늬를 만들어 보는 것은 어떨까, 하는 생각이 솟구쳤다. 가지고 온 돈이 얼마 남지 않은 문제도 해결해야 했다. 현금 찾아오는 일은 노인에게 시키고 싶지 않았다. 비록 일시적이라고는 하나 카드를, 비밀번호까지 알려 주면서 남의 손에 맡길 수는 없었다.

나는 다음 날 설레는 마음을 안고 꽃지해수욕장으로 갔다. 하지만 무늬를 만들려는 시도조차 않았다. 대체로 남자 일행이 있었고, 두 명 세 명 짝을 지어 다녔기 때문이다. 나는 무늬 만들기를 포기하고 은행에 들러 여행을 떠나기 전에 준비했던 것보다 더 많은 액수의 돈을 찾았다. 그런 다음 슈퍼에 들러 빵과 우유를 잔뜩 사 들고 미도로 돌아왔다. 내 부름을 거절하지 않는 노인에게는 콜택시처럼 배를 이용하는 대가와 고마움의 표시로 적잖은 수고비를 쥐어 주었다.

그날 나는 빵과 우유로 배를 채우고 일찍 잤다. 그다음 날 아침, 점심, 저녁도 메뉴는 같았다. 나는 온종일 바람 시원한 평상에서 휴대 전화로 인터넷에 들어가 뉴스나 유튜브를 뒤적이며 보냈다. 나중에 알았는데 섬에서 인터넷이 제일 잘 연결되는 장소가 평상이었다. 그러는 동안 노을이 지고, 어둠이 밀려왔다. 나는 완전히 어두워지기 전에 방에 들어갔다.

"여기 사시나 보죠?"

혼자 섬 생활을 시작한 지 닷새째 되는 날이었다. 어깨를 타고 넘어온 낯익은 여자 목소리가 성능이 좋지 않은 귀청을 때렸다. 가슴이 두근거렸다. 포갠 두 팔 위에 턱을 올려놓은 채 평상에 엎드려 휴대 전화를 보고 있던 나는 상체를 일으켜 세우고 나에게 말을 건 여자를 쳐다보았다. 내 앞에 서 있는 여자는, 역시나 연미였다. 긴 머리를 뒤로 묶은 그녀는 흰색 브이넥 반팔 티셔츠에 갈색 반바지를 입고 있었다.

"혼자세요?"

연미가 재차 물었다. 나는 대답 대신 고개를 끄덕였다. 달콤한 과육을 한입 베어 문 것처럼 기분이 상쾌했다. 연미의 등장은, 내게 있어 깜짝 놀랄 만한 일은 아니었다. 사실 나는 그녀가 나를 찾아올 수도 있다는 예측을 했었다. 전후 사정이야 어찌 되었든 나에게 관심을 보이던 그녀가 나를 설득해서 함께 올라가려는 시도를 하지 않았다는 점, 한마디 반대 의견 없이 순순히 주용길을 따라갔다는 점이 반전이 있으리라는 희망을 주었던 것이다. 내가 굳이 시설 좋고 교통 편리한 해수욕장 인근 숙소로 자리를 옮기지 않겠다고 한 것은, 다소 불편해도 내내 섬에 머물 거라고 강조한 것은 그 예측이 들어맞을지도 모른다는 판단에서였다. 결국 연미와 나는 같은 생각을 하고 있었던 게 분명했다.

주용길과 선주가 있는 한 우리는 자유로울 수 없다.

"그쪽은 누구랑 같이 왔나요?"

나 또한 그녀를 처음 보는 양 물었다.

"아뇨. 혼자 왔어요."

"여긴 어떻게 알고, 어디서 무슨 일로 온 거죠?"

미처 생각지도 못했던 질문이 내 입에서 튀어나왔다. 연미가 장난스럽게 미소 지으며 평상으로 올라왔다.

"궁금하세요? 내가 온 이유가?"

그녀는 메고 있던 자주색 배낭을 풀어 바닥에 내려놓았다. 내 앞에 앉아 뚫어져라 내 눈을 쳐다보았다.

"아니, 뭐…"

연미의 몸에서 풍겨 나오는 향수 섞인 땀 냄새와 훤히 들여다보이는 가슴골이 나를 아찔하게 했다. 안면이 화끈거렸다. 내리쬐는 햇볕 탓은 아니었다

"아유, 불나겠어요."

연미가 달아오른 내 얼굴을 보고 까르르 웃었다. 그녀의 싱그러운 웃음이 손이 되어 아까부터 머릿속을 기웃거리고 있는 죄책감을 끌어당겼다. 나는 무심코 중얼거렸다.

연미는 연미일 뿐이다.

"네? 뭐라고요?"

"응? 아니야, 아무것도."

"여전하네, 오빤."

연미는 잠시 주위를 둘러보더니 벌떡 일어서서 평상을 내려갔다. 나는 그녀의 행동을 잠자코 지켜보았다. 그녀는 먼저 우물가

로 가서 여기저기 널려 있는 취사도구와 지저분한 그릇들을 깨끗이 씻어서 가지런히 정리했다. 그런 다음 주용길과 함께 묵었던 내 방에 들어갔다. 방 청소를 하려는 듯했다. 십 분쯤 후에 내가 방구석에 던져 놓은 티셔츠와 반바지를 들고 나왔다. 그것들을 빨아서 빨랫줄에 널었다. 나는 그녀의 수고에 보답하고자 아이스박스에 넣어 둔 참외를 꺼내 왔다. 접시와 과도도 가져왔다. 연미가 훌훌 옷을 벗어 던졌다. 그녀는 속옷 대신 수영복을 입고 있었다.

"선주는 어제 친구들이랑 하조대 갔어요. 해수욕장이에요"

연미가 별로 궁금하지 않은 선주의 근황을 내게 알렸다. 그렇다면 선주는 지금쯤 시원한 바닷가에 앉아 친구들에게 투덜대고 있을지도 모른다. 안면도? 물어보지 마. 더럽게 시시했으니까.

나는 과도로 참외 껍질을 깎고, 네 조각을 내서 그중 하나를 연미에게 건넸다.

"상관없어. 우리가 여기 있는 걸 모르는 한 우리와 상관있는 사람은 아무도 없어."

연미는 내가 건넨 참외 조각을 받아 들고 아삭아삭 씹어 먹었다. 나는 거리낌 없이 연미의 몸을 살폈다. 그녀의 어깨엔 지렁이 모양의 흉터가 있었다.

"이거 어릴 때 생긴 거래요. 어떤 짓궂은 아이가 불에 달군 젓가락으로 지졌다네."

연미가 어깨의 흉터를 어루만졌다.

"저런… 아팠겠다."

나도 연미의 행동을 따라 했다. 역시나 그녀의 피부는 부드러웠다.

"몰라요 기억도 안 나."

연미는 자신의 어깨를 만지는 내 손을 내버려 두었다.

"그나마 다행이네."

나는 연미 등에 있는 수영복 끈을 만지작거렸다. 여차하면 끈을 뜯어 버릴 작정이었다. 연미가 슬그머니 내 손을 걷어 냈다. 정신을 차리고 접시 옆에 있는 담뱃갑을 집어 들었다. 담배 한 개비를 꺼내 입에 물었다.

"오빤 참 엉뚱한 데가 있어."

연미가 일어섰다.

"어디 가려고?"

"어디 가려고요."

그녀는 거침없이 바닷가 쪽으로 걸어갔다. 나는 담배를 버리고 재빨리 그녀를 쫓아갔다. 안타깝게도 그녀는 수영을 아예 하지 못했다. 때문에 나와 선미와 주용길이 헤엄을 칠 때 모래밭에 앉아 우리가 노는 모습을 부러운 눈으로 지켜보기만 했었다.

"조심해."

나는 바다로 들어가는 연미에게 말했다. 연미가 뒤돌아서서 나를 쳐다보았다. 성큼 그녀에게 다가갔다. 연미가 나를 향해 손을 뻗었다. 나는 예의 바르게 그녀의 손을 잡고, 차근차근 헤엄치는 법을 가르쳐 주었다.

자, 길게 손을 뻗으시오. 음파, 음파 숨을 쉬시오. 다리를 조금 더 천천히 움직이시오. 계속해서 움직이시오. 빠르게 움직이시오.

그러나 한 시간 가까이 가르쳐도 그녀의 동작엔 별다른 변화가 없었다.

"그만하자."

나는 지친 숨을 고르며 바다에 누웠다. 연미는 잔뜩 풀이 죽어 물었다.

"나, 웃기죠?"

그녀는 자신의 운동 신경이 얼마나 둔한지 익히 알고 있는 눈치였다.

"아냐. 잘하는 데 뭘. …잠깐만."

서둘러 숙소에 가서 주용길이 선심 쓰듯 남겨 놓은 해먹 튜브를 가져왔다. 왠지 연미에게 미안해서였다. 축 처진 연미에게 활기를 불어넣고 싶은 마음도 있었다. 나는 연미를 튜브에 태우고 섬 주위를 돌았다. 다행히 그녀는 아주 즐거워했다. 뿌듯했다. 나는 적당한 시점에 튜브에 올랐다. 연미는 비스듬히 몸을 기울인 채 오른손으로 가볍게 물을 쳤다.

"난 꿈을 무지하게 많이 꾸는 편이에요. 남들보다 잠을 많이 자서 그런가 봐요. 하루에 열 시간 이상은 꼭 자거든요."

섬 그늘이 길게 드리워져 있어 더위는 그다지 큰 위력을 발휘하지 못했다. 나는 연미와 마주 앉아 그녀의 왼손 넷째 손가락에 끼어져 있는 은색 크라운 반지를 쳐다보았다. 못 보던 반지였다.

연미는 내 눈길을 끈 자신의 반지를 매만졌다. 그러더니 조용히 어제 꾼 꿈의 내용을 들려주었다.

나는 잠실 백화점 안에 있었다. 일 층 주얼리 가게 앞이었다. 진열대 안을 기웃거리며 스물세 번째 생일을 맞은 나에게 줄 선물을 고르고 있었다. 크고 작은 화려한 보석들이 저마다 특색 있는 모습으로 나를 유혹했다. 그중에서도 가장 눈에 띈 것은 은빛 크라운 반지였다. 나는 그 반지를 탐색하듯 들여다보았다.

참 예쁘죠.

상황 판단이 빠른 가게 여종업원이 내가 쳐다보고 있는 반지를 꺼내 보여 주었다.

손님 손에 정말 잘 어울릴 것 같아요. 한번 껴 보세요.

여종업원이 건네는 반지를 받아 들고 왼손 넷째 손가락에 끼웠다. 확실히 느낄 수 있었다. 내 주위에 있는 사람들 속에서, 다른 이들에 비해 머리 하나는 더 큰 누군가가 나를 유심히 지켜보고 있음을.

내가 그 누군가의 얼굴을 정확하게 본 건 반지를 빼서 종업원에게 줄 때였다. 그는 사람들 사이를 헤엄치듯 빠져나와 소리 없이 나에게 다가왔다. 힐끔 그를 훔쳐보았다. 그는 짙은 회색 셔츠에 카키색 면바지를 입고 있었다. 어딘가 모르게 우울해 보이는 사람이었다.

생일 축하해요.

그는 잠깐 내 앞에 서서 나지막한 목소리로 귀엣말을 하고 스쳐 지나갔다. 몸이 휘청했다. 어지러웠다. 뒤통수를 세게 얻어맞은 양 머리가 울렸다. 가까스로 중심을 잡고 뒤돌아섰다. 그는 벌써 에스컬레이터 위에 서 있었다.

나는 허둥지둥 화장실로 향했다. 빈칸을 찾아 들어가 문을 잠그고 리넨 재킷 주머니를 뒤져 보았다. 오른쪽 주머니에서 반지가 나왔다. 내 시선을 사로잡은 바로 그 반지였다. 나에게 다가온 남자가 옆을 지나가며 넣은 게 틀림없었다.

"오늘이 생일이야?"

나는 두 팔을 노 삼아 저었다.

"네."

연미가 살짝 처진 눈을 초승달 형상으로 만들며 얌전하게 대답했다. 순간 '그런데 여긴 뭐 하러 왔냐.'는 소리가 배 속에서부터 부글부글 끓어올랐다. 나는 목구멍까지 치솟아 올라온 그 말을 간신히 삼켰다. 대신 다른 얘기를 내뱉었다.

"⋯부모님은 계시지."

"네."

"건강하셔?"

"네."

"형제는?"

"쌍둥이 여동생이 한 명 있어요."

"동생은 뭐 하는데?"

"작년에 결혼했어요."

"결혼? 그 나이에 벌써? 그것도 동생 먼저? 그럼 넌 자느라 아직 결혼 못 했냐?"

"오빠…."

연미가 하얗게 눈을 흘겼다. 그새 튜브는 모래밭 근처에 이르러 있었다. 모두 내가 부지런히 두 팔을 저은 덕분이었다. 나는 먼저 튜브에서 내려 연미의 하선을 도왔다. 배에서 꼬르륵 소리가 났다. 그래도 튜브를 들고 천천히 집으로 향했다.

"원하는 거 있음 말해. 내가 들어줄 수 있는 걸로. 딱 하나만."

나와 걸음의 속도를 같이하는 연미에게 말했다. 연미가 스스럼없이 팔짱을 꼈다.

"꼭 지금 얘기하지 않아도 되죠? 좀 더 생각해 보고 말할게요."

"그러던가."

나는 짐짓 무심히 대답했다. 연미는 다시 두 눈을 초승달 형상으로 만들었다. 나는 그녀가 우물가에서 씻는 동안 주섬주섬 햇반 두 개와 꽁치 통조림, 껍질 벗겨진 감자와 양파, 파, 깐 마늘 등을 꺼내 평상으로 옮겼다. 마을 어른이 갖다준 밥상과 주용길이 남기고 간 버너, 칼과 도마, 냄비와 그릇, 컵과 수저, 내 돈으로 산 배추김치와 볶은 멸치, 장조림과 고추장 등도 챙겨 왔다. 생김새만큼이나 심성이 착한 연미가 서둘러 몸을 닦고 나를 도우려 했다. 나는 단호하게 그녀를 물리쳤다. 어찌 되었든 오늘은 그녀의 생일이었다.

　나는 우물물을 담아 놓은 2L 생수통을 집어 들었다. 냄비에 물을 붓고 햇반을 넣었다. 버너를 켜고 그 위에 냄비를 올려놓았다. 그런 다음 감자와 양파, 파를 잘랐다. 꽤 오랫동안 여러 번 되풀이했음에도 불구하고 내 칼질의 수준은 서툶에서 간신히 벗어난 정도였다.

　나는 데운 햇반과 밑반찬과 냄비 받침이 먼저 자리 잡고 있는 밥상에 완성된 찌개를 올렸다. 뭔가 허전했다. 술 없는 밥상은 눈동자 없는 용 그림이나 마찬가지였다. 나는 아이스박스에 얼음과 함께 넣어 놓은 내 최고의 술, 소주를 가져와 컵에 따라 마시고 숟가락으로 국물을 떠먹었다. 꽤 먹을 만했다. 연미도 맛있게 먹었다. 다행이었다.

"저도 주세요, 술."

　연미가 빈 컵을 들어 내게 내밀었다.

"괜찮겠어?"

"한 잔 정도는요."

　나는 연미가 내민 컵에 소주를 따랐다.

"생일 축하해."

"고마워요."

　우리는 가볍게 건배를 했다. 연미는 내가 남은 소주를 비우는 동안 자기 몫의 술을 처리하느라 애를 썼다. 나는 빈 햇반 용기를 쓰레기통에 버리고 새 술병을 가져왔다.

"근데 오빤 매일 이렇게 밥 먹을 때마다 술을 마셔요?"

"글쎄. 그러네."

나는 컵에 가득 따른 소주를 단숨에 비우고 청양고추를 고추장에 찍어 우적우적 씹어 먹었다. 독한 기운이 온몸을 짜릿하게 만들었다. 뜨거운 숨을 토해 내고 담배를 피워 물었다. 마당에 쏟아지는 햇볕의 강도는 눈에 띄게 약해져 있었다.

나는 한없는 평화를 느꼈다. 머지않아 노을이 질 테고, 노을이 다하면 어둠이 찾아올 테고, 나는 바람 소리와 파도 소리, 풀벌레의 울음소리를 들으며 잠꾸러기 연미와 함께 긴 잠을 잘 것이다. 다시는 깨어나지 않아도 좋을 잠을.

술병을 집어 들고 천천히 바닷가로 걸어갔다. 연미가 내 뒤를 따라왔다. 나는 모래밭에 앉아 병째 술을 마셨다.

"배를 타 본 적 있어?"

문득 시야에 들어온, 바다에 한가롭게 떠 있는 고기잡이배들 위로 물살을 가르며 꿋꿋이 바다를 헤쳐 나가는 작은 여객선의 모습이 그림처럼 선명하게 떠올랐다.

"그럼요."

태어나 처음 배를 탔을 때, 내 옆에는 채희가 있었다. 어선을 개조한 여객선이었다. 열 명 정도만 탑승할 수 있었다. 우리는 후텁지근한 선실에 짐을 놓고 밖으로 나왔다. 앞 갑판에 서서 서로의 손을 잡고 배 양옆으로 하얗게 갈라지는 물결을 말없이 바라보았다.

채희와 나는 최대한 말을 아꼈다. 채희는 자신도 모르는 사이에 새어 나오는 하찮은 말들이 자신의 소중한 느낌을 해칠지도 모른다는 생각을 하고 있었고, 나는, 내가 하는 얘기가 대부분 거짓이었으므로 될 수 있는 대로 그 양을 줄여 보려는 생각을 하고 있었다. 이상한 사실을 발견한 건 목적지 부근에 이르러서였다. 내가 서 있는 곳이 배의 앞부분 아닌가, 고개를 갸우뚱하다 채희에게 말을 건넸다. 배는 왜 운전을 뒤에서 하는 걸까.

"배와 차의 차이점이 뭐라고 생각해?"

나는 연미에게 물었다.

"하나는 바퀴가 있고, 하나는 없는 거."

연미가 대답했다.

"그러네. 또?"

"그것 말곤 잘 모르겠어요."

"용길이 차랑 섬에 들어올 때 탄 배의 형태를 한번 떠올려 봐. 차는 앞쪽에 운전석이 있는 반면에 배는 뒤쪽에 있어. 그러니까, 차나 배나 기계 조작에 의해 움직이는 건 마찬가지지만 차는 운전수가 끌고 가고, 배는 운전수가 밀고 간단 말이지."

예전에 채희는 내 말에 전적으로 동감을 표시하며 재미있어 했다. 그러나 연미는 달랐다. 그녀는 혹시 내가 술을 지나치게 많이 마셔서 정신이 어떻게 된 건 아닌지, 걱정스러운 눈빛으로 내 얼굴을 살폈다.

"됐어."

상황이 달라서일까. 연미 또한 채희처럼 갑판에 서서 갈라지는 물결을 바라보며 내 말을 들었다면 나의 뛰어난 관찰력을 입이 마르도록 칭찬했을지도 몰랐다. 나는 남은 술을 한꺼번에 들이켜고 일어섰다. 문득 현기증이 일었다. 비틀비틀 처소를 향해 걸어갔다. 열린 대문을 지나쳐, 마당을 지나쳐 우물 앞에 멈춰 섰다. 입안이 텁텁했다. 입을 벌리고 바가지로 물을 퍼서 입속에 부었다. 요란하게 소리 내어 입가심을 하고 몸을 씻기 시작했다.

"원하는 거 있음 얘기하라고 했죠."

내 뒤를 따라오며 내가 하는 양을 지켜보던 연미가 크게 외쳤다.

"뭔데?"

매번 경험하지만 비눗기는 좀처럼 씻겨 나가지 않았다. 나는 계속 물을 퍼서 윗몸에 끼얹었다. 연미가 빨랫줄에 널어놓은 수건을 걷어 들고 나에게 다가왔다.

"괜히 겁먹지 마세요. 충분히 할 수 있는 거니까."

으슬으슬 추위가 느껴졌다. 연미가 건네는 수건을 받아 들었다.

"그래서, 뭐냐고?"

수건으로 얼굴부터 다리까지 닦았다. 그녀가 내 쪽으로 한 발짝 걸음을 내디뎠다. 그녀의 얼굴은 이제 혀를 내밀면 닿을 거리에 있었다.

"…물구나무서서 생일 축하 노래 불러 주는 것."

연미가 시침 뚝 떼고 말했다.

주문을 외워, 네 꿈속에 들어갈게

 예기치 못한 연미의 주문이 나를 피곤하게 했다. 내 두 팔은 70kg 가까이 되는 체중을 견딜 만큼 강하지 못했다. 몇 번 실패한 끝에 머리를 평상에 박는 편법을 사용해서 가까스로 연미의 소원을 들어주었다.

"선주는 네가 부러운가 보더라. 따라다니는 남자가 아주 많다던대."

나는 연미의 짓궂은 장난에 대한 보복으로 선주를 입에 올렸다.

"그중엔 자신의 남자 친구도 포함되어 있었다고 하더군."

"그래요?"

연미의 반응은 담담했다.

"지금 군대에 가 있다는 친구, 몰라?"

"알아요."

"어떤 사이였어?"

"궁금해요?"

"그렇다고 할 수 있지."

"정 궁금하면 선주에게 직접 물어보세요."

연미의 표정은 어느새 차갑게 굳어 있었다.

"아니, 내 말은 그게 아니라…."

"먼저 잘게요."

벌떡 일어선 연미는 밥상에 올려놓은 손전등을 들고 전에 자신이 쓰던 방 안으로 휑하니 들어가 버렸다. 마당은 순식간에 어두워졌다. 나는 연미를 따라 들어갔다. 연미는 벽에 등을 기댄 채 두 팔로 무릎을 끌어안은 자세로 앉아 있었다. 연미 발치에 놓인 손전등이 앞쪽을 비추고 있어서 그녀의 얼굴은 잘 보이지 않았다.

"왜, 불도 안 켜고…."

"켜지 마세요."

나는 차가운 연미의 목소리를 듣고 형광등 스위치로 향하던 손가락을 거둬들였다. 연미에게 한 걸음 다가갔다. 그녀가 풀썩 고개를 숙였다. 단단히 화가 난 듯했다. 내가 아무리 간곡한 사과의 말을 건네고, 나름대로 열심히 아양을 떨어도 좀처럼 고개를 들지 않았다. 나는 쓸데없는 얘기를 꺼내 충분히 즐거울 수 있는 분위기를 망쳐 버린 내 자신을 질책하고 또 질책했다.

"내가 여기서 잘 테니까 건너가. 여긴 청소를 안 해서 지저분해. 이불도 없고."

이럴 때 번개를 동반한 폭우라도 쏟아진다면 우리는 아주 쉽게 어색해진 관계를 회복할 수 있을 텐데.

"어서."

연미가 손전등을 껐다. 주위는 곧 시커먼 어둠에 점령 당했다.

"알았다. 쉬어라."

나는 천천히 일어섰다. 그녀의 침묵을 깰 묘안이 내겐 없었다.

"…거기, 앉아요."

멀리서 들려오는 풀벌레 울음처럼 가냘픈 연미 목소리가 걸음을 내디디려는 내 발목을 움켜잡았다. 고개를 돌려 연미를 쳐다보았다. 연미가 옅은 한숨을 내쉬었다. 연미 앞에 앉아 담배를 꺼내 물었다. 그러나 라이터를 켜진 않았다. 재떨이를 찾을 수 없었다.

"…아주 오래전에, 나쁜 꿈을 꾼 적이 있어요. …아빠랑 같은 직장에 다니는, 아빠 생각에만 베프인 친구 분이 더위에 지쳐 잠들어 있는 내 몸을 막 더듬는… 방갈로 안이었던 것 같아요… 근처에 강이 있었고… 이제 막 생리를 시작한 어린아이를… 꿈은 너무 생생했고, 너무 자주 반복되는 바람에 무서워서 견딜 수가 없었어요. 다행히 그 사람이 지방 어딘가로 전근을 가지 않았더라면 난… 선주가 말했다는, 그 애 남자 친구는 아빠 친구 아들이에요."

연미 옆에 놓여 있는 손전등을 집어 들었다. 불을 켜서 방 안을 비춰 보았다. 재떨이로 삼을 만한 것은 눈에 띄지 않았다. 연미는 죄인처럼 등을 웅크리고 있었다.

"그 새끼도 네 꿈에 나타났냐?"

나는 화가 나서 소리쳤다.

"누구…?"

"아빠 친구라는 새끼 아들 새끼."

"아뇨."

"젠장."

나는 신경질적으로 라이터를 켰다. 연미가 무어라 중얼거렸다. 담배에 불을 붙이려다 끄고 살짝 그녀를 훔쳐보았다. 미안하다, 연미야. 나는 속으로 말했다. 그녀에겐 아무 소리도 하지 못했다. 오래전에 꾸었던 더러운 꿈에 대해 대체 어떻게 위로해야 하는가.

"…고 이 때 아빠 친구와 내가 오빠라고 부르던, 그 사람 아들을 잠깐 본 적이 있어요. 오빠가 서울에 있는 대학에 합격했다며 인사차 우리 집에 들렀거든요. 오빤 모습이 많이 달라져 있었는데 아빠 친구는 그대로였어요. 몰라보게 컸네. …경상도 억양이 짙게 배인 그 말을 듣는 순간, 그 큰 손이 내 어깨를 쓰다듬는 순간 눈앞이 캄캄해졌고, 온몸에 소름이 돋았어요. 기절하지 않은 게 신기할 정도였죠. 그때 처음, 내겐 나를 책임지고 보호해 줄 사람이 필요하다는 사실을 깨달았어요."

"선주는 그 자식을 어디서 만난 거야?"

"자세한 건 모르겠어요. 강남이나 홍대 거리, 클럽 아니면 술집 같은 데서 만났겠죠. 늘 그런 식이니까. 어쨌든 그날 이후 우리 집은 내가 조르고 졸라서 마지못해 이사를 했고, 그 사람은 물론 오빠 역시 계속 만나지 못하다가 작년 선주 생일날… 축하 자리에서… 나는 선주가 오빠와 사귀고 있다는 걸 거기서 처음 알았어요. 내내 토할 거 같아 죽을 지경인데, 오빠는 잔뜩 취해서 어렸을 때부터 나를 눈여겨봤었다는 쓸데없는 농담을 주절거리고… 우습죠, 선주는, 자기 생일을 망치지 않으려고 애써 버티고 있는 내가 못마땅해 안달이고….”

연미가 말을 삼켰다. 더는 입을 열지 않았다. 나는 가만히 내버려 두면 더러운 꿈에 녹아 흔적조차 없이 사라져 버릴 듯한 연미의 어깨를 감싸 안았다. 그녀는 내 도움을 필요로 하고 있었다.

“여기서 이럴 게 아니라 나가자.”

나는 연미를 일으켜 세웠다. 분위기를 바꾸는 데에는 어떤 계기가 필요했다. 나는 우선 공간 이동 방법을 시도해 보기로 했다. 실패하면 다시 또 물구나무를 선 채 축가를 부르던가, 그것도 통하지 않으면 목덜미나 겨드랑이를 살살 긁어 간지럼을 태울 작정이었다.

다행스럽게도 연미는 순순히 내 의견에 따랐다. 손전등을 들고 방을 나온 나는 마루에 서서 언젠가 선주에게 했던 것처럼 연미를 업고 모래밭까지 흔들흔들 걸어갔다. 건너편 마을의 바닷가를 따라 줄지어 늘어선 펜션이 밝은 불빛을 내보내고 있었다. 불현듯 이상한 단절감이 느껴졌다. 세상은 늘 그랬다. 언제나 그 안에 속해 있었건만 타인처럼 낯설었다. 결코 익숙해지지 않을 터였다.

“그만 내려 줘요.”

내 목 부근을 두 손으로 끌어안은 연미가 작게 말했다. 나는 군소리 없이 연미를 내려놓았다. 손전등을 그녀에게 주고 어두운 바닷물 속으로 걸어 들어갔다.

여기는 서해의 어느 섬. 나는 악몽에 시달리는 한 사람을 위해 잠깐이라도 더러운 꿈을 잊을 수 있는 공연을 펼치려 하고 있다. 비록 서툴러도 최선을 다해.

잠시 몸에 와 닿는 차가운 물의 감촉을 즐기던 나는 한순간 고함을 지르며, 두 팔을 휘저으며 허우적거렸다. 손전등을 비춰 내 모습을 보고 있었을 연미가 날카로운 비명을 질러 댔다. 나는 천천히 잠수를 했다. 그녀의 목소리는 점점 더 커져 갔다. 그녀 몰래 물속을 빠져나왔다. 불빛을 피해 그녀 곁으로 다가갔다. 연미는 해변에서 바다로 들어와 첨벙거리며, 이리저리 불빛을 비추며 내 가짜 이름과 '오빠'를 애타게 외치고 있었다. 나는 마음 약한 그녀가 너무 놀라지 않도록 바닷물을 한 줌 집어 그녀에게 뿌렸다. 그래도 그녀는 내가 자신의 등 뒤에 서 있다는 걸 눈치채지 못했다. 피아노 건반을 치듯 살며시 연미의 어깨를 두드렸다. 연미가 바닥을 때리고 튀어 오르는 공처럼 확 뒤돌아섰다. 얼굴을 향해 날아오는 그녀의 이마를 피하면서 반사적으로 그녀를 끌어안았다.

"조심해."

우리는 하마터면 함께 넘어질 뻔했다. 나는 가까스로 중심을 잡았다.

"무슨 짓이에요?"

연미가 베이면 피가 나올 만큼 날 선 소리를 냈다. 나는 손가락을 빗 삼아 내 품에서 벗어나려는 연미의, 바람에 성긴 머리카락을 빗기고 비누 같은 이마에 내 이마를 갖다 댔다. 그녀는 울고 있었다. 나를 위해. 나는 그렇게 믿었다.

"가자, 이제."

나는 연미를 데리고 임시 거처로 갔다. 우물 앞에 서서 바가지로 물을 퍼 그녀의 몸에 묻어 있는 소금기를 말끔히 씻어 주었다. 수건으로 물기도 닦아 주었다. 그제야 그녀가 살짝 웃음을 보였다. 그 틈을 놓치지 않고 그녀를 내 방에 초대했다. 연미는 잠깐 머뭇거리다 내 초대에 응했다.

방에 들어간 나는 형광등을 켜고 모기향을 피웠다. 모기장을 치고 연미와 함께 그 안으로 들어갔다. 우리는 서로 마주 보고 앉았다. 왠지 어색했다. 연미가 거북한 분위기를 바꾸려는 듯 물것의 습격을 받은 부위를 내보이며 간지러움을 호소했다. 나는 의사처럼 근엄한 표정을 하고 그녀의 부어오른 신체 부위에 물파스를 발라 주었다.

"편히 누워."

나는 하나뿐인 이불과 요와 베개를 모두 그녀에게 양보했다. 그녀는 사양하지 않았다. 나는 요에 누워 이불을 덮고 스르르 눈을 감는 연미의 얼굴을 물끄러미 쳐다보았다.

잘 자, 연미야. 반드시 좋은 꿈꾸고. 여의치 않다면 나를 이용해. 주문을 외우듯 뒤에 '오빠'를 붙인 내 가짜 이름을 부르면, 꿈속에서 나는 네 꿈속에 들어가 너를 괴롭히는 것들을 후련하게 물리칠 테니.

즐거운 거짓말

 나는 정확히 보름 만에 내 아파트로 돌아왔다. 그동안 달라진 게 있다면 글쎄, 햇볕에 그을려 피부색이 검어졌다는 것, 몸을 많이 움직여 뱃살이 제법 빠졌다는 것 정도가 아닐는지.
 나는 집 안의 모든 문을 열어 놓고 안방 침대를 비롯해 중간 방 책상과 책장, 작은 방 수납장, 소파와 TV 받침대, 주방 식탁, 거실과 발코니 창틀 등등에 쌓인 먼지를 총채로 말끔히 털어 냈다.
 연미와의 섹스는 깔끔했다. 그녀는 섹스를 하기 전에 반드시 칫솔질을 했고, 샤워를 했다. 따라서 그녀와 사이좋게 혀를 교환할 때면 마치 민트를 씹는 듯한 상쾌한 느낌을 받곤 했고, 그녀를 껴안을 때면 마치 쿨링 미스트를 피부에 뿌린 듯한 시원함을 느끼곤 했다. 굳이 칫솔질과 샤워를 하지 않아도 그녀의 몸은 늘 새벽 공기처럼 신선했다. 아마도 남들에 비해 유난히 긴 수면 시간 덕분일 터였다. 그녀는 보통 새벽 한 시나 두 시쯤에 잠자리에 들어 오후 한 시나 두 시쯤 부스스 일어나곤 했다. 잠에서 깨어나면 그녀는 내가 무슨 일을 하든 상관하지 않고 내 옆에 쪼그리고 앉아 상황 보고하듯 간밤에 꾼 꿈 이야기를 늘어놓았다.

연미의 꿈은 점차 주인공은 바뀌지 않지만 상황은 매번 바뀌는 시추에이션 드라마처럼 제법 그럴싸한 구조를 갖추어 갔다. 나는 자신의 수다에 조금만 관심을 보여도 신이 나서 일인극을 이끌어 가는 배우처럼 표정과 억양을 바꿔 가며 이야기하기에 열중하는 그녀에게, 혹시 너의 재능이 드라마나 영화를 만드는 데 기초가 되는 시나리오 집필에 있을지도 모른다는 칭찬을 늘어놓곤 했다. 상대방을 즐겁게 해 주는 거짓말은 나 자신까지도 유쾌하게 만드는 법이었다.

먼지를 모두 털어 낸 나는 진공청소기로 안방 바닥을 문지르기 시작했다.

아파트에 가기 전에 배웅차 동행한 연미의 집은 아담한 단독주택이었다. 그녀는 자신의 집에 내가 같이 들어가길 원했다. 부담스러웠다. 연미에게 다음 기회에 제대로 옷을 차려입고, 정식 경로를 밟아 방문하겠다는 뜻을 전했다. 연미가 씁쓸한 표정으로 "그래요 그럼." 하며 고개를 끄덕였다. 그녀가 실망하는 모습을 보니 기분이 썩 좋지는 않았다. 그렇다고 며칠 내에 꼭 다시 찾아오겠다는 약속은 차마 할 수 없었다.

"연락하세요, 꼭."

연미가 불쑥 내 앞으로 자신의 새끼손가락을 내밀었다. 나는 햇빛을 반사하는 그녀의 매끈한 콧날을 말없이 바라보았다.

"이젠 오빠가, 이 세상에서 우리 부모님보다 더 나를 많이 아는 사람이야."

연미가 재촉하듯 손을 흔들었다. 마지못해 그녀와 손가락을 걸었다. 그녀의 입꼬리가 살짝 위로 올라갔다. 그러나 두 눈은 초승달 형상을 이루지 못했다. 보기 좋게 웃으려 해도 그렇게 되지 않는 듯했다. 나는 최대한 천천히 뒤돌아서서 도로 쪽으로 걸어갔다. 섬에 있을 때와는 달리 가슴이 답답했고, 속이 거북했다. 위장에 돌덩이가 들어앉은 기분이었다.

그건 아마도 장시간 계속된 택시 기사의 거친 운전과 머리를 아프게 만드는, 지독한 매연 탓일 것이다.

각 방과 거실, 주방에 이어 발코니까지 나름대로 완벽하게 청소를 끝낸 나는 오랜만에 아파트 단지 근처 상가로 갔다. 분식점에 들러 김밥과 고기만두와 김치만두, 순대와 떡볶이와 각종 튀김을 사고, 슈퍼에 들러 햇반과 식빵과 라면과 포장 김치와 생수와 음료수를 샀다. 혹시나 해서 계속 주변을 살폈는데 나를 아파트에서 떠나게 했던 여자애는 보이지 않았다. 그녀와 그녀 패거리는 내가 오래 모습을 드러내지 않자 나를 상대로 작업 거는 계획을 포기한 듯했다. 그래도 나는 '아직 안심하기는 이르다. 경계심을 늦추지 말고 며칠 더 세심히 지켜봐야 한다.'고 내 자신에게 주의를 주었다. 물론 걱정의 부피가 적잖이 줄어든 건 사실이었다.

나는 먹을거리 가득한 두 개의 봉투를 양손에 든 채 씩씩하게 집으로 향했다. 그러다 문득, 이게 내 일상이 아닌가 하는 생각을 했다. 온갖 편의 시설이 갖추어져 있는 아파트에서 무니를 기다리고, 무니를 맞이하고, 무니를 보내고, 가끔 새로운 무니를 찾아 나서는 일련의 행위를 되풀이하는 나날이. 그렇다면 섬은 내게 있어 일상이 아닌 비일상의 공간인 셈이었다.

그랬구나. 그래서 연미가 달라 보였구나.

엘리베이터 앞에 선 나는 오른손에 든 봉투를 내려놓고 열림 버튼을 눌렀다. 엘리베이터는 십칠 층에 있었다. 나는 계단을 걸어 올라가는 미련한 짓은 하지 않았다. 기다리면 엘리베이터는 반드시 내려오기 마련이었다. 오늘이 지나고 내일 아침 눈을 뜬 후에는 연미 역시 섬에서의 며칠이 자신의 일상이 아니었음을 분명하게 느낄 터였다.

이제 그녀의 꿈에는 변화가 생길 것이다. 어쩌면 당분간 꿈을 꾸지 않을지도 모른다. 어쨌든 더는 그녀의 입을 통해, 그녀가 꾼 꿈 이야기를 들을 수 있는 기회가 나에겐 주어지지 않을 것이다. 그녀는 다시 주용길을 만나 꿈 대신 현실을 이야기할 것이다. 너무나도 당연한 일이지 않은가. 그러다 현실이 지루해지면 기분 전환을 위해 새로운 상대를 만나고, 새로운 꿈을 꾸고, 새롭게 꾼 꿈의 내용을 새로운 상대에게 전달할 것이다. 비일상의 공간에서.

나는 그것이 그녀의 삶이라는 생각을 했다. 그 생각을 믿어 의심치 않았다.

제3장 손하

나는 가볍게 그녀의 이마에
입을 맞추었다.
그녀는 내 새로운 공간에 처음 들어온,
내 새로운 휴대 전화에 '무니1'로 저장될
최초의 여자였다.

적당히 세련되게 나이 들어 가는 누나

누나가 찾아왔다. 일 년 만이었다. 그녀는 거실 소파에 앉아 주위를 둘러보며 말했다.

"여전하구나, 넌. 변한 게 없어. 언제까지 이렇게 살 작정이냐."

"대사 좀 바꾸지 그래."

나는 TV를 끄고 주방으로 갔다. 냉장고에서 오렌지주스를 꺼내 두 개의 잔에 따랐다. 잔을 들고 거실로 와서 하나는 누나에게 건넸다. 변한 게 없는 건 내가 아니라 누나였다. 서른이 넘은 나이에도 불구하고 누나의 외모는 여전히 햇과일처럼 싱그러웠다.

"어머닌 잘 있지? 물론 잘 계실 거야."

나는 누나 왼편에 앉았다.

"널 많이 보고 싶어 하신다."

누나가 주스를 한 모금 마시고 말했다.

"웃기지 말아요. 누가 들으면 진짤 줄 알겠어."

"도대체 넌… 그만두자."

누나가 말을 끊고 가볍게 한숨을 내쉬었다. 나는 그녀의 시선을 느끼고 오른쪽으로 고개를 돌렸다. 누나와 눈이 마주쳤다. 그녀의 눈은 실핏줄이 드러나 보일 만큼 맑았다.

누나가 매형과 결혼하지 않았다면 나는 지금 어떻게 살고 있을까. 나이는 세 살 위지만 학년은 사 년 위인 누나. 동급생보다 두 살이나 어린데도 중·고등학교 육 년 내내 전교 수석을 놓치지 않았던 머리 좋은 누나. 착한 누나. 예쁜 누나. 부모님의 사랑을 독차지했던 누나. 부모님에겐 늘 자랑스러움의 대상이었던 누나에 비하면 진저리 나도록 평범했던 나. 당당히 명문대학에 합격한 열여덟 살의 누나. PC방과 만화 카페와 오락실을 전전하던 열다섯 살의 나. 갑작스러운 아버지의 죽음. 빈소. 장지. 대기업에 다니던 아버지 덕분에 고생을 모르고 살았던 어머니의 자식들을 위한 유일한 선택, 집 줄이기. 연례행사처럼 해마다 되풀이되는 이사. 아르바이트를 하며 지독하게 공부하던 누나. 느닷없이 우리 앞에 나타난 의사 매형. 대구에서 결혼한 누나. 누나 부부와 함께 살려고 그들의 신혼집으로 거처를 옮긴 어머니. 혼자 서울에 남은 나.

"…그 여자가 찾아왔었다."

이윽고 누나가 입을 열었다.

"그 여자? 누구?"

나는 긴 최면 상태에서 방금 풀려난 사람처럼 흐리멍덩하게 물었다. 누나에게는 구태여 말을 하지 않아도 오래전의 일들을 생각나게 하는 특별함이 있었다. 세월의 영향을 그다지 받지 않는, 쉬이 변하지 않는 외모가 그 특별함의 바탕인 듯했다.

"…선하 씨."

"뭐야?"

나는 갑자기 튀어나온 이름에 놀라 하마터면 손에 쥔 주스 잔을 떨어뜨릴 뻔했다.

"열흘 전쯤 나를 찾아왔었어. 그리 좋아 보이진 않더라."

나는 어수선하게 들끓어 오르는 복잡한 감정을 정리하기 위해 수차례 심호흡을 했다. 누군가에게 얻어맞은 양 명치끝이 아파 왔다.

"…그 사람 얘긴 꺼내지 마."

나는 간신히 내뱉었다.

"나를 만나고 곧장 서울에 올라와서는 며칠을 너한테 전화했었나 봐. 네 폰 번호, 내가 알려 줬어. 아무리 전화해도 받질 않기에 여기까지 찾아왔었대. 여긴 알고 있더라."

"모르는 번호는 안 받아."

이혼 후 일부러 함께 살던 곳에서 최대한 멀리 떨어진, 강북에서도 끝자락에 있는 아파트를 구입해 보금자리로 삼았거늘…. 역시 그녀는 사람 찾는 데는 탁월한 능력을 지닌 여인이었다.

"그런 거 같더라. 암튼 여러 번 인터폰을 누르고 문을 두드려도 기척이 없고, 전화하면 신호는 가는데 벨 소리는 들려오지 않아서 피치 못할 사정으로 집을 비웠을 수도 있겠다, 생각했었대. 혹시 너한테 나쁜 일이라도 생긴 건 아닌지 걱정하더라. 밖에 잘 나가지 않는 너니까. 그러고 보니 얼굴이 많이 탔다. 어디 다녀온 거니?"

참 일찍도 물어본다, 싶었다.

"…안면도. 섬이야."

나는 침착하게 대답했다. 한꺼번에 치솟았던 여러 감정이 하나둘 가라앉고 두드러지게 남은 건 짜증과 분노뿐이었다.

"그 여자, 왜 나를 찾아왔었는지, 우리가 무슨 얘기를 나눴는지 궁금하지 않아?"

누나가 탐색하듯 내 표정을 살폈다.

"응. 전혀."

나는 단호히 고개를 내저었다.

"정말?"

"당연하잖아. 더는 그 사람하고 어떤 형태로든 얽히고 싶지 않아. 성가셔. 불편하고 불쾌해."

"나 역시 그 여자가 싫다. 하지만 네 아이…."

"무슨 헛소리야?"

나는 깜짝 놀랐다.

"네 아이라니? 내 아이?"

"그래."

누나는 핸드백을 열더니 무엇인가를 꺼내 나에게 내밀었다. 받아 들고 봤다. 낯선 호텔 앞에서 야자수를 배경으로 찍은 사진이었다. 선하는 여자아이를 안고 있었다.

"네 아이야. 이름은 이단아. 예쁘게 생겼더구나."

"참 나…."

나는 손에 든 사진을 북북 찢어 버렸다. 아이는 나와 아무런 관계가 없었다. 선하와 나는 아이를 낳을 수 없었다. 누나는 내 반응을 예측했던 모양이었다. 담담한 표정으로 설득하듯 말했다.

"어쨌든 아이를 생각해서라도 한 번쯤은 그 여자를 만나야 하지 않겠니?"

"정말 황당하네. 기가 차고, 코가 막히네. 그 사람은 미쳤어. 완전히 돌아버렸다고!"

도대체 선하는 지금 무슨 음모를 꾸미고 있는 것인가. 지난 삼 년 동안 옆에 두고 괴롭힐 장난감이 없어 심심했는가. 그래서 되돌아왔는가. 나를 염두에 두고. 다시 나를 유혹해서 조롱하고, 학대하고, 미워하고, 무시하기 위해.

"무슨 생각을 하는지는 모르겠다만 단아는 네 아이가 분명해."

"모르는 소리, 하지, 마. 제발."

"직접 만나 보면 알 거다. 널 많이 닮았어."

누나는 단정적으로 말하고 일어섰다.

"난 이만 갈게. 심사숙고해서 결정해."

나는 일어서지 않았다.

"잘 가."

"잘 있어."

누나는 거침없이 현관 쪽으로 걸어갔다. 그러다 문득 걸음을 멈추었다.

"넌 어쩌면 매형이랑 조카 안부는 아예 물어보질 않는구나."

누나가 뒤돌아서서 나를 쳐다보았다.

"그랬나? 미안. 매형은 뭐 걱정할 게 없는 사람이잖아. …도담인 잘 크지?"

다행스럽게도 삼 년 전에 잠깐 만난 적이 있는 조카애의 이름이 떠올랐다. 그때 그 아인 유치원생이었다.

"그래. 용케 이름을 다 기억하네. 하지만 도담인 외삼촌이 있는지 없는지 잘 몰라. 모두 네 탓이야. 형제가 많길 하니? 너랑 나, 둘뿐이잖아. 그리고… 어머니에 대해 품고 있는 좋지 않은 감정들, 이젠 버려. 얼마나 더 사시겠어?"

"오늘 내려갈 거지?"

"어머닌, 며느릴 보고 싶어 하셔. 친손주가 있는 걸 알면 기뻐하실 거다."

"그만해."

누나는 기어코 나를 일어서게 만들었다. 나는 누나 곁을 지나쳐 현관문을 열고 밖으로 나갔다. 누나가 뒤따라 나왔다. 엘리베이터 앞에 이르러 걸음을 멈췄다. 누나가 내 옆에 섰다. 엘리베이터는 일 층에 있었다. 누나가 손을 뻗어 내 옷에 달라붙어 있는 머리카락 몇 올을 떼어 냈다. 기분이 묘했다.

"더 할 말이 남았어?"

나는 최대한 부드럽게 물었다. 누나가 차분히 고개를 흔들었다. 나는 엘리베이터 열림 버튼을 눌렀다.

…왜 우리 남매는 일 년 만에 만났음에도 불구하고 언짢은 이

야기만 잔뜩 주고받은 채 헤어지는 것인가. 빌어먹을, 빌어먹을, 빌어먹을. 이건 모두 선하 탓이다!

"너무 걱정 말아요. 내 일은 내가 알아서 자알 할 테니까."

나는 살짝 누나의 어깨를 어루만졌다. 누나가 안쓰러움이 담긴 눈빛으로 나를 돌아보았다. 곧이어 엘리베이터 도착 알림 소리와 함께 문이 열렸다. 누나가 안으로 들어갔다. 나는 다시 열림 버튼을 눌렀다. 누나가 뒤돌아섰다.

"조심해서 가, 누나. 건강해 보여서 다행이야."

"너도. 혼자 산다고 끼니 거르지 말고 꼬박꼬박 챙겨 먹어."

"날 시원해지면 도담이랑 매형 보러 내려갈게."

나는 버튼을 누르고 있는 손가락을 거둬들였다. 누나의 모습은 엘리베이터 문에 의해 보이지 않는 저편으로 사라졌다. 마치 마술사처럼. 나는 몸을 돌려 집으로 갔다.

스무 살 때의 누나는 얼마나 순수했었는가. 얼마나 상냥했었는가. 내가 아무리 어깃장을 놓아도 눈살 한 번 찌푸리는 법이 없던 누나가 이젠 한 집안의 며느리, 한 남자의 아내, 한 아이의 엄마가 되어 적당히 세련되게 나이 들어 가고 있구나.

문을 열고 들어갔다. 문득 심한 허기가 느껴졌다. 누나가 오기 전에 1000mL 우유 한 통과 햄 샌드위치 두 개, 피자 반쪽을 먹었음에도 위는 어느새 왕성한 소화 작용으로 인해 텅 비어 버린 듯했다. 나는 서둘러 거실 소파에 널브러져 있는 휴대 전화를 집어 들고 배달 앱을 찾았다.

주당클럽 오인회

나는 부랴부랴 고추잡채와 고량주를 먹고 마셨다. 잡채는 상당히 매웠다. 슬금슬금 땀이 배어 나왔다. 나는 체온을 올리는 더운 기운을 참지 못하고 집게손가락으로 에어컨 온도 조절 버튼을 여러 차례 아래로 내렸다. 손톱 끝이 툭 부러졌다. 날카로운 통증이 들이닥쳤다. 한심하게도 내 손톱은 갈퀴처럼 길게 자라 있었다. 손톱 속에는 시커먼 때가 수북했다.

중간 방으로 달려가 책상 서랍을 뒤졌다. 어렴풋한 기억이 맞았다. 손톱깎이는 세 번째 서랍에 들어 있었다. 손톱깎이를 꺼내 왼손 엄지 손톱부터 깎아 나갔다. 그러다 새끼손가락에 이르러 손톱과 함께 그 아래 여린 살점마저 잘라 내고 말았다. 허옇게 드러난 살에서 선연하게 붉은 피가 배어 나왔다. 책상 아래 놓아 둔 구급상자에서 일회용 밴드를 꺼내 상처 부위에 붙였다. 아픔보다는 숨을 가쁘게 할 만큼 거세게 치솟는 짜증이 소화기관을 불편하게 했다. 나는 미처 분해되지 못한 음식 찌꺼기들이 입 밖으로 튀어

나오는 불상사를 막기 위해 방바닥에 누워서 천천히 호흡을 조절했다.

고 삼이 되어 내가 대학에 들어가야겠다는 마음을 먹은 이유는 누나의 설득 때문이 아니었다. 아무리 생각해 봐도 그것 외에는, 고등학교 졸업 후 하고 싶은 일도, 할 수 있는 일도 없어서였다. 내 결심을 전해 들은 누나는 자신의 공부를 희생하면서까지 나를 도왔다.

똑똑한 사람을 누나로 뒀다는 건 어떤 면에선 큰 행운이었다. 턱없이 부족한 내 실력에 불안함을 느낀 누나는 자신이 아는 방법을 총동원하여 나를 도왔다. 나도 열의와 성의를 다해 누나가 시키는 대로 했다. 수능을 석 달 앞두고는 잠을 대폭 줄이고 입 주위가 헐고 편도선이 부을 만큼 공부 강도를 최대한 높였다. 누나가 물려준 핵심 노트 내용은 모조리 암기했다. 덕분에 무사히 서울에 소재한 중위권 대학에 합격할 수 있었.

누나는 내 대학 입학식에 남자를 데려왔다. 지금의 매형이었다. 어머니는 좌골 신경통이 심해져서 함께 오지 못했다. 나는 몹시 실망했다. 매형은 키가 작았고, 튼튼해 보이지도 않았으며, 생김새 또한 신통치 못했다. 어려운 언론사 시험을 통과해 기자가 된 누나에겐 결코 어울리지 않는 모습이었다.

나는 누나가 그 사람을 위해 겨우 반년 만에 신문사를 때려치우리라고는 꿈에도 생각하지 못했었다. 당시 매형은 서울에 있는 대학병원에서 인턴으로 일하고 있었다. 어머니는 매형 아버지가 대구에서 제일 큰 병원의 이사장이라는 사실에 주목했다.

매형은, 그토록 바쁜 인턴이라는 작자가 일주일이 멀다 하고 우리 집을 찾아와 어머니에게 누나와 결혼시켜 달라고 졸랐다. 누나의 태도는 애매모호했다. 반면에 어머니는 삼대독자임에도 평생 당신을 모시고 살겠다는 의사를 분명히 밝히는 매형에게 전폭적인 신뢰를 보냈다. 누나에게는 매형과 혼인했으면 좋겠다고 누차 말했다. 그럼 더 바랄 게 없다고, 소원이라고 했다. 누나의 마음이 흔들리는 게 느껴졌다. 어머니 소원이라는데 어쩌겠어, 하는 생각을 하는 듯했다. 물론 매형이 누나에게 쏟는 지극 정성도 무시 못 할 영향을 미쳤을 터였다.

그래도 나는 여전히 누나가 매형을 배우자로 택한 가장 큰 이유는 어머니의 욕심에 있다고 생각한다. 어머니는 해마다 이삿짐을 싸야 하는 고단한 환경에서 벗어나고 싶어 했다. 근사한 저택에서 일하는 사람 거느리고 편안하게, 삶의 여유를 만끽하며 지내고 싶어 했다. 그래서 누나에게 압박을 가했던 것이다. 바라던 대로 누나가 결혼하자 어머니는 자신의 욕심을 현실화하기 위해 나를 하숙집에 들여보내고 월세 보증금을 빼서 대구에 둥지를 튼 누나 부부에게 갔다. 그들과 함께 살았다.

친구들이 없었다면 나는 아주 힘겹게 하루하루를 보냈을 것이다. 어머니를 원망하며, 누나를 원망하며, 매형을 원망하며. 그렇게 되지 않아 다행이었다. 나는 신입생 환영회에서 만난 동기 몇 명과 급속도로 가까워졌다. 고등학교 때 친하게 지냈던 녀석들은 좀처럼 만날 수가 없었다. 그들은 일찌감치 대학 진학을 포기하고 생활 전선에 뛰어든 탓에 시간에 구애를 받았고, 어렵게 약속을 정하고 만나더라도 별로 나를 반가워하지 않았다.

사실 신입생 환영회 날 나는 선배들이 빌린 음식점 구석진 곳에 버려진 듯 조용히 앉아 있었다. 내 차례가 와서 몸과 함께 용기를 끌어올려 제법 큰소리로 이름을 밝히고, 자기소개를 했건만 내게 관심을 기울이는 사람은 아무도 없었다. 당연한 일이었다. 내 용모는 사람들이 매력적으로 느낄 만큼 근사하지 않았다. 또한 내게는 재치 있는 농담으로 사람을 웃긴다거나 노래를 잘 부른다거나 춤을 잘 춘다거나 하는 특별한 재능도 없었다. 따라서 내가 하는 짓이라곤 스스로 술을 따라 마시고, 음식을 집어 먹는 것이 고작이었다. 그런 나를 관심 있게 지켜보는 친구가 있다는 건 나중에 알았다. 그 친구가 바로 나를 주당클럽에 끌어들인 강동민이었다. 키가 훤칠하게 크고 잘생긴 녀석이었다. 농담도, 노래도 잘했다.

강동민은 이 차로 간 호프집에서는 내 옆에 앉았다. 나는 그와 이런저런 얘기를 나누었다. 뜻밖에 대화가 잘 통했다. 그와 내가 결정적으로 가까워진 건 삼 차로 간 주점에서 맥주잔으로 소주를 누가, 더 많이 더 빨리 마시는가 하는, 멍청하기 이를 데 없는 내기를 벌이고 난 후였다. 그는 일곱 잔만에 정신을 잃음으로써 승리를 내게 양보했다.

당시 대학 동기들 사이에서 정서가 비슷하다고 느끼는 사람들끼리 모여 소규모 클럽을 만드는 일이 유행처럼 번졌는데 강동민은 나를 포함해 주량이 센 친구만을 모아 오인회를 만들었다. 초대 회장은 당연히 그가 맡았다. 우리는 주당클럽이라는 모임 명칭에 걸맞게 적어도 일주일에 사나흘은 반드시 술을 마셨다. 술을 마시는 데에는 별다른 이유가 없었다. 단지 마시고 싶어서, 심심하니까, 즐거워지려고 우리는 함께 어울려 술을 마셨고, 줄기차게 이어지는 술자리가 우리를 단단하게 결속시켰다.

나에게는 큰 걱정과 회피의 대상인 술값의 반은 회장 강동민이 해결했다. 나머지는 넷이 갹출했다. 강동민뿐만 아니라 나 말고 다른 세 명의 집안도 제법 부유한 듯했다. 가족과 자택이 있는 자신들과는 달리 혼자 남의 집에서 하숙하는 나를 갹출 대상에서 빼주는 날이 많았다.

과 동기들은 우리를 기인 취급했다. 클럽 회원 개개인이 지닌 주량과 그에 얽힌 일화가 심심찮게 동기들의 입에 오르내렸고, 우리는 우리를, 우리에 대한 소문을 자랑스러워했다. 어리석게도 일종의 선민의식과도 같은 우월감을 느꼈던 것이다.

그 후 우리는 술이 취하면 우정을 빙자하여 친구의 발전을 도모한다는 미명하에 돌아가며 각각의 장단점을 이야기하곤 했다. 처음 몇 번은 누구나 수긍했다. 하지만 충고는 갈수록 예리해져 갔고, 묘하게 감정을 상하게 했고, 언제부턴가 주고받는 말들이 사나워지기 시작했다. 그러다 말다툼 상대에게 술잔을 집어던지고 몸싸움을 벌이는 상황이 벌어지기도 했다. 그럴 때면 이대로 돌아갈 수 없다는 절박한 심정에 사로잡혀 이 차, 삼 차 장소를 옮겨 계속 술을 마셨고, 어느 순간 극적으로 화해하며 상대방을 끌어안았다. 거리로 나와서는 비틀비틀 걷다가 으슥한 골목을 찾아 들어가 구토를 했고, 아무 곳에나 쓰러져 잠이 들었다.

우리는 싸움질이 반복되자 한동안 자숙의 시간을 가졌다. 같이 다니되 말을 삼갔다. 술은 아예 입에 대지 않았다. 그렇게 일주일쯤 지났을까. 강동민이 모두에게 동의를 얻어 긴급회의를 열었다. 우리는 바보가 아니었으므로 아주 쉽게 결정을 내렸다.

각각의 단점을 지적하는 일은 이제 그만두자. 그 짓은 우리에게 아무런 도움이 되지 않았다. 오히려 서로 상처만 입히고 입었을 뿐이다. 앞으로 각자 자신이 지닌 장점들을 최대한 활용한다면, 단점은 쉽게 드러나지 않을 것이다.

우리가 내린 결정은 모두를 만족시켰다. 하마터면 클럽이 해체될 뻔한 위기에서 가까스로 벗어난 우리는 비 온 후에 땅이 더 굳어지는 이치처럼 서로에 대한 한층 더 탄탄해진 신뢰를 바탕으로 보다 다양한 주제의 이야기를 나누었다.

우리는 우리를 둘러싼 많은 의문점에 대해 기탄없이 토론했고, 군 입대 문제로 갈등하는 친구를 위해, 실연을 고통스러워하는 친구를 위해, 갑작스럽게 어려워진 집안 형편 탓에 학업을 포기해야 할지도 모르는 친구를 위해 모임을 가졌다. 그러던 어느 날 나는 마음속 깊은 곳에 숨겨 둔, 어머니에 대한 적개심을 친구들에게 털어놓았다. 그들은 당연히 나를 이해했다. 뒤늦게 내 속사정을 알게 된 것을 부끄러워했고, 진심으로 내게 사과했다. 그들의 위로가 내겐 큰 힘이 되었다.

일인당 기본 주량 소주 열 병, 맥주 20000cc, 아침부터 다음 날 아침까지 술을 퍼마시는 놈들, 소주로 가득 채운 맥주잔을 연속해서 일곱 잔 이상 비우는 놈들 등등, 동기들 사이에 적잖은 전설을 남긴 주당클럽 오인회는 나를 제외한 친구들 모두 이 학년을 마치고 군에 입대하면서 잠정적으로 해체되었다. 그때까지만 하더라도 우리는 모르고 있었다. 나와 그들이 다시는 만나지 못하리라는 사실을.

나는 훈련소에 들어가는 오인회 멤버 넷의 배웅을 마치고 대구로 내려갔다. 어쩌다 아버지 기일과 같은 일이 있을 때만 통화하는 누나에게서 임신 소식을 들었던 것이다. 칠 개월째라고 했다. 누나는 진심으로 행복해 했다. 나는 눈에 띄게 배가 불렀을 누나의 모습을 보고 싶었다. 매형과 친해지고 싶었고, 어머니를 용서하고 싶었다. 하지만 누나의 몸 상태는 전화로 듣던 것과는 다르게 썩 좋지 않았다. 그녀는 거꾸로 들어선 아이 때문에 속을 태우고 있었다. 매형은 고단한 레지던트 생활과 누나 걱정으로 제정신이 아니었고, 어머닌 누나 하나 보살피기도 힘든데 뭐 하러 내려왔느냐며 나를 타박했다. 내 존재를 귀찮아 하는 기색이 역력했.

나는 누나 집에서 하루도 채 보내지 않고 서울로 돌아왔다. 그때가 2월 4일이었다. 내 생일은, 바로 다음 날이었다.

생일 축하합니다

 나는 내 생일에, 강남의 한 나이트클럽 주차장에서 처음 선하를 만났다. 그전까진 강동민이 입대하면서 자신이 군에 있는 동안 지속적인 관심을 가지고 지켜봐 달라고 부탁한 여자애와 나이트클럽 안에 있었다.

 여자애에게 전화를 건 것은 오후 두 시쯤이었다. 약간의 망설임은 있었다. 그러나 외로움에 비하면 모래알 정도였다.

 "오늘이 내 생일이야. 축하해 줄 수 있어?"

 나는 기대감을 숨기고 담담하게 물었다.

 "그럼, 당연하지."

 여자애가 흔쾌히 대답했다. 입가가 벌어지는 것이 느껴졌다.

 "전에 동민이와 같이 봤던 청담동 퓨전 레스토랑, 알지?"

 "응."

 "그리로 여섯 시까지 올래?"

 "알았어."

"고마워."

"고맙긴, 이따 봐."

"오케이."

전화를 끊고 곧장 청담역으로 갔다. 하숙집에 있기 싫어서였다. 역 근처 PC방에 들어가 빈둥거리다 시간 맞춰 약속 장소로 갔다. 실내를 한 바퀴 둘러보고 제일 운치 있어 보이는 창가 자리에 앉았다. 오늘 밤 혼자 있지 않아도 된다는 사실이 나를 기분 좋게 했다.

그러나 안락하고 단출한 분위기에서 생일 축하를 받으며 마음 편히 저녁을 즐기려던 내 계획은 여자애가 달고 나온 아이들 때문에 완전히 뒤틀려 버렸다. 그녀들은 어떤 강압적인 힘에 의해 수십 년간 입을 봉하고 있어야만 했던 금제(禁制)로부터 방금 풀려난 사람들처럼 무지하게 말이 많았다. 나는 어쩔 수 없이 그녀들의 강요에 못 이겨 나이트클럽으로 갔다. 룸은 내가 얻었고, 주문은 여자애가 했다. 나는 모르고 있었다. 여자애가 나를 위해 일부러 자기 친구들을 데려왔다는 사실을. 그러니까 그녀들은 여자애가 나에게 주는 일종의 생일 선물인 셈이었다

여자애는 룸에 술과 안주가 차려지자 신호탄을 쏘듯 샴페인을 터트렸다. 그녀 친구들이 일제히 일어서서 '해피 버스데이 투유'를 외쳤다. 이어 경쟁하듯 최신 곡을 선택해 노래를 불렀고, 돌아가면서 내 손을 잡고 춤을 추었다. 나는 차츰 그녀들이 만들어 내는 흥겨움에 빠져들었다. 대구에서 있었던 언짢은 일들은 쉽게 기억에서 지워졌다.

나는 정신없이 몸을 흔들며 누군가가 부르는 노래를 따라 불렀다. 노래가 끝나면 팔짝팔짝 뛰었고, 폭탄주를 물처럼 들이켰다. 그러다 문득 의문이 들었다. 이렇게 놀 거면 애초에 단란 주점이나 노래방에 갈 것이지, 도대체 비싼 나이트클럽에는 왜 온 건가. 알 수 없었다. 어쨌거나 엎지른 물이었다. 이왕 즐기러 온 곳, 대수롭지 않은 의문은 떨치고 신 나게 놀기로 마음먹었다. 따라서 강동민이 부탁한 여자애가 내게 기대 오지만 않았더라면, 아주 흥겨운 시간을 보냈을지도 몰랐다. 룸 안의 분위기가 묘해진 건 여자애 친구들이 여자애에게 이끌려 한꺼번에 화장실에 다녀온 후부터였다. 그녀들은 나를 여자애 옆에 앉히고, 여자애와 내가 무지하게 잘 어울린다는 거짓말을 함부로 입에 올렸다.

나는 그녀들의 단합된 힘에 밀려 여자애를 안고, 그녀들이 합창하는 느린 템포의 노래에 맞춰 춤을 추었다. 내가 아무리 엉덩이를 빼도 여자애는 찰거머리처럼 바싹 달라붙었다. 갑갑했다. 시간이 갈수록 그녀의 행동은 점점 더 대담해졌다. 끌어안은 내 목을 잡아당겨 술기운으로 달아오른 자신의 얼굴을 내 얼굴에 대고 비볐다. 내 귓속에 뜨거운 입김을 불어넣었고, 이빨로 내 귓불을 살짝 깨물었다. 나는 더는 참지 못하고 가까이 있는 그녀의 입술을 탐했다. 여자애가 비릿한 신음을 흘렸다. 순간 머릿속에서 반짝, 빨간 신호등이 켜졌다.

가까스로 혀를 떼어 낸 나는 속이 안 좋다는 핑계를 대고 룸을 나왔다. 옐로카드처럼 떠오른 강동민의 얼굴이 또렷해졌다. 그의 부탁 또한 마찬가지였다. 나는 강동민에게 심한 죄책감을 느꼈다. 여자애에게 연락한 것부터가 잘못이었다. 어쩌면 이런 일이 벌어지리라 예감하고, 기대했었는지도 몰랐다.

나는 바쁘게 화장실을 향해 걸어가다 힐끔 뒤돌아보았다. 여자애는 다행히 나를 따라오지 않았다. 화장실을 지나쳐 클럽을 나왔다. 소변이 마려운 건 사실이었다. 황급히 주차장 쪽으로 가서 주차되어 있는 차와 차 사이를 파고 들어가 바지 지퍼를 내렸다.

"이봐요. 지금 뭐 하는 거예요?"

등 뒤에서 탁한 여자 목소리가 들렸다. 대책 없이 술을 퍼마신 탓인지 오줌은 질리도록 계속 나왔다.

"이봐요. 내 말 안 들려?"

나는 남은 오줌을 마저 뽑아내고 조용히 바지 지퍼를 끌어올렸다. 몰상식한 행동임을 모르는 바 아니었으나 나로서도 어쩔 수 없는 선택이었다. 내 오줌보는 시기를 놓치면 터질 지경이었고, 차는 벽에 거의 붙다시피 주차되어 있었던 것이다.

"야, 이 자식아! 너 왜 남의 차에다 지랄이야!"

슬그머니 옷매무새를 추스르고 좁은 통로를 빠져나오는 내 앞을 낯선 여자가 가로막았다. 여자는 눈처럼 하얀 밍크코트를 입고 있었다. 나이는 스물다섯이나 여섯 정도. 늘씬하고 예쁘기는 했지만 눈빛이 사나웠고, 어딘가 모르게 거만해 보였다.

"죄송합니다."

나는 여자에게 공손히 머리를 조아렸다. 여자의 키는 나와 엇 비슷했다.

"너 대학생이지? 맞지?"

여자는 한심하다는 듯 혀를 찼다.

"네."

나는 조심스럽게 그녀를 훔쳐보았다.

"무슨 문제 있습니까?"

그때였다. 어슬렁거리며 주차장으로 들어온 사내 두 명이 여자에게 말을 건넸다. 한 사람은 적당한 몸집에 키가 컸고, 한 사람은 키는 보통이었으나 씨름 선수처럼 몸피가 두꺼웠다.

"별일 아니에요."

여자가 차갑게 말했다. 핸드백에서 리모컨 키를 꺼내 자동차 문을 열었다. 사내들이 성큼성큼 그녀에게 다가갔다.

"어디 가서 술 한잔 더 합시다. 저기 괜찮겠네."

키 큰 사내가 근처 술집을 가리켰다. 그들과 여자는 클럽 안에서 이미 한 차례 만남을 가졌던 듯했다. 여자는 술은 별로 마시지 않았는지 못 들은 척 운전석에 앉아 시동을 걸었다. 몸피 두꺼운 사내가 차 앞에 우뚝 섰다. 여자는 창문을 내리고 내게 뜻밖의 말을 던졌다.

"야, 거기 서 있지 말고 타."

"아, 아닙니다. 괜찮습니다. 안녕히 가세요."

나는 허리 숙여 여자에게 인사했다. 키 큰 사내가 느긋하게 창문 열린 운전석 쪽으로 걸어가는 모습이 보였다. 다른 사내는 보닛에 엉덩이를 걸치고 있었다. 놈이 잘 돌아가지 않는 턱을 움직여 내게 꺼지라는 시늉을 했다. 엉거주춤 뒤돌아섰다.

"이 손 치우지 못해? 놔! 니들 사람 잘못 봤어."

하지만 쉽게 걸음을 옮길 수 없었다. 여자의 날카로운 목소리가 내게는 구원을 요청하는 신호처럼 들렸던 것이다.

"그만 튕겨라. 쪽팔리잖냐."

"꺼지지 않으면 경찰 부를 거야."

"미친년. 마음대로 해 봐, 어디."

술기운 탓이었을까. 마음을 가다듬은 나는 결코 상대가 될 수 없는 사내들에게 맞서기 위해 과감하게 진로를 바꾸었다.

"왜들 이러시는 거죠?"

나는 몸피 두꺼운 사내와 키 큰 사내를 번갈아 쳐다보며, 부들부들 떨며 소리쳤다.

"넌 뭐야?"

몸피 두꺼운 사내가 가소롭다는 듯 내 멱살을 움켜쥐고 업어치기를 했다. 나는 가볍게 땅바닥에 내동댕이쳐졌다. 등과 허리 부분에 심한 통증이 느껴졌다. 잠시 정신을 잃은 양 누워서 사내의 눈치를 살폈다. 내가 그를 이길 수 있는 유일한 방법은 기습뿐이었다. 사내는 느긋하게 뒷짐을 쥐고 입안 가득 비웃음을 문 채 내 몰골을 내려다보았다. 나는 재빨리 일어서서 있는 힘을 다해 몸을 솟구쳐 히죽히죽 웃고 있는 사내의 턱을 이마로 들이받았다.

"컥!"

사내의 고개가 뒤로 발딱 젖혀졌다. 여세를 몰아 키 큰 사내에게 달려들었다. 다짜고짜 사내의 면상을 향해 주먹을 날렸다. 그러나 내 주먹은 어이없게도 빈 공간을 가르고 말았다. 사내의 몸놀림은 민첩했다. 그는 슬쩍 허리를 틀어 내 공격을 피하는 동시에 발길질을 했다. 그의 구두 앞부분이 정확히 내 복부에 날아와 박혔다. 헉, 소리가 저절로 내 입에서 터져 나왔다.

사내는 무릎을 꿇은 채 배를 움켜쥐고 있는 나를 일으켜 세우더니 몸피 두꺼운 사내에게 인계했다. 그는 기다렸다는 듯 소금에 절인 배추처럼 축 늘어져 있는 나에게 무지막지한 폭력을 가했다. 아래턱이 부서져 나가는 고통에 이어 코뼈가 무너지는 고통, 갈비뼈가 으스러지는 고통이 나를 혼수상태로 몰고 갔다.

이런 빌어먹을….

그러나 불행하게도 내 의식은 쉽게 끊어지지 않았다. 땅바닥을 뒹구는 내 눈에 키 큰 사내를 밀치고 어디론가 달려가는 여자의 모습이 보였다. 나는 마지막 남은 힘을 쥐어 짜 몸피 두꺼운 사내의 오른쪽 발을 끌어안았다.

잡히지 마세요. 절대!

나는 소리치고 싶었다. 그러나 그 말은 입속에서만 맴돌 뿐 소리가 되어 나오질 않았다. 사내는 자유로운 왼발로 고장 난 장난감을 부수듯 내 머리통과 어깨와 등을 마구 짓이겼다. 나는 마침내 완전히 의식을 잃고 말았다.

누나랑 같이 살지 않을래?

나는 병실에 누워 있었다. 머리통과 코와 목과 어깨와 가슴이 쑤시고 아파 쉽게 고개를 돌릴 수도, 몸을 일으킬 수도 없었다. 나는 늙은 소처럼 눈을 끔벅이며 내가 어쩌다 이 모양이 되었는지 헤아려 보았다. 병실 안은 훈훈했고 주변에서 인기척은 느껴지지 않았다. 얼마간 그러고 있자니 문 열리는 소리가 들렸다.

"정신 차렸네."

누군가가 말했다. 내 시야에 낯선 여자의 얼굴이 들어왔다.

"…누…구…?"

나는 입이 아파 제대로 말을 할 수가 없었다.

"어젠 고마웠어. 많이 아프지?"

"…여어기인…"

"병원이야. 너 때린 조폭 새끼들 경찰에 붙잡혀 갔어. 그 동네에선 유명한 놈들인가 보더라. 피해 입은 상인도 여럿 있었나 봐. 암튼 별이 한둘이 아닌 데다 사람을 이 지경으로 만들어 놨으니

쉽게 풀려나오진 못할 거야. 합의는 꿈도 꾸지 말라고 했어."

"…무으을…"

나는 여자에게 부탁했다. 그제야 주차장에 사람이 없던 이유, 사람들이 우리를 도와주지 않은 이유를 알 것 같았다. 놈들의 보복이 두려웠을 테지.

"그래. 잠깐만."

여자는 움직이지 못하는 나를 위해 플라스틱 빨대가 꽂힌 물병을 가져왔다. 나는 빨대를 이용해 힘겹게 물을 빨아 마셨다. 그녀의 말에 의하면 내가 입은 부상의 정도는 심각했다. 진단 결과 전치 육 주가 나왔고, 뇌에 이상이 있을지도 모른다고 했다. 그녀는 내 무모한 행동에 고마움을 느끼는 듯했다. "쌈도 못하는 애가 어쩌려고 겁도 없이 그 흉악한 놈들한테 덤벼들어, 덤벼들길…" 하며 내 손을 잡았을 땐 눈물 비슷한 것을 보이기도 했으니까.

나는 한 달 가까이 입원 치료를 받았다. 그녀는 내 몸에 부착되어 있는 고정 틀이 모두 떨어져 나갈 때까지 정성껏 나를 보살펴 주었다. 그녀의 이름은 유선하였다.

나는 입안의 상처가 아문 후로는 병상을 지키고 있는 그녀가 심심해 하지 않도록 쉬지 않고 떠들었다. 전에 만난 적 있는 이상한 사람들, 오인회 친구들 각자의 개성과 그들이 내게 들려주었던 경험담은 물론 어머니와 누나가 있음에도 불구하고 지금 왜, 무엇 때문에 혼자 살고 있는지에 대해서도 시시콜콜 털어놓았다. 다행히 그녀는 내 이야기를 재미있어 했다. 그러고 보면 나에게도 한 가지 재주는 있는 모양이었다. 그것이 정말 재주인지는 몰라도.

선하가 내게 뜻밖의 제안을 한 건 고정 틀을 모두 제거한 날이었다. 그녀는 병원 근처에 있는 근사한 레스토랑 별실에서 생전 처음 보는 음식을 탐욕스럽게 먹는 나를 웃으며 바라보다 대뜸 말했다.

"너, 누나랑 같이 살지 않을래?"

나는 하마터면 입속에 있는 음식을 뱉을 뻔했다. 간신히 음식물을 씹어 삼키고 와인을 마셨다.

"혼자 사는 것보단 나을 거야. 네 하숙집…."

"됐어. 그 얘긴 그만해요."

나는 선하가 하려는 말의 뒷부분을 충분히 짐작할 수 있었다. 상처가 아물어 가면서 차츰 학교 일이 걱정되기 시작해 그녀에게 하숙집에 들러 등록금 고지서가 왔는지 알아봐 달라는 부탁을 했었다. 그때 난장판에 가까운 내 방 안 풍경을 엿본 선하는 하루 종일 나의 게으름을 흉봤었다.

그런 곳에서 살려면 코 다친 게 오히려 다행일지도 모르겠다, 얘. 아직도 손에 퀴퀴한 냄새가 배어 있는 것 같다, 얘.

"이건 또 뭐예요?"

나는 선하가 내미는 종이를 쳐다보았다. 등록금 납부 영수증이었다.

"다른 소린 하지 마. 내 성의니까."

"누난 돈이 남아도는 모양이지. 좋았어. 이제부터 누나 보디가드로 취직한 셈 치지 뭐."

"너 같은 애 보디가드로 채용했다간 치료비만 더 나가겠다."

식사가 끝나자 선하는 나를 차에 태워 자신의 집으로 데려갔다. 수서역 인근의 정원이 꽤 넓은 이 층 단독주택이었다. 아래층은 집안일을 하는 먼 친척 부부가, 위층은 그녀가 사용했다.

나는 선하를 따라 이 층으로 올라갔다. 내가 묵을 방은 만족스럽게 꾸며져 있었다. 하숙집에 있던 내 책과 옷가지들도 책장과 옷장에 단정하게 정리되어 있었다.

"마음에 드니?"

"예. 좋은데요. 내가 거절했으면 어쩌려고 짐을 몽땅 옮겨 놨어요."

"넌 절대로 거절 못 해."

"왜요? 내가 왜 거절을 못 해요?"

"넌 게으르잖아. 여기 살면 자질구레한 일들을 하지 않아도 되는데 그 좋은 기회를 놓칠 리가 있겠어? 하지만 빨래는 몰라도 방 청소는 직접 해야 해. 알았지? 알아들었으면 옷 갈아입고 나와. 차 마시자."

선하는 내가 옆에 있다는 사실이 즐거운 듯했다. 나는 편한 옷으로 갈아입고 나갔다. 거실 소파에 앉아 커피를 마시고 있던 선하가 반갑게 나를 맞이했다. 그녀는 내 입에서 재미있는 이야기가, 누에고치에서 실이 풀어져 나오듯 흘러나와 단란한 저녁 한때의 분위기를 극대화해 주기를 바라는 것 같았다. 나는 일종의 의무감을 느끼고 간이 덜 배인 찌개에 양념을 치듯 또다시 이상한 친구 이야기를 들려주었다.

그의 재주는 참으로 믿기 힘든 것이었다. 그는 한 번 공중에 몸을 날렸다 하면 서너 명은 반드시 쓰러뜨리고 난 뒤에야 지상에 내려온다고 했다. 그의 아버지 또한 놀라운 능력을 지닌 인물이어서, 그들은 물고기를 잡으러 갈 때 달랑 젓가락 하나씩만 가져간다고 했다. 그러나 그 친구의 재주를 귀로만 들었을 뿐 눈으로는 단 한 번도 본 적 없었던 우리는 기회가 있을 때마다 그에게 졸랐다. 보여 다오. 네 능력의 일부만이라도 우리에게 보여 다오.

그는 우리의 부탁을 가볍게 거절했다. 이유는 그럴듯했다. 무술 실연 시에 발생하는 여파를 견디지 못해 주위 사람들, 즉 우리가 다친다는 것이었다.

그의 근엄한 말투와 행동이 우리 사이에 유행처럼 번졌다. 어쩌면 우리는 그를 믿고 싶어 했는지도 몰랐다. 나 역시 그의 실상을 목격하지만 않았더라면 그에 대한 경외심을 아직까지 가슴속에 품고 있었을 것이다.

내가 그의 비참한 모습을 발견한 곳은 대학로 어느 뒷골목이었다. 그는 고딩 저학년처럼 보이는 앳된 아이들, 그것도 불과 세 명 앞에 무릎을 꿇고 앉아 있었다. 참으로 비현실적인 장면이었다. 나는 여러 차례 눈을 감았다 뜨고 그, 도저히 믿기지 않는 광경을 다시 쳐다보았다. 무릎 꿇은 사람은 그였다. 확실했다. 순간 녀석에게 가졌던 기대감이 와르르 무너졌다.

그동안에도 아이들의 구타는 계속되었다. 나는 녀석을 구하기 위해 근처 파출소를 찾아 들어가 내가 목격한 상황을 전했다. 경찰은 즉시 출동했고, 간신히 구출된 녀석은 코피와 눈물이 뒤범벅된 얼굴로 내 뒤에 숨었다. 아이들을 두려워하고 있는 것이 분명했다. 아이들은 경찰에게 끌려가며 그를 향해 소리쳤다.

"저 자식이 먼저 시비를 걸었다고요. 말해 봐, 새끼야. 네가 뭔데 지나가는 사람 붙잡아 뺨을 때리고 난리야. 네가 뭐냐고 개자식아!"

나도 녀석과 함께 파출소로 갔다. 놀랍게도 담당 경찰관이 대질 심문을 한 결과 먼저 폭력을 행사한 쪽은 녀석이라는 사실이 밝혀졌다. 아이들은 그저 자기들끼리 장난을 치며 그의 옆을 지나쳤을 뿐이었다. 문제는 그에게 일행이 있었다는 데 있었다. 일행은 꽤 예쁘고 늘씬한 여자였다. 그 여자에게는 또 얼마나 많은 거짓말을 했을는지 충분히 짐작할 수 있었다.

자신을 과시할 기회를 찾고 있던 녀석에게 아이들은 적절한 대상으로 여겨진 듯했다. 녀석은 비록 수는 셋이나 대체로 체격이 왜소한 아이들이 설마 상대적으로 덩치도 크고 성인인 자신에게 대들겠느냐는 한심한 생각을 했던 모양이었다. 내가 곁에서 전후 사정을 다 들었음에도 녀석은 파출소를 나오며 내게, 아이들이 다칠까 봐 일부러 힘을 쓰지 않았다는 변명을 질리게 늘어놓았다.

선하는 내 이야기를 듣는 내내 깔깔거렸다. 나는 고개를 갸우뚱했다. 저 여자는 혹시 나에게 모성애를 느끼는 건 아닐까. 갓난아이에게 하듯 내 머리를 감겨 주고, 세수를 시켜 주고, 밥을 떠먹여 주고, 대소변 보는 것을 도와주고, 옷을 갈아입히는 일련의 일을 반복하면서 자신도 모르는 사이에 마치 내 어머니가 된 것 같은 착각에 사로잡힌 건 아닐까.

"학교는 어떻게 할 거니?"

선하는 입가의 웃음을 지우지 않고 물었다.

"내일부터 가야죠. 벌써 개강했을 텐데."

"그렇구나. 많이 피곤해 보인다. 그만 들어가 쉬어."

"예. 주무세요."

나는 아직 완쾌되지 않은 몸을 일으켜 세웠다.

"잘 자."

선하도 일어서서 가볍게 내 볼에 입을 맞추었다. 나는 입을 떼는 그녀를 쳐다보았다. 내가 귀여워 죽겠다는 표정이었다. 그녀는 나에게 눈을 찡긋하고 자신의 방으로 갔다. 나도 내 방문을 열고 들어갔다. 처음 봤을 때는 인식하지 못했는데 옷장이며 책장, 책상, 침대 시트 모두 엷은 블루 계통이어서 나는 마치 큰 어항에 갇힌 듯한 느낌을 받았다.

불을 끄고 침대에 누웠다. 창문을 통해 희미한 빛이 흘러들어와 허리 아래 부분을 적셨다. 기분이 묘했다.

이제부터 이곳에서 사는 것이다. 어머니 행세를 하려는 선하와 함께. 그녀는 어떤 부류의 사람일까. 처음 느꼈던 것처럼 어두운

쪽의 사람일까. 아니면 마음속 어딘가에 곱디 고운 감성을 숨기고 있는, 세상 누구보다 맑은 사람일까.

어쩌면 그녀는 돈 많은 이를 부모로 둔 시답지 않은 반항아일지도 모르고, 사생아일지도 모른다. 결혼에 실패한 이혼녀일지도 모르고, 불의의 사고로 남편을 잃은 미망인일지도 모른다. 상상할 수 없을 만큼 대단한 권력자의 숨겨진 여자일 수도 있고, 살벌하기 그지없는 폭력 조직 보스의 애인일 수도 있다. 요컨대 그녀 쪽에서 털어놓지 않는 한 내가 상상할 수 있는 바는 엄청나게 많은 것이다.

선하는 다음 날부터 나를 자신의 차에 태워 학교까지 실어 주고 실어 오곤 했다. 가끔은 나와 함께 강의를 들었고, 학생 식당에서 밥을 먹기도 했다. 그녀와 내게 주의를 기울이는 사람은 없었다. 나라는 존재는 과 정원의 3/5 정도를 차지하는 여학생들에겐 관심 밖의 인물이었다. 안면 있는 남자 동기도 몇 안 되었다. 남자 동기 대부분은 군에 입대했고, 그들의 빈자리를, 마치 물갈이하듯 군 복무를 마치고 돌아온 복학생들이 채우고 있었다.

그러는 동안 서너 번 비가 흩뿌렸고, 계절은 봄의 중심에 성큼 들어섰다. 때맞춰 황사 현상이 일어나면서 솜방망이 꽃씨들이 날아다니기 시작했다. 선하는 강의가 빌 때마다 한사코 잔디밭이나 분수대 앞에 함께 앉아 있기를 원했다. 꽃가루 알레르기가 있는 나에겐 참으로 곤혹스러운 일이었다. 하지만 내색하지 않고 그녀가 하자는 대로 했다.

선하는 목을 칼칼하게 만드는 먼지와 갑작스레 치마를 걷어 올리는 바람은 물론 한낮이면 제법 따갑게 쏟아지는 햇볕조차 아랑곳하지 않았다. 나는 알 수 있었다. 그녀가 학생들과 한 무리가 되기를 진심으로 바란다는 것을. 비록 강의 시간엔 끊임없이 노트에 낙서를 하거나 만화를 그리거나 졸긴 했어도.

선하는 봄 날씨보다 더 빨리, 더 급격히 변해 갔다. 그녀의 옷차림과 화장은 더는 화려하지 않았고, 요란하지 않았다. 풍성하게 부풀리고 다니던 머리카락도 짧게 잘라 책 두어 개만 가슴에 안으면 영락없는 대학생이었다. 덕분에 개교기념일 전후로 열리는 교내 축제에 당당히 그녀를 초대할 수 있었다.

나는 그녀가 자랑스러웠다. 그녀와 함께 간이주점에 앉아 달착지근한 막걸리를 마시고 있으면, 내 얼굴을 아는 녀석들은 일부러 친한 척 주당클럽까지 입에 올리며 우리 사이를 비집고 들어왔다. 그들은 어떻게 해서든 선하와 조금이라도 더 같이 있고 싶어 했다.

나는 그녀의 바람대로 교내에서 벌어지는 대부분의 행사에 그녀와 함께 참석했다. 학생 참여 가요제부터 DJ 공연, 밴드 소모임 공연, 동아리 공연, 그리고 사흘 내내 열린 인기 가수 공연까지.

축제는 연예인 초청 공연을 끝으로 막을 내렸다. 운동장에 모여 있던 학생들은 하나 둘 어디론가 사라졌고, 주점들도 대부분 철수를 한 탓에 자질구레한 쓰레기들이 함부로 굴러다니는 학교 안은, 일대 폭풍이 휩쓸고 지나간 것처럼 을씨년스러웠다. 아직 흥분을 가라앉히지 못한, 또는 흥분을 연장시키려는 몇몇 학생만이 잔디밭에 모여 앉아 술을 마시고 있을 뿐이었다.

짧은 치마를 입은 선하는 구두를 벗어 들고 곧게 뻗은 다리를 자랑하듯 성큼성큼 걸어갔다. 그녀는 나도 모르는 사이에 취해 있었다. 나는 여차하면 넘어질 것 같은 그녀를 보호하기 위해 뒤에 붙다시피 따라갔다. 아니나 다를까. 그녀는 교문을 나가면서 문턱에 걸려 크게 휘청였다. 나는 재빨리 그녀를 끌어안았다.

"어디 가는 거니, 자식아."

내 품에 기대, 나에게 이끌려 걸음을 옮기던 그녀가 갑자기 멈춰 서서 몸부림을 쳤다.

"많이 취했어, 누나. 시간도 늦었고."

"그래서 자식아."

"그래서는 무슨 그래서야. 집에 가야지."

"집? 웃기고 있네."

선하는 자신의 허리를 감싸 안고 있는 내 팔을 세게 뿌리쳤다. 우리 옆을 지나가던 학생들이 잠시 걸음을 멈추고 넘어질 듯한 그녀의 몸 움직임을 지켜보았다. 용케 넘어지지 않은 선하는 근처 편의점에 들어가 캔맥주를 샀다. 계산은 내가 했다. 맥주가 담겨 있는 봉투도 내가 들었다.

선하는 나를 하인처럼 거느리고 의기양양하게 편의점을 나와 자신을 휘청거리게 했던 문턱을 다시 넘었다. 나는 부지런히 그녀의 뒤를 쫓아갔다. 불안하게 두 다리를 교차시키던 그녀는 얼마

못 가 근처 벤치에 풀썩 주저앉았다. 나는 선하가 젓가락처럼 긴 손가락으로 가리키는 봉투에서 캔맥주를 꺼내 뚜껑을 땄다.

"작년엔 누구랑 왔었니?"

선하는 나에게 건네받은 캔맥주를 들이켜고 물었다.

"계속 만나니?"

"뭔 소리야. 같이 온 사람이 있었어야 계속 만나든가 말든가 하지."

"거짓말!"

"거짓말은 무슨. 축제 파트너 구하려다 고생만 잔뜩 했는걸. 그 생각만 하면 지금도 이가 갈려."

나는 잔뜩 눈살을 찌푸렸다. 선하는 얘가 또 무슨 흰소리를 하려고 이러나, 하는 표정으로 내 얼굴을 물끄러미 들여다보았다.

"축제를 사흘 앞둔 날이었어. 나와 내 친구 두 명은 어떻게 해서든 파트너 좀 구해 보려고 초저녁부터 강남역 부근을 하이에나처럼 들쑤시고 다녔지. 어쨌든 뭐 남들 다 있는 파트너 하나 없다는 게 우리 셋의 자존심을 상하게 했던 건 사실이니까."

우리는 비장하게 결의했다. 오늘 반드시 파트너를 구해서 돌아간다. 만선의 꿈을 이룬 어부처럼 씩씩하게. 만약, 상황이 뜻하지 않은 방향으로 흘러 우리 가운데 어느 한 명에게만 성공의 빛이 비춘다면, 아쉬움을 접고 그만이라도 잘될 수 있도록 최대한 지원해 준다. 그것이 사내다운 태도다.

한동안 부지런히 길거리를 오가던 우리는 어둠이 짙어지자 방법을 바꿔 골목마다 일렬로 늘어선 술집을 차례대로 방문했고, 그 중에서 여자애 숫자가 가장 많은 곳을 택해 들어갔다. 우리는 일부러 여자애끼리 술 마시는 테이블 옆에 자리를 잡았다. 그들 역시 세 명이었다. 셋 다 옷차림도 그렇고 얼굴도 그렇고, 꽤 괜찮은 편이었다.

후끈 달아오른 우리는 서로의 눈치를 살피며 눈이 마주치는 상대에게, 술집에 들어서기 전에 품었던 기대를 상기시키려고 법석을 떨었다. 우리는 겨우 그 정도였다. 입에 발린 칭찬 몇 개를 떠벌리는 것으로 상대방의 영웅 심리를 자극하여 어부지리를 얻으려고만 할 뿐 망신을 당할 확률이 높은 일에 선뜻 나서려고 하지 않았다. 따라서 여자애들 쪽에서 합석을 제의해 오지 않았다면, 우리는 아무런 소득도 얻지 못한 채 씁쓸하게 술집을 나왔을 것이다.

나를 제외한 친구 놈들은 이미 비교 분석을 끝냈는지 합석을 하자마자 한 여자애에게 주의를 집중했다. 놈들은 그녀를 차지하기 위해 치열한 암투를 벌였다. 옆에서 지켜보는 내가 다 안쓰러울 정도였다.

놈들의 재롱은 별 효과가 없었다. 오히려 놈들의 얼간이 같은 행동이 여자애를 짜증나게 한 모양이었다. 그녀는 느닷없이 내 옆으로 자리를 옮겨 앉았다. 당황한 친구들은 내게 술값을 모두 지불하라는 폭언을 퍼부었다. 웃기는 일이었다. 운이 좋은 건 오히려 그들이었다. 나는 그날 그 여자애에게 엄청 시달렸다.

여자애의 술버릇은 정말이지 고약했다. 술을 마시다 말고 갑자기 손으로 내 귀를 잡아당길 때만 해도, 코를 쥐어뜯을 때만 해도 그럭저럭 참을 만했다. 본격적인 시달림은 일행과 헤어져 그녀와 나 둘만 또 다른 술집에 들어가 나란히 앉으면서부터 시작됐다. 그녀는 서슴없이 나에게 안겼고, 손바닥으로 내 뺨을 때렸고, 두 팔로 내 머리통을 끌어안았고, 나를 밀쳤고, 이빨로 내 혀를 깨물었고, 어깨를 깨물었고, 급기야 내 신발에 토하듯 침을 뱉기까지 했다.

나는 술값을 계산하고 해롱대는 그녀를 부축해 술집을 나왔다. 초여름 새벽바람은 제법 차가웠다. 덕분에 그녀는 정신을 차린 듯했다. 내 손을 뿌리치고 한산한 거리를 비틀비틀 걸어갔다. 그러다 느닷없이 도로로 들어가려 했다.

나는 재빨리 그녀를 붙잡아 인도로 올라왔다. 그녀를 집에 보내야 한다는 생각에 택시를 불러 세웠다. 그녀는 이상한 핑계를 대며 미꾸라지처럼 내 손아귀를 빠져나갔다. 그런 일이 여러 번 되풀이되었다.

나는 상당한 피로를 느끼고 또다시 내 손아귀에서 벗어난 여자애를 물끄러미 바라보았다. 그녀와의 거리가 멀어지면 그녀 몰래 도망칠 생각이었다.

잠시 혼자 걸어가던 여자애가 갑자기 주저앉은 것은 바로 그때였다. 그녀는 다급하게 나를 찾았다. 나는 어쩔 수 없이 그녀에게 다가갔다. 그녀가 오줌이 마렵다며 해결책을 요구했다.

나는 그녀의 몸을 들어 골목 후미진 곳으로 옮겼다. 그녀는 쉽게 허리띠를 풀지 못했다. 나에게 곧 쌀 것 같으니 도와 달라고 애원했다. 차마 그녀의 부탁을 외면할 수는 없었다. 그녀가 원활히 소변을 볼 수 있도록 그녀의 바지 허리띠를 풀고 지퍼와 팬티를 끌어내렸다.

그 비슷한 행동을 그녀는 연이어서 했다. 볼일을 마치면 혼자 어디론가 걸어갔고, 아무 곳에서나 털퍼덕털퍼덕 주저앉아 나를 불렀다. 나는 그녀가 정신을 차릴 때까지 사람들의 눈을 피해 안전하게 오줌을 쌀 수 있는 장소로 그녀를 옮겨야 했다.

"거짓말."

내 얘기를 다 들은 선하가 코웃음을 쳤다. 그새 봉투 안의 캔맥주는 모두 꺼내져 빈 캔이 되어 있었다.

"너 그날 그 애하고 잤지? 그렇지?"

선하가 물었다. 나는 대답하지 않았다. 그것은 내 얘기가 아니었다. 나는 얼간이 짓을 저지른 두 명 중 한 명이었다.

"이제 그만 가자. 쌀쌀하다."

나는 벌떡 일어섰다. 하지만 선하는 움직이려 하지 않았다. 반항하는 그녀를 우악스럽게 들쳐 업고, 눈앞에 어른거리는 깃발을 본 투우처럼 교문을 향해 후닥닥 뛰어갔다. 그녀가 천천히 가라며 두 손으로 내 양쪽 볼따구니를 잡아당겼다.

"집까지 걸어갈까?"

나는 미로처럼 복잡한, 인적이 뜸한 골목길로 들어서서 물었다.

"자신 있어?"

"사람들이 좋아할 거야."

손에 와 닿는 감촉에 의하면 선하의 짧은 치마는 엉덩이 부분까지 말려 올라가 있었다. 따라서 내 뒤에 서 있는 사람들은 고개를 숙이는 작은 노력 하나만으로도 적나라하게 드러나 있는 그녀의 허리 아랫부분을 감상할 수 있을 터였다.

"무슨 소리야? 왜 사람들이 좋아해?"

나는 대답 대신 선하의 허벅지를 슬쩍 쓰다듬었다. 그제야 눈치를 챈 그녀가 내 두 콧구멍 속에 두 손가락을 집어넣고 들어올렸다. 나는 타잔처럼 비명을 질렀다.

"잘못했어. 그만!"

골목길을 나오자마자 선하를 내려놓았다. 축제 마지막 날이어서인지 거리에는 유난히 흥분 상태의 학생이 많았다. 우리는 도로에 서 있는 모범택시를 잡아 타고 집에 돌아왔다.

술에 취해 있음에도 선하는 쉽게 잠들지 못했다. 그녀는 나를 자신의 방 안에서 나가지 못하게 했다. 나는 그녀의 명령에 따라 그녀가 입고 있는 옷을 남김없이 벗겼다. 그녀는 얌전히 나를 쳐다보았다. 나는 서둘러 윗옷을 벗어 던지고, 바지와 팬티를 끌어내리고, 선하의 이마와 눈썹과 코와 입술을 개처럼 혀로 핥았다. 내 왼손은 그녀의 짧은 머리카락을, 오른손은 그녀의 오른쪽 가슴을 움켜쥐고 있었다. 마침내 선하의 혀를 끄집어내는 데 성공한 나는 더 무엇을 어떻게 해야 좋을지 몰라 일정한 위치에 정지시켜 놓았던 두 손으로 그녀의 허리와 엉덩이와 허벅지를 매만졌다. 내 손길은 갈수록 거칠어져 갔다. 선하가 진정하라는 듯 가볍게 내 등을 토닥였다. 나는 그녀가 시키는 대로 허리를 세우고 나름대로 애를 썼다. 그러나 선하에게 부여받은 임무를 원활하게 소화해 내지 못했다.

"미안해요."

"괜찮아."

나는 선하의 입에서 날카로운 질책이 쏟아질 것을 우려했지만 기우였다. 그녀는 전혀 나를 탓하지 않았다. 그녀의 제의로 우리는 함께 욕실에 들어갔다. 나는 샤워기를 틀고 샤워 볼에 바디 워시를 짜서 거품을 냈다. 거품이 인 샤워 볼로 그녀의 몸을 구석구석까지 꼼꼼히 닦았다. 내 정성 어린 손길이 그녀의 기분을 좋게 만든 것 같았다. 만족해 하는 표정이었다.

"이제 됐어."

나에게서 샤워 볼을 빼앗은 선하는 나처럼 거품을 낸 볼로 내 몸을 닦기 시작했다. 나는 꼿꼿하게 일어선 성기를 멍하니 내려다보았다. 그녀가 찰싹 내 허벅지를 후려갈겼다. 그것을 신호로 나는 천천히 두 번째 임무를 수행하기 시작했다.

선하는 더는 나를 어린애 취급하지 않았다. 무슨 일을 하기 전에 내 의견부터 물었다. 나를 존중했고, 의지했다. 자주 내게 애교를 부렸고, 내 관심을 끌기 위해 노력했다.

선하는 자신의 이야기를 거짓 없이 내게 들려주었다. 그녀는 한 번 결혼한 적이 있었다. 스무 살 때였다고 했다. 현재 나이는 스물여섯. 그녀의 아버지는 공사판을 전전하다 십 층 높이의 아파트 건축 현장에서 떨어져 숨을 거두었고, 어머니는 그녀가 고등학교 이 학년 때 재혼했다. 가오리처럼 생긴 의붓아버지는 어머니보다 그녀에게 더 관심을 보였다. 계속되는 껄떡거림에 짜증이 난 그녀는 과감히 집을 나왔고, 배짱 맞는 친구들과 어울려 나이트클럽을 전전하다 아예 술집에 취직했다. 학교는 계속 다녔다. 자주 조퇴를 해도, 결석을 해도 담임은 상관하지 않았다. 그녀는 학교 근방에서는 가장 세력이 큰 폭력 서클의 회원이었고, 차기 회장감이었던 것이다.

선하는 고등학교를 졸업하자마자 술집 생활을 청산했다. 그녀에게 동거를 제의해 온 남자가 있었기 때문이었다. 그녀의 지명 손님이었다. 미국 유명 대학에서 박사 학위까지 받았다는 그는, 착했지만 어딘가 이상한 구석이 있었다. 그는 수차례 그녀를 붙잡고 떠들었다. 내용은 매번 같았다.

이혼은 전적으로 아내 탓이야. 나는 그녀에게 누차 말했어. 내게 죄책감을 가질 필요는 없다. 그런 면에서 나는 아주 자유로운 인간이다. 당신이 한때 어떤 남자와 깊은 관계에 있었고, 그와 함께 수많은 쾌락을 나누었다 한들 어쩌겠는가. 이미 지나간 일인 것을. 설혹 당신이 그를 잊지 못한다 해도, 다시 만나 그와 기억 속의 일들을 되풀이하지만 않으면 상관없다. 당신의 상상까지 간섭하고 싶은 생각은 없다는 뜻이다. …하지만 아내는 내 얘길 무시했어. 나를 얼치기 정신병자 취급했단 말이야. 알아듣겠어?

그는 동거를 시작한 지 한 달쯤 지난 어느 날 농담처럼 결혼을 제의해 왔다. 그녀는 낄낄거리며 청혼을 받아들였다. 결혼을 하든 안 하든 별 차이가 없을 거라고 가볍게 생각한 결과였다.

선하는 오래된 시골 성당에서 그와 결혼식을 올렸다. 초라한 결혼식이었지만 그 사람은 몹시 만족스러워했다. 그리고 두 달 후, 이해할 수 없는 일이 벌어졌다. 그가 이혼을 제의해 온 것이다. 그는 어이없어 하는 선하에게 깜짝 놀랄 만큼 거액의 위자료를 남기고 떠났다.

"알 수 없는 사람이네."

나는 고개를 갸웃했다.

"그래. 그 사람, 남들 출근할 시간에 자고 남들 퇴근할 시간에 일어나서는 밤새 컴퓨터 앞에 앉아 무언가를 했어. 그 사람 말로는 그게 복수고, 용서고, 화해래."

"이혼하고 다시 만나진 않았어?"

"그 사람 대신 부인이 찾아온 적은 있었어. 내가 어떤 사람인지 보고 싶었대. 나와는 정반대의, 얼굴선이 부드럽고 참한 사람이었는데 원망이나 질투 같은 건 찾아볼 수 없었어. 오히려 그동안 남편을 돌봐 줘서 고맙다고 깍듯하게 인사를 하지 뭐야."

"혹시 누나, 그 사람 좋아했던 거 아냐?"

"그랬을지도 모르지. 가끔 내 앞에서 금방이라도 죽을 것처럼 고통스러워하긴 했지만, 일부러 나를 괴롭히려고 그런 건 아니었으니까. 평소엔 나를 편히 쉬게 해 줬고, 내가 부족함 없이 살아갈 수 있도록 충분히 배려해 주었으니까."

선하는 남편에게 받은 돈으로 강남에 꽤 큰 주점을 냈다. 장사는 잘됐고, 덕분에 돈을 많이 벌었다. 그녀는 부자였다. 집 외에도 번화가에 있는 지하 이 층, 지상 오 층 빌딩 하나와 고급 와인 바, 부티크 등을 소유하고 있었다.

선하가 원하는 것은 무엇일까

"오랜만이야."

선하는 놀랍도록 태연하게 나를 찾아왔다. 도어 록이 열리는 소리를 듣는 순간 선하일지도 모른다는 생각이 얼핏 들었는데 사실이었다. 그녀에게 도어 록 비번을 알려 준 사람은 누나임이 분명했다.

나는 거실 소파에 그대로 누운 채 가까이 다가온 선하를 올려다보았다. 눈알이 쓰리고 아팠다. 지난 이틀 내내 나는 개운한 수면을 취할 수 없었다. 재채기마냥 불쑥불쑥 튀어나오는 기억들 때문이었다.

선하는 내가 머뭇거리는 틈을 이용해 함부로 집 안 여기저기를 들쑤시고 다녔다.

"건강해 보이네. 뭐 좋은 일 있나 봐."

짧은 순례를 마친 그녀가 엷은 비웃음을 입에 물고 내 옆에 앉았다. 천천히 몸을 일으켰다. 그녀는 흰색 슬리브리스 원피스를 입고 있었다. 오전 열한 시. 사람을 만나기엔 아주 이른 시간이었다.

"오 년 만인가. 귀국했다는 얘긴 들었어."

나는 퉁명하게 내뱉었다. 그녀에게 특별한 감정은 없었다. 화 같은 건 내고 싶지 않았다. 지나간 일을 놓고 잘잘못을 따지고 싶지도 않았다. 단지 얼굴을 마주하고 싶지 않을 뿐이었다.

"당신 누난 나이를 거꾸로 먹는 거 같아."

선하는 얇고 긴 담배를 물고 라이터를 켰다. 그녀만 아니었다면 나는 지금 이 시간에, 이런 모습으로 집에 있지는 않았을 것이다. 또래의 다른 사람들처럼 회사에 다니며 때로는 좋은 일도 있고, 때로는 나쁜 일도 있는 일상을 살았을 것이다.

"나한테 원하는 게 뭐야?"

내가 학업을 소홀히 하게 된 것은 전적으로 선하 때문이었다. 처음 몇 달간 나와 함께 열심히 학교를 오가던 선하는 여름 방학을 기점으로 완전히 달라진 태도를 보였다. 나를 따라다니는 짓은 그만두고 그간 등한시했던 사업에 집중했다. 나는 차츰 불안해졌다.

"왜? 겁나?"

선하만 아니었다면 나는 채희를 건드리지 않았을 것이다. 솔직히 그때의 나는 선하가 제공하는 풍요로운 세계에서 벗어날 용기가 없었다. 이전의 나로 돌아간다는 게 두려웠다. 그곳에 무엇이 있는가. 나 혼자 책임지며 걸어가야 할 고단한 삶만이 가파른 능선마냥 놓여 있지 않은가.

나에겐 아무도 없었다. 친구들은 다 군에 입대해 버렸고, 내게 도움을 줄 수 있는 유일한 사람인 누나마저 나를 별로 달가워하지 않는 매형과 어머니에게 얽매여 저 먼 대구에 있었다.

"아직도 나를 잘 모르는 모양이네. 내가 겁날 게 어디 있겠어. 나도 궁금해. 어떡해야 지금보다 더 나빠질 수 있을까?"

나는 최대한 담담하게 말했다. 선하가 건성으로 고개를 끄덕였다.

"아직 식사 전이지? 나가자."

"싫어. 할 말 있으면 여기서 해. 별다른 용건 없으면 그만 돌아가든가."

내가 채희를 데리고 여행을 떠난 데에는 두 가지 목적이 있었다. 하나는 선하의 질투심을 촉발해 나에 대한 후원을 유지시키는 것, 다른 하나는 만에 하나 선하와 헤어졌을 경우 내 고단한 삶에 위안을 주고 활력이 되어 줄 존재를 만드는 것. 다행히 상황은 내가 의도했던 대로 종결되었다. 채희와의 여행을 끝내고 돌아오자 선하는 나와의 결혼을 서둘렀다.

"시간 많이 뺏진 않을 거야. 어쨌든 난 한때 당신 아내였어."

"그렇다면 지금은 내게 아무것도 아니라는 사실 또한 잘 알고 있을 텐데?"

근처에 산과 강과 계곡이 있는 곳에서, 자운영과 유채꽃이 멋들어지게 어우러진 들판을 배경으로 올린 선하와의 결혼식은 화려하고 사치스러웠다. 최고급 예복과 예물, 낯익은 개그맨의 예식 진행, 가수들의 축가, 거창한 피로연. 적지 않은 하객 모두 그녀의 사업과 관련 있는 사람들이었다. 나에게 악수를 청하며 웃는 그들의 얼굴에는 경멸이 어른거렸다. 그들의 속마음이 내게는 생생하게 들렸다. 돈이 좋긴 좋은 모양이야.

"그래. 어디서든 상관없겠지. 오히려 남 눈치 안 봐도 되니 편하게 얘기할 수 있겠다. 미안하지만 물 한 잔만 줄래."

나는 어기적어기적 주방으로 갔다. 냉장고에서 생수를 꺼내 잔에 따랐다. 내가 먼저 마시고 다시 잔을 채워 선하에게 가져다주었다.

"고마워."

선하가 잔을 받아 들고 빙긋이 웃어 보였다. 나는 크게, 여러 번 하품을 했다. 물을 마시고 어색하게 빈 잔을 만지작거리던 그녀가 갑자기 내 얼굴을 쳐다보았다. 휙 고개를 돌렸다.

"…당신만 좋다면, 돌아오고 싶어."

이윽고 선하가 말했다. 그녀는, 역시, 사람을 놀라게 하는 데에는 천부적인 재질을 지닌 사람이었다.

"마음대로 해. 이 집, 내가 가지고 있는 돈, 따지고 보면 다 당신 거잖아. 내가 뭘 할 수 있겠어. 하지만 시간을 좀 줘. 당신 모욕을 받아 내기 위해서는 먼저 체력을 키워야 하거든. 그건 정말 보통 일이 아니야."

"미안해. 그땐 내가 잘못 생각했었어."

선하가 머리띠를 풀었다. 긴 머리카락이 후드득 떨어져 내렸다. 그녀는 여전히, 자신이 내뱉은 말 한마디에 내가 감격해서, 예전에 자신이 내게 했던 행동들을 용서할 거라고 착각하는 모양이었다. 어림없는 착각이었다.

"누난 왜 만난 거야? 아인 또 뭐고? 대체 무슨 짓을 꾸미고 있는 거야?"

"어머닐 만나고 싶었어. 당신 나랑 살면서 한 번도 나를 어머니에게 인사시키려 하지 않았잖아."

"어머니? 내 엄마?"

나는 의아해서 물었다. 선하가 고개를 끄덕였다.

"미쳤군."

선하와의 결혼은 내게 있어 취직이나 마찬가지였다. 그녀는 얼굴도 보지 못한 시어머니에게 며느리 구실을 한답시고 매달 얼마간의 용돈을 보냈다. 내 이름으로.

선하에겐 대수롭지 않은 금액이었겠지만 어머니에겐 꽤 큰돈이었던 듯했다. 어머니는 직접 내게 전화를 걸었다. 나는 어머니에게, 결혼한 사실을 숨긴 채 단지 취직했다고만 말했다. 어머니는 대견하다며 나를 칭찬했다. 태어나서 처음 어머니에게 듣는 칭찬이었다. 그때 생각했었다. 어쨌든 나는 효도라는 것을 한 셈이구나. 비록 어머닌 내가 어떤 회사에 들어갔는지, 그곳에서 무슨 일을 하고 있는지에 대해선 궁금해 하지도 않고, 물어보지도 않았지만.

"내가 떳떳하지 못하다는 건 알아. 근데, 그래. 당신한테 난 뭐야? 잘 생각해 봐. 잘난 당신 가족들, 당신 어머니, 당신 누나, 당신 매형. 언제 내 얘기를 그 사람들한테 한 적 있어? 빈말이라도 그 사람들한테 인사 드리러 가지 않겠느냐고 물은 적 있어? 나는 당신 아내였어. 그런데도 당신은, 당신에게 아무런 관심도 쏟지 않는 그 사람들에게조차 나라는 존재를 내보이는 걸 부끄러워했어. 증거를 댈까? 내가 몰래 당신 누나를 만나고 온 걸 알았을 때 당신 나를 어떤 태도로 대했는지 기억해? 며칠 동안 나를 쳐다보지도 않았고, 말을 걸어도 대꾸도 하지 않았어. 그때 내가 얼마나 비참했었는지 넌 상상할 수 없을 걸. 말해 봐. 나와 사는 게 그렇게 쪽팔린 일이었니? 네가 한때 가장 믿고 의지했던 친구들을 피했던 것도 그런 이유 때문이야?"

선하는 흥분의 강도를 조금씩 높여 갔다. 내용은 짐작하지 못했던 바였으나 전달 방법은 익숙했다. 그녀가 자주 써먹던 것이었다. 나는 세수를 하지 않아 뻑뻑한 얼굴을 두 손바닥으로 마구 비볐다. 감기 기운이 손끝에 느껴졌.

"…내 가족들, 내가 어떻게 살던 상관하지 않을 사람들이야. 내가 왜 그 사람들에게 내 선택을 부끄러워해? 어차피 일 년에 한두 번 만날까 말까 한 사람들, 당신 이야기를 하나 안 하나 당신을 인사시키나 안 시키나 똑같을 거라고, 일부러 알리지 않아도 언젠간 저절로 알게 될 거라고 생각했었어. 변명이 아냐. 당신을 만났다는 누나의 전화를 받고 기분이 상했던 건 사실이야. 인정할게. 하지만 그건 잠시뿐이었어. 정말이야. 나는 당황했었어. 뜻밖의 일이었으니까. 당신 스스로 누나를 찾아가 만날 수도 있다는 생각은 하지 못했거든. 한 사람은 누나, 한 사람은 아내. 물론 둘 다 나와

"누난 믿는 눈치던데."

선하는 탁자에 내려놓은 잔을 집어 들고 일어서서 주방 쪽으로 걸어갔다. 나는 답답함을 느끼고 거실과 발코니 창문을 열었다. 밖은 여전히 무더웠다.

"마셔."

선하가 내게 뚜껑 딴 캔맥주를 건넸다. 순순히 받았다.

"아이를 내세워 누나를 만났을 땐 누나를 통해 어머니를 만나고, 어머니를 통해 나를 만날 계획 아니었나?"

나는 벌컥벌컥 맥주를 들이켰다. 시원했다.

"처음엔 그랬었지. 하지만 당신 누나를 만나고 나서 그 방법은 잠시 미뤄 두기로 했어. 당신 누나처럼 어머니도 내 말을 쉽게 믿을 거라는 생각이 들었거든. 단아가 당신을 꽤 많이 닮았나 봐."

"당신, 우리 모자 관계를 잘 알 텐데."

"착한 아들이 되고 싶어 한다는 것쯤은 알고 있지."

"그래서? 아주 잘 아시네."

"이제부턴 어머니를 그리워하지 않아도 될 거야. 내가 모실 테니까."

"단단히 미쳤구나, 너."

나는 빈 맥주 캔을 거실 바닥에 내동댕이쳤다. 선하는 눈 하나 깜빡하지 않았다. 하긴 이 정도의 상황쯤이야 충분히 벌어질 것으로 예측했을 터였다. 나는 숨겨 두었던 조커를 꺼내는 심정으로 내뱉었다.

"이런 얘기까진 하고 싶지 않았는데, 당신, 그 보디빌더는 어디다 버렸어?"

"보디빌더라니?"

"당신이 데리고 다니던 근육질의 덩치 큰 녀석 말이야."

"버리다니? 대체 무슨 소릴 하는 거야? 그 앤 내 조카야."

"당신에게 집안일 돕는 분들 말고 친척이 또 있었나? 몰랐네. 난 또 하도 사이가 좋아 보이기에 특별한 사이인 줄 알았지."

"뭐가 궁금한 거야?"

"당신 조칸 캐나다에 공부하러 간 모양이지. 하긴 진짜 공부 잘하게 생겨 먹었더군. 당신은 조카 뒷바라지하기 위해 함께 떠났을 테고. 정말 우애가 남다른 집안이야."

"엉뚱한 상상을 하는 것 같은데 똑똑히 알아 둬. 그 앤 캐나다에서 태어났어. 그 애 어머닌 아버지의 누나, 다시 말해 내게는 큰고모고. 조카애가 내 사정을 알고 집에 연락해서 사촌 오빠가 초청장을 보내왔어. 그래서 같이 가게 된 거야."

선하는 역시 거짓말의 대가였다. 나를 만나기 전에 내가 어떤 질문을 할 것인지 꼼꼼히 목록을 만들고, 각각의 질문에 대한 답을 철저하게 준비해 온 것이 틀림없었다.

"더 있고 싶지만 정리해야 할 일이 있어서 오늘은 이만 갈게."

나는 일어서서 말없이 선하를 쳐다보았다. 내가 자신의 거짓말을 순순히 받아들인 걸로 아는 얼굴이었다. 그녀는 꺼림칙한 문제를 해결한 양 흐뭇한 미소를 지어 보이며 사정권 안에 들어온 먹

가장 가까운 사람들이지. 한데 나와 당신, 그리고 누나가 함께 있는 그림을 좀처럼 그릴 수 없었어."

나는 주섬주섬 담배를 꺼내 물었다.

"…그리고, 기억은 잘 나지 않지만, 그때 내가 아무 대꾸 없이 입을 다물고 있었다면, 그건 분명히 당신의 구박 탓이었을 거야. 친구들 문제는 좀 달라. 녀석들이 군에 있는 동안 난 한 번도 면회를 가지 않았어. 녀석들이 제대했을 당시 나는 학교에 없었고. 그래. 하려고만 들면 녀석들을 만날 수 있었겠지. 복학했을 게 분명하니까. 하지만… 잘 알잖아. 채희가 마음에 걸렸어. 그 앤 결코 좋은 삶을 살 수 없을 거야. 나 때문에. 당신 때문에."

"세상 여자들, 당신이 생각하는 것처럼 그렇게 어리숙하지 않아. 채횐 몇 년 전에 동갑내기 사업가와 결혼해서 남들이 부러워할 정도로 잘 살고 있어."

"당신이 그걸 어떻게 알아?"

"난 가끔 채희를 만났어. 같이 커피 마시고, 쇼핑 다니고, 영화도 보고 술도 마셨지. 물론 내가 당신 아내라는 사실은 숨겼지만. 그러지 않았다면 우린 지금처럼 친한 친구가 될 수 없었을 거야."

나는 짝짝짝 박수를 쳤다.

"당신, 여전히 거짓말을 잘해. 아주 훌륭해."

"난 여태껏 누구한테도 거짓말 같은 건 한 적 없어."

"웃기는군. 그래서 누나한테 나랑 아무 상관없는 애와 찍은 사진을 주면서 그 애가 내 아이라고 했나?"

이를 가지고 놀 듯 말했다.

"될 수 있는 대로 빨리 끝내고 단아와 함께 올 테니까 기다려. 내 생각엔 모레쯤 대구에 같이 갔으면 해."

어리석게도 선하는 내가 변했다는 사실을 간과하고 있었다. 내가 입을 다문 이유는 그녀의 말을 수긍해서가 아니었다. 꼬치꼬치 따져 물어봤자 피곤하기만 할 뿐 그녀를 물리치긴 힘들 거라는 판단애서였다.

"기다려."

나는 뒤돌아서는 선하의 어깨를 손으로 움켜쥐었다. 지금의 나는 그녀의 기억 속에 존재하는 내가 아니었다. 나는 이제 이십 대 후반이고, 지난 삼 년 동안 여러 무늬를 만난 경험이 있었다. 덕분에 여자를 상대하는 데에는 제법 관록이 붙은 상태였다.

"당신이 원하는 건, 이런 거 아냐?"

내 손에 의해 얇은 선하의 원피스가 찢겨 나갔다. 나는 바지를 벗어 던지고 발기된 성기를 그녀에게 들이밀었다.

"오랫동안 못 보던 거라 반갑지?"

나는 거칠게 선하의 브래지어와 팬티를 뜯어냈다. 몸수색을 하는 형사처럼 그녀를 뒤돌려 세우고 탁자 위에 눕혔다.

선하와 닮은 점

 선하가 가쁜 숨을 몰아쉬었다. 나는 한껏 거만한 표정을 지으며 선하의 옆얼굴을 내려다보았다. 그녀는 무슨 이유에서인지 설레설레 고개를 저었다. 나는 천천히 뒤돌아섰다. 아찔하게 현기증이 일었다. 재빨리 소파를 붙잡았다.

 이런 빌어먹을. 이건 필시 수면 부족 상태에서 무리하게 체력을 소모시킨 탓이다. 그동안, 이럴 때를 대비해 일주일에 서너 번 정도는 가볍게 줄넘기라도 했어야 옳았다.

 간신히 균형을 잡은 나는 단전에 기운을 모으고 힘찬 도보를 행하려 애썼다. 불가능했다. 두 다리는 형편없이 떨려 왔고, 몸에서 미열이 났다. 하반신을 봤다. 아니나 다를까. 내 성기는 볼썽사납게 처져 있었다. 쪽팔렸다. 나는 기다시피 주방으로 걸어갔다. 후들거리는 손으로 식기 건조대에 있는 컵을 집어 들고 냉장고 앞에 섰다. 내겐 아직 해야 할 일이 남아 있었다. 나는 차가운 물을 두 차례 컵에 받아 들이켰다. 비타민 음료도 꺼내 마셨다.

"삼 년이야."

다량의 수분과 비타민을 섭취해 어느 정도 기운을 차린 나는 컵에 얼음을 받아 들고 바람 빠진 풍선처럼 쪼그라든 성기를 일으켜 세웠다. 놈이 시들지 않도록 세심한 주의를 기울이며 그녀 옆으로 다가갔다.

"갑자기 나타나서 다시 나와 살겠다고?"

나는 거실 바닥에 누워 있는 선하의 가슴과 배꼽에 얼음을 부었다. 그녀가 비명을 질렀다.

"어머니를 모시겠다고?"

폭력이나 위협은, 상대방이 '아! 이제 드디어 끝났구나!' 하고 안도의 기색을 보일 때 한 번 더 행하는 것이 보다 더 효과적임을, 나는 간접 경험을 통해 터득하고 있었다.

"누구 마음대로!"

나는 힘껏 그녀를 몰아붙였다. 그러나 불행하게도 마지막 공격을 제대로 마무리 짓지 못한 채 쓰러져 늙은 개처럼 헐떡이다 잠이 들어 버렸다.

휴대 전화 벨이 울렸다. 허둥지둥 전화기를 찾아서 들고 통화 버튼을 밀었다. 전화를 건 사람은 연미였다. 그녀는 열한 번 넘게 벨이 울렸다고 했다. 내 목소리가 낙타 울음소리 비슷하다며 어디 아프냐고 물었다. 다행히 꿈 이야기를 장황하게 늘어놓진 않았다. 나는 지칠 대로 지쳐 있었다. 물에 젖은 솜처럼 무거운 내 몸을 쾌적한 상태로 만들 수 있는 건 편안한 수면뿐이었다. 나는 연미에게, 잔뜩 목소리를 낮춰, 지금 말을 하기 곤란할 만큼 독한 목감기에 걸렸다. 전염의 위험이 있으므로 감기가 나으면 찾아가겠다는 거짓말을 했다. 전화를 끊고 방에 들어갔다. 어느새 선하가 내 침대를 차지하고 있었다. 선하 옆에 쓰러지듯 누웠다.

휴대 전화 벨은 얼마 지나지 않아 다시 울렸다. 술에 취하면 낡은 사진첩을 넘기듯 오래된 기억들을 끄집어내서는 깨끗이 닦아 들려주는 무니였다. 그녀는 내 목소리가 저승사자처럼 으스스하다고 했다. 나는 그녀에게 누군가가 옆에 있다는 말을 했다. 사실이었다. 무니는 나를 찾아오려는 뜻을 쉽게 접었다.

잠들어 있는 선하를 쳐다보았다. 그녀의 얼굴은 구김살 하나 없이 평온해 보였다. 문득 회의가 일었다. 도대체 나는 무슨 짓을 한 것인가. 선하는 내 행위를 소름 끼쳐 하기는커녕 오히려 즐기질 않던가. 어쩌면 그녀의 기를 살려 주는 멍청한 짓을 한 건지도 모른다.

세 번째 전화는 재작년 가을 마포에 있는 공연장에서 부토 미학을 핵심으로 하는 무용을 함께 본 무니로부터 걸려왔다. 두 번째 전화를 받은 지 한 시간 반쯤 지나서였다. 연극배우 지망생인 그녀는 내 목소리가 '부토 같다.'고 했다. 부토는 일본의 전위적인 현대 무용을 지칭하는 대명사지만 우리에겐 언짢음을 뜻하는 단어였다. 우리는 무용을 본 후 대화를 나눈 결과 부토에 대해 받은 느낌이 일치한다는 것을 알았고, 우리가 느낀 감정의 일치를 기념

하기 위해 '부토 같은' 이라는 형용사를 창안해 냈다. 그러니까 우리에게 있어 '부토 같은 새끼' 하면 '더러운 새끼'라는 뜻이었고, '부토 같은 일' 하면 '불쾌한 일'을 의미했다.

"감기 걸려서 그래."

나는 투정부리듯 그녀에게 말했다.

"감기? 개도 안 걸린다는 여름 감기? 어디야? 목이야, 코야?"

"둘 다. 힘들어. 내일 다시 전화해."

"약은 먹었어?"

"응."

나는 빨리 통화를 끝내고 싶었다. 그녀로 인해 끊어진 잠을 잇고 싶었다. 하지만 무니는 좀처럼 물러서지 않았다.

"진짜?"

그녀는 마침 약국 앞에 있다며 내 증상을 꼬치꼬치 캐물었다.

"응. 진짜. 진짜 먹었어."

나는 감기약을 사 들고 찾아오겠다는 그녀에게, 먹은 약 기운이 퍼져 도저히 움직일 수 없으니 부토 같지만 전화를 끊어야겠다고 말하려 했다.

"…아, 잠깐만."

문득 뭔가 따가운 느낌이 들었다. 고개를 돌렸다. 역시나 선하가 나를 노려보고 있었다. 순간 무니와의 통화를 최대한 이용해야 한다는 생각이 종소리처럼 맑게 머릿속에 울려 퍼졌다.

이 상황은 내게 있어, 이전의 실수를 만회할 기회다!

"뜨끈하고 씁쓸한 맛이 나는, 뭐라더라 쌍화탕? 있지? 그것도 사다 주겠어?"

나는 과시하듯 물었다. 무니는 흔쾌히 내 부탁을 들어주었다.

"걱정할 정도는 아니니까 서두르지 않아도 돼. 좋아. …꺼져라, 꺼져 버려라. 가물거리는 촛불! 산다는 것은 걷고 있는 그림자일 뿐이요."

나는 무니가 좋아하는 대사 한 토막을 읊조리고 전화를 끊었다.

"이제 그만 가 줘야겠어. 손님이 오기로 했거든."

나는 빤히 선하를 쳐다보았다.

"갈 수만 있다면."

선하는 태연했다. 그녀는 무릎을 끌어 모으고 그 위에 자신의 턱을 올려놓았다.

"무슨 소리야?"

"옷."

"무슨 옷?"

"거실에 가 봐. 당신이 무슨 짓을 했는지."

그제야 떠올랐다. 선하의 옷은 찢겨진 채 거실 바닥에 널려 있을 터였다. 나는 침대를 내려와 옷장을 열고 그녀의 신체 치수에 맞는 바지와 티셔츠를 찾았다. 누구의 것이든 상관없었다. 설사 옷 주인이 나타난다 해도 그 사람은 내게 자신의 옷을 달라고 성화를 부리진 않을 것이다. 성화를 부리면 또 어떤가. 새것을 사 주면 그만이다. 참으로 간단하지 않은가. 그 외에 더 어떤 말썽이 생기겠는가.

나는 선하에게 맞을 만한 옷가지들을 꺼내 들었다. 그녀에게 가서 건넸다.

"입어."

선하는 받으려 하지 않았다. 옷을 그녀 옆에 내려놓았다.

"나 알레르기 있는 거 몰라? 참. 모르겠구나. 난, 다른 사람 옷을 입으면 몸에 두드러기가 나거든. 근지러워서 꼼짝을 못 해."

"핑계도 가지가지다."

"정말이야. 일종의 피부 질환인데 전염되지는 않는다니까 안심해. 그러고 보면 우린 닮은 점이 꽤 있어. 아버진 일찍 돌아가셨지, 어머닌 살아 계시지만 자주 만날 수가 없지. 당신은 꽃가루 알레르기, 나는 옷 알레르기. 나는 아이를 가질 수 없고, 당신은 줄 수 없고."

"겨우 그것들뿐이겠어. 또 있잖아. 젓가락질 못하는 거, 사랑니 숫자, 이혼 경력."

나는 다시 옷장을 열고 옷을 꺼내 입었다. 선하는 모르고 있었다. 나는 선천적인 불능자가 아니었다. 정관 수술을 받아 스스로 불능자가 된 것이었다. 수술을 결심하고 실행한 건 선하가 아이를 낳을 수 없다는 사실을 알고 나서였다. 혹시 임신을 못한다는 이유로 내게 죄책감을 갖진 않을까 하는, 그녀에 대한 연민 때문만은 아니었다. 그다지 내 아이를 갖고 싶지 않았던 마음이 더 크게 작용했다.

아이에게 쏟아지는 축복의 말과 행동, 그것들은 아이러니하게도 아이에게 기쁨을 주지 못한다. 녀석이 무엇을 느끼겠는가. 결국 부모에게나 즐거운 일일 뿐이다. 아이는 걸음마를 끝내고 자기 손으로 밥을 먹게 되고, 생각이라는 것을 하게 되면서부터 차츰 슬픔이라는 것, 고통이라는 것, 두려움이라는 것을 하나하나 경험해 나간다. 나처럼. 누나처럼. 세상 모든 사람처럼. 인간인 이상 피할 수 없는 죽음은, 그야말로 '끝판왕'이다. 더할 수 없는 공포를 우리에게 안겨 준다. 육신은 썩어 들어가 앙상한 뼈다귀만 남고, 의식은 끊어져 영원한 암흑 속에 갇히게 되는 죽음이란, 혹여 생각할 수 있는 힘이 남아 있다 해도 전혀 달갑지 않은 것이다. 도대체 몇 십억 년을, 몇 조 년을 단지 생각만 해야 한다는 게 어디 환영받을 일인가.

나는 천천히 방문 쪽으로 걸어갔다.

"어디 가려고?"

선하가 물었다.

"응. 내가 없는 동안 누가 올 수도 있어. 내 손님이니까 그 사람한테 쓸데없는 짓은 하지 않았으면 해."

나는 선하를 돌아보며 최대한 정중히 부탁했다. 선하가 흥, 코웃음을 쳤다. 나는 엉뚱한 수작 부리지 말라는 경고를 덧붙이고 방을 나왔다. 현관을 지나 집 밖으로, 거리로 나갔다. 어둠이 밀려드는 거리는 여전히 무더웠다. 지금 현재 눈에 띄는 변화는 없다 하더라도 보름 후면 9월. 차츰 여름은 연이어 몰아치는 풍우(風雨)

에 밀려 패장처럼 고개를 숙인 채 주춤주춤 사라져 갈 터였다.

나는 알고 있었다. 비가 오지 않는 한 더위는 쉽게 물러나지 않으리라는 걸. 더위는 곧 여름이었다. 따라서 비는, 가까운 시일 안에 반드시 내릴 것이었다. 거센 바람을 거느리고 세차게. 계절과 계절의 경계선상에선 항상 비가 오는 법이니까.

나는 빠르게 걸음을 옮겼다. 도로변에 지천으로 널려 있는 식당이, 환풍기를 통해 흘러나오는 구수한 냄새들이 허기 진 눈과 배를 유혹했지만 냉정하게 해야 할 일을 했다. 서둘러 여성 의류 판매점에 들어가 서둘러 옷을 구입하고, 서둘러 값을 치르고, 서둘러 집에 돌아왔다.

이별은 갑작스럽게 온다

집에는 아무도 없었다. 약봉지는 신발장 가운데 수납 공간에 놓여 있었고, 도어 록 손잡이에는 조그맣게 접힌 쪽지가 매달려 있었다. 나는 쇼핑백을 내던지고 쪽지를 떼어 읽었다.

우리 물러남. 우리 의기투합. 식사하고 좋은 연극 볼 예정. 선하.

글씨체는 분명 선하의 것이었지만 내용은 무니가 불러 준 듯했다. 말 줄이기는 무니의 독특한 버릇이었다. 나는 길게 한숨을 내쉬었다. 어이가 없었다. 내가 옷을 사서 되돌아오기까지 걸린 시간은 삼십오 분 정도. 무니가 약을 사 들고 내 집을 찾아와 인터폰을 누르기까지 아무리 늘려 잡아도 이십 분. 선하가 옷을 걸치고, 인터폰을 누른 사람이 누군지 확인하고 현관문을 열어 주기까지 대략 삼 분. 그렇다면 겨우 십이 분 만에 생전 처음 보는 사람들이 희희낙락 속내를 맞추었단 말인가.

어쨌든 잘된 일이었다. 지금 내게 필요한 건, 선하는 당연히 아니고 무니도 아니었다. 충분한 수면이었다. 나는 약봉지를 들고 주방으로 갔다. 냉장고엔 다행히 식빵 두 장과 캔 햄 하나가 남아 있었다. 식빵은 그대로, 햄은 잘라서 구웠다. 식빵에 햄 조각을 올리고 케첩을 잔뜩 발랐다. 그 위를 남은 식빵으로 덮어서 씹어 먹었다. 목 막힘은 캔맥주로 해결했다. 덕분에 가까스로 허기를 면할 수 있었다. 대충 식탁을 치우고 무니가 사다 놓은 쌍화탕과 알약을 입에 털어 넣었다.

…내 삶에 있어 가장 행복했던 한때는, 신혼여행지인 하와이에서의 일주일이 아니었을까.

나는 찬물을 받은 컵을 들고, 주방과 거실 등을 끄고 방으로 들어갔다. 컵을 사이드 테이블에 올려놓고 침대에 누웠다.

티 없이 맑은 공기. 깨끗한 햇빛. 상상했던 것보다 훨씬 작은, 아담하고 귀여운 와이키키 해변. 물살을 가르는 제트 스키. 전망대와 궁전과 박물관. 거대한 파인애플 농장. 쇼핑센터에서 만난 교포들. 대책 없이 뚱뚱한 사모아인들. 일본계 미국인 마술사와 전통 춤 훌라. 마우이섬. 화산 국립 공원. 용암 동굴. 폭포. 넓고 쾌적한 스위트룸. 선하와의, 편하고 기분 좋은 섹스.

나는 선하에게 수없이 말했다. 사랑해. 지구 지름 곱하기 지구 지름 제곱만큼. 사랑해. 목성과의 거리 곱하기 목성과의 거리 제곱만큼. 사랑해. 전 세계 인구 머리카락 숫자 곱하기 전 세계 인구 머리카락 숫자 제곱만큼.

내 표현에 다소의 장난기가 섞여 있다 하더라도 사랑한다는 것은 엄연한 진실이었다. 선하 역시 잘 알고 있었다. 그녀는 자신의 표현 능력이 부족하다는 점을 늘 미안해 했다. 사랑을 얘기하는 그녀의 태도는 상당히 전투적인 편이었다. 목소리 톤은 턱없이 높았고, 내용조차 거칠어 화기애애한 분위기를 잠시 흐릴 때도 있었다. 하지만 나는 선하의 말에 두려움이나 반감 따위는 갖지 않았다. 그것이 그녀의 진심이라고 생각했다. 나는 어렴풋이 느끼고 있었다. 이후 선하를 제외한 어느 누구에게도 사랑한다는 말을 하지 못하리라는 걸. 왜냐하면 내가 사랑하는 사람은, 사랑할 수 있는 사람은 선하뿐이니까.

알코올과 약기운이 뒤섞여 배 속이 부글부글 끓어올랐다. 독한 수면제를 먹은 것마냥 정신이 흐리멍덩해졌다.

선하는 사회복무요원으로 병역 의무를 마치고 집에서 빈둥거리는 내게 운전을 배워 자신의 일을 도와 달라고 했다. 나는 그녀의 부탁을 가볍게 거절했다. 그녀와 결혼을 한 것이지 그녀의 운전기사로 취직을 한 건 아니었기 때문이었다. 내가 병역 판정 검사에서 우울과 불안 등의 정신과 질환을 사유로 보충역을 받기까지 선하의 도움이 있었다는 건 부인할 수 없는 사실이었다. 나에게 정신과 진료를 받아 보길 권하고, 병원을 소개해 준 사람이 선하였던 것이다. 하지만 그런 이유로 선하에게 기죽어 지내기는 싫었다.

나는 운전을 배우는 대신 산악자전거를 사서 타고 다녔다. 선하는 내가 하는 행동에 대해 가타부타 말을 하진 않았지만 못마땅해하는 표정 또한 감추지 않았다. 어쨌거나 모른 척했다. 나는 자전거 타기가 지겨워지면 수영을 하러 갔다. 수영이 싫증 나면 테니스를 쳤고, 테니스가 싫증 나면 볼링을 쳤다. 볼링이 싫증 나면 당구를 쳤고, 당구가 싫증 나면 트레킹을 했다. 나는 모든 운동을 적당히 했다. 어떤 것이든 익숙해지면 쉽게 질리는 습성 탓이었다.

선하와의 관계는 나쁘지 않았다. 내 몸은 규칙적인 생활과 운동으로 탄탄해져 있었고, 따라서 그녀를 만족시키는 데에는 별 다른 어려움이 없었다. 나는 내 생활이 만족스러웠다. 운동을 하지 않고 종일 집에만 틀어박혀 있어도 충분히 즐거울 수 있었다. 케이블 영화 채널에서는 내가 보지 못한 영화를 줄기차게 내보냈다.

선하는 그런 나를 귀찮게 했다. '당신'은 좋다. 그러나 '빈둥거리는 당신'은 질색이라는 것이었다. 그녀는 내가 확실히 거절했음에도 집에서 멀지 않은, 지하철역 부근에 있는 레스토랑을 인수해 내 명의로 해 놓았다. 나는 졸지에 '백수'에서 '사장님'이 되었다. 기분이 묘했다.

원했든 원하지 않았든, 강요에 의해서건 자의에 의해서건 레스토랑 운영권을 넘겨받은 나는 그때부터 선하를 실망시키지 않으려 노력했다. 먼저 내부 인테리어 공사를 핑계 삼아 기존의 종업원을 모두 내보냈다. 대체로 외모와 태도가 불량했고, 텃세를 부릴 것 같은 기운이 강하게 느껴져서였다. 그런 다음 실제로 실내 인테리어를 바꾸었다. 공사하는 동안 인터넷 구인·구직 사이트에 여종업원을 모집한다는 공고를 내서 까다로운 면접을 거쳐 채용했다. 그들에게 새 유니폼을 만들어 주고, 공사가 끝나기를 기다려 장사에 필요한 세부 사항들을 꼼꼼히 점검한 후 영업을 시작했다.

나는 여종업원들에게 후한 임금을 지불했다. 그녀들은 하나같이 늘씬했고, 상냥했고, 친절했다. 그녀들 덕분에 매상은 날이 갈수록 상승 곡선을 그렸다. 나는 당연히 그녀들을 귀여워했고, 자연스럽게 그녀들과 친해지게 되었다. 요컨대 나도 모르는 사이에 문제를 일으키고 만 것이었다. 흥신소 직원이나 누군가가 선하의 지시를 받고 내 행동을 일일이 감시하여 그녀에게 보고하는 듯했다. 선하는 내가 몇 시에 출근하고 퇴근하는지, 어떤 아이와 무슨 농담을 주고받고 어디서 누구와 술을 마셨는지, 하다못해 잠시 인형뽑기방에 다녀온 것까지 속속들이 다 알고 있었다.

나는 굳이 부인하지 않았다. 변명도 하지 않았다. 나는 선하가 알다시피 격무에 지친 종업원들에게 농담을 걸기도 했고, 그들의 유니폼에 묻은 먼지를 손으로 털어 주기도 했다. 그녀들과 어울려 새벽까지 술을 마시기도 했고, 쉬는 날이면 가끔 만나 저녁을 먹거나 분위기 좋은 카페를 찾아가기도 했다. 하지만 우리 사이에 선하가 상상하는 불미스러운 일은 일어나지 않았다. 내가 농담을 걸고 먼지를 털어 준 건 윗사람이 아랫사람에게 하는 위로의 일종이었다. 그녀들과 함께 술을 마신 것도 어느 회사에서나 있을 수 있는 회식에 불과했다.

내가 선하에게 아이 이야기를 꺼낸 건 그즈음이었다. 단언컨대 그녀를 난처하게 만들려는 의도는 손톱만큼도 없었다. 다만 궁금했을 뿐이었다. 나는 이혼 위기에 처한 맞벌이 부부가 임신 사실을 알고 나서 화해한다는, 어쩐지 좀 멍청한 내용의 TV 드라마를 보다가 선하에 대해 뭔가 이상한 점을 느꼈다. 어째서 그녀는 드라마 여주인공처럼 꼼꼼히 피임을 하는 것 같지도 않고, 나와의 섹스 횟수 역시 결코 적은 편이 아님에도 불구하고 지난 사 년 동안 헛구역질 한 번 하지 않은 걸까.

나는 슬쩍 선하에게 임신이 두려운지 물었다. 그녀는 선뜻 대답하지 못했다. 내 말에 큰 충격을 받은 듯했다. 낯빛은 파리했고, 얼굴에는 삭막한 기운이 감돌았다. 처음 보는 표정이었다. 선하는 눈살을 찌푸리며 내게, 차가운 목소리로, 자신은 '다낭성 난소 증후군 환자'여서 '임신 불가능'한 몸임을 밝혔다. 그것은 나에게 있어 결코 나쁜 일이 아니었다. 나는 아이 낳기를 찬성하는 사람이 아니었다. 아이를 좋아하지 않았다.

내 생각을 그대로 선하에게 들려주었다. 그녀는 좀처럼 내 말을 믿으려 하질 않았다. 나는 며칠을 궁리한 끝에 선하와 동등해지기 위해, 그녀에게 아이가 없어도 괜찮다는 속마음을 전하기 위해 비뇨기과 의원에 가서 정관 수술을 받았다. 담당 의사는 내가 무슨 일로 왔는지 밝히자 뜨악한 표정으로 나를 쳐다보았다. 그는 다시 생각해 보라고, 나중에 크게 후회할 거라고, 그냥 돌아가라고 나를 타일렀다. 나는 어쩔 수 없이 담당 의사에게 거짓말을 했다.

이 년 전에 여자 친구가 남녀 쌍둥이를 낳았다. 우리는 아직 어리고, 이렇다 할 직업도 없다. 집안이 부유한 것도 아니어서 결혼을 미루고 아르바이트를 하며 아이 둘을 키우고 있는데 힘들어 죽을 지경이다. 아이를 더 낳아 기를 자신이 없다. 그렇다고 섹스를 중단하기엔 우린 너무 젊지 않은가. 무한정 피임약을 먹을 수도, 콘돔을 낄 수도 없는 노릇 아닌가.

그제야 담당 의사는 수술에 동의했다. 수술은 당일 이루어졌다.

나는 선하에게도 선의의 거짓말을 했다. 분위기 좋은 호텔 레스토랑에서, 최고급 음식을 먹으며 말했다.

비교기과 의원을 찾아가 정밀 검사를 받은 결과 나 역시 정자 수 부족으로 종족 보존의 능력이 없다는 판정을 받았다. 그러니 당신은 내게 미안해 할 필요가 전혀 없다.

어느 정도는 선하를 위한 수술이었던 만큼 나는 이번 일을 계기로 우리 사이가 회복되기를 기대했었다. 그녀가 내게 여러 가지 질문을 던져 얻은 답변으로 속사정을 눈치채고, 결단력 있는 내 행동에 감격하기를 은근히 바랐던 것이다. 하지만 부질없는 짓이었다. 선하는 내 얘기를 듣고 대뜸 말했다.

당신, 좋겠다. 이젠 마음 놓고 바람피울 수 있겠네.

"머리가 아프구나."

나는 무심코 중얼거렸다. 코앞까지 맹렬하게 들이닥쳤던 잠이 잡다한 기억에 밀려 주춤주춤 뒷걸음쳤다.

"머리가 아프구나."

다시 한 번 중얼거렸다. 묘한 일이었다. 머리가 지끈거리는데도 기억이 샘물처럼 솟아올랐다. 그러나 나는 그 기억들이 실제임을 인정할 수 없었다. 영화 「토탈 리콜」의 주인공처럼 누군가에 의해 강제로 엉터리 기억이 머릿속에 주입된 느낌이었다.

분명히 내가 했었던 행동들이고 내가 내뱉었던 말들임에도 불구하고 꿈속에서 벌어진 일인 양 낯설게만 느껴지는 건 대체 무슨 까닭에서일까. 나는 지금, 무엇이든 만들어 나갈 수 있는 현재에 있고 기억은 저쪽, 이미 만들어져 있는 과거에 있어서일까.

힘겹게 몸을 일으켰다. 한편으론 어지러웠고, 한편으론 개운했다. 끊임없이 땀을 흘린 덕분일 터였다. 나는 축축하게 젖어 있는 옷가지를 모두 벗어 던졌다.

선하에게 행동 조심하라는 핀잔을 들은 후로 나는 꽤나 노력했었다. 더는 여종업원들과 노닥거리지 않았다. 그녀들의 옷에 묻은 먼지를 털어 주지도 않았다. 함께 술을 마시는 짓도 그만두었다. 휴일은 당연히 집에서 보냈고, 뒤틀려 버린 선하의 비위를 맞추기 위해 온갖 재롱을 피웠다. 섹스에도 세심한 신경을 썼다. 하지만 나를 대하는 선하의 태도는 좋았던 때로 돌아올 기색을 보이지 않았다. 나는 조금씩 지쳐 갔다.

그 무렵 선하가 택한 방법은 지극히 그녀다웠다. 그녀는 어느 날 오후 단순명료해 보이는 근육질의 사내를 대동하고 내가 운영하는 레스토랑에 나타났다. 홀 한가운데 앉아 보란 듯이 사내에게 교태를 떨었다. 사내는 영문을 모르겠는지 어리둥절한 표정을 짓고 있었다.

저 여자는 어쩌자고 싸구려 성인 영화에 나오는 얼간이 색마 같은 자식을 여기까지 끌고 왔는가. 돈이 좀 들더라도 신사복 모델처럼 단정하고 품위 있어 보이는 인물을 캐스팅할 순 없었는가.

나는 그들로부터 눈을 돌리고 화장실에 갔다 왔다. 종업원들이 측은한 표정으로 나를 힐끔거렸다. 선하의 눈치를 살피며 내가 받은 상처를 어루만져 주려 했다. 나는 그녀들의 수고를 모른 척하지 않았다. 일찍 영업을 끝내고 그녀들 모두 근처에 있는 지하 카페로 데려갔다.

우리는 소고기 치즈 롤 튀김과 피시 앤드 칩스를 안주로 맥주를 마시며 내 문제보다는 생활에 관계되는 잡다한 이야기를 주고받았다. 어느 정도 불편했던 마음이 가라앉자 그녀들과의 대화는 푸릇푸릇한 생기를 띠기 시작했다. 나는 당연히 이 차를 추진했다. 여자애 둘이 나를 따르겠다고 했다. 그녀들을 양쪽에 거느리고 카페를 나와 클럽으로 향했다.

…그날, 선하가 내게 했던 행동들을, 언제쯤에야 잊을 수 있을까.

사이드 테이블에 올려놓은 컵을 들어 물을 한 모금 마셨다. 유리 가루를 삼킨 것마냥 목구멍이 따끔했다. 갈증이 가실 때까지 조금씩 입안에 물을 흘려 넣었다.

근육질을 대동하고 클럽까지 쫓아온 선하는 여자애들이 보는 앞에서 나를 더러운 벌레 취급했다. 그녀는 서슴없이 내게 술잔을 집어 던졌다. 레스토랑을 내 명의로 해 놓은 것을 후회했고, 네놈이 바라던 바가 이런 거였느냐고 악을 썼다. 나는 졸지에 재산을 노리고 결혼한 파렴치한이 되고 말았다.

그때부터 선하는 줄기차게 나를 학대했다. 나를 의심하고, 감시하고, 미워하고, 무시했다. 나는 버티다 버티다 결국 참지 못하고 집을 나왔다. 옷 몇 개만 대충 집어넣은 백팩을 등에 멘 채. 내 꼴은 뭐랄까, 큰 잘못을 저지르고 가출한 불량 청소년 같았다.

나는 레스토랑 근처 모텔 방을 얻어 생활했다. 모든 일이 꿈같았다. 내가 처한 현실을 믿기 힘들었다. 나는 갑작스레 변화한 환경에 적응하지 못해 며칠을 제대로 잠을 자지 못했다. 식욕은 급격히 떨어져 하루 한 끼 때우기도 벅찼다. 심한 무기력감에 빠지고 호흡 곤란이 오는 등 우울과 불안 증상이 도져 한동안 멀리했던 정신과 의원을 찾아가 필요한 치료와 약물 처방을 받았다. 그러는 내 자신이 견디기 힘들 만큼 한심하고 처량하게 느껴졌다. 그럼에도 불구하고 기다렸다. 선하가 와서 자신이 보였던 거친 행동에 대해 용서를 구하고, 공손히 나를 모셔 가기를. 하지만 그녀는 좀처럼 내 앞에 모습을 나타내지 않았다.

다행히 치료를 받으면서 차츰 마음의 안정을 찾아갔다. 새 공간에도 적응했다. 레스토랑은 여전히 성황을 이루었고, 종업원들은 친구들까지 동원해서 실의에 빠진 나를 적극 보살펴 주었다.

불편한 점은 거의 없었다. 내 통장엔 제법 많은 돈이 들어 있었다. 레스토랑 운영으로 얻어지는 수익도 만만치 않았다. 이 상태라면 언제까지나 여유롭게 살아갈 수 있었다.

선하가 모텔로 나를 찾아온 것은 내가 집을 나온 지 정확히 한 달 만이었다. 그녀는 나를 보자마자 대뜸 이혼을 입에 올렸다. 전혀 예상치 못했던 전개였다. 나는 단호히 거절하고 차분하게 변명했다.

모든 것은 당신의 오해다. 내가 여종업원들과 어울린 건 우리를 위해서였다. 당신도 잘 알고 있듯 우리 사이는 갈수록 건조해져서 이제는 무덤덤한 지경에 이르고 말았다. 그래서 여종업원들에게 싱싱함을 얻어 당신에게 주입시키고 싶었다. 생활의 활력을 되찾고자.

선하는 내 말에 코웃음을 쳤다. 그녀는 이혼을 거부하는 것이 위자료를 올려 받기 위한 수작을 부리는 게 아니냐고 나를 몰아붙였다. 결국 나는 선하의 제안을 받아들였다. 더는 상처받고 싶지 않았다.

헤어지면서 선하는 나의 행운을 빌어 주었고, 법률 사무소를 통해 내 계좌에 꽤 큰돈을 꽂아 주었다. 나는 그녀의 뜻에 따라 레스토랑 명의를 그녀에게 넘겼다.

우리는 대화와 섹스를 즐길 줄 아는 사람들

　인터폰 벨 소리가 들렸다. 딩딩동 딩딩동. 나는 목구멍에 있는 이물질을 뱉어 내기 위해 티슈를 찾고 있었다. 벨 소리는 여러 번, 신경질적으로 길게 이어졌다. 그러나 나는 수색을 중지하지 않았다. 인터폰을 보지 않아도 알 수 있었다. 문 저편에 있는 인간은 무니가 아니었다. 나를 찾아오는 무니들은 아무 생각 없이 무식하게, 연거푸 벨을 누르는 몰상식한 짓 따위는 하지 않았다.

　벨 소리가 그치고 문 두드리는 소리가 들렸다. 나는 드디어 티슈를 찾았다. 가끔씩 불어오는 미적지근한 바람이 커튼을 걷어 올리면 그때마다 일정한 공간에 눈부신 빛이 쏟아져 들어왔는데, 네모난 티슈 박스는 그, 빛과 그늘이 교차하는 경계선에 천연덕스럽게 앉아 있었다. 나는 티슈를 꺼내 거기에 이물질을 뱉었다.

　문 두드리는 소리는 점점 더 요란해졌다. 현관으로 걸어가 시건장치를 젖히고 문을 열어 주었다. 예상한 대로였다. 문 밖에 서 있는 사람은 선하였다.

"도어 록 비번은 왜 바꿨어?"

선하가 잔뜩 성이 난 표정으로 물었다. 나는 대답하지 않고 뒤돌아섰다. 거실로 걸음을 옮기며 두 번, 세 번, 분풀이하듯 크아악, 크아악 티슈에 침을 뱉었다. 그러다 무심코 티슈를 쳐다보았다. 가래에 검붉은 피가 섞여 있었다. 불길한 예감이 솟구쳤다. 새로운 티슈를 꺼내 연거푸 침을 뱉었다. 가래는 점점 없어지고 마침내 선연하게 붉은 피만이 토해져 나왔다.

"뭐 하는 거야?"

등 뒤에서 선하의 날선 목소리가 들려왔다. 뒤를 돌아보았다. 선하는 조그만 여자아이를 안고 있었다. 말없이 그녀의 눈앞에 티슈를 들이밀었다.

"무슨 짓이야?"

선하가 눈살을 찌푸렸다.

"봐."

나는 짧게, 지시하듯 말했다.

"… 피?"

선하가 티슈를 보고 놀라서 물었다. 나는 크게 고개를 끄덕였다.

이 피는 도대체 어디서 나온 거냐. 침을 삼킬 때 따끔거리는 통증이 없는 것으로 미루어 목구멍은 아닌 듯하고, 그렇다면 폐냐? 위냐? …혹시 …폐결핵? …혹시 … 위암?

"잠깐 나갔다 올게."

나는 서둘러 이빨을 닦고, 세수를 하고 집을 나섰다.

의학에 대한 지식이 별로 없는 내가 어떤 판단을 내릴 수 있다는 말인가. 우선 가까운 약국에 들러 약사와 상담하는 것이 순서일 터.

횡단보도를 건너 대로변에 있는 대형 약국 문을 열고 들어갔다. 흰 가운을 입은 약사만 세 명 있었다. 나는 그중 가장 나이 들어 보이는 사람에게 다가가 약국을 찾은 이유를 말했다.

"여기 한번 뱉어 보세요."

약사가 티슈를 꺼내서 나에게 내밀었다. 순순히 시키는 대로 했다. 약사는 침에 섞여 있는 피를 유심히 관찰하더니 여러 가지 질문을 던졌다. 언제부터 이러느냐. 어제 술을 많이 먹었느냐. 평소에 호흡 곤란 증세를 느낀 적이 있느냐. 소화가 잘 안 된다거나 속이 더부룩하다거나 위에 돌멩이처럼 무거운 것이 들어 있는 듯한 느낌을 받은 적이 있느냐.

나는 약사의 질문에 진지하게 대답했다. 피가 나온다는 사실을 안 건 조금 전이다. 어제 술은, 캔맥주만 하나 마셨다. 그리고 감기 기운이 느껴져 쌍화탕과 알약을 먹었다. 특별히 호흡 곤란 증세를 느낀 적은 없고, 소화 역시 잘되는 편이다.

"그렇습니까…. 요 며칠 평소와 다른 점은 없었나요?"

약사가 고개를 갸웃하며 물었다.

"그저께부터 이틀 내리 잠을 좀 설쳤고, 어젠 약기운 때문인지 땀을 많이 흘렸는데 물을 마시다 갑자기 유리 가루를 삼킨 것처럼 목구멍에 따끔한 통증을 느낀 거 같아요."

"같아요?"

"네? 아, 아뇨. 분명히 느꼈어요."

"음… 그래요."

약사는 버릇인 양 고개를 갸웃했다.

"무슨 일이죠? 뭐가 잘못됐나요?"

어느새 뒤따라온 약사에게 물었다.

"글쎄요. 어디 좀 봅시다."

약사가 내게 가까이 오라는 손짓을 했다. 나는 이끌리듯 약사 바로 앞에 가서 섰다.

"아, 해 보세요."

약사가 말했다. 나는 즉시 입을 벌렸다. 약사는 내 목 안을 뚫어져라 쳐다보았다.

"육안으로 판별할 수는 없습니다만 제 생각에는 후두에 작은 상처가 생긴 것 같습니다. 혹시 모르니 병원에 가 보시죠."

"혹시 모른다는 건 무슨 뜻이죠?"

선하가 나 대신 질문을 던졌다.

"글쎄요. 제가 의사도 아니고, 뭐라 말씀드리기 곤란하네요…."

약사는 자신의 큰 손으로 선하가 안고 있는 여자아이의 머리를 쓰다듬었다.

"목이 아니라 다른 곳에 문제가 있을 수도 있다는 건가요?"

내가 물었다.

"너무 걱정 마시고, 얼른 병원에 가서 검사를 받아 보세요."

약사가 어색하게 웃었다. 그러더니 나와 선하를 번갈아 바라보며 말했다.

"따님이 참 예쁘네요."

나는 선하의 권유를 받아들여 혜화동에 있는 종합 병원에 입원했다. 그곳에서 사흘에 걸쳐 다양한 검사를 받았다. 혈액 검사, 가래 검사, 내시경 검사, 자기공명영상(MRI) 검사, 엑스레이 촬영 검사, 컴퓨터 단층 촬영(CT) 검사, 초음파 검사.

그동안 선하는 부지런히 내가 있는 병실을 들락거렸다. 나 혼자 쓰는 일 인실이었다. 나는 솔직히 그녀의 간호를 받고 싶지 않았다. 그녀는 역겨운 거짓말을 함부로 지껄였다.

지난 삼 년 내내 열심히 일한 덕에 제법 큰 성공을 거두었다. 그럼에도 모든 걸 버리고 돌아온 이유는 단 하나, 당신이 보고 싶어서다.

도대체 커피 달라, 이거 얼마냐, 잘 자라 따위의 간단한 영어 몇 마디 겨우 할 줄 아는 주제에 캐나다에서 무슨 사업을 벌였단 말인가. 어떻게 해서 성공을 거둘 수 있었다는 말인가. 그것도 교포 사회에서 하나의 신화가 될 정도로.

하지만 선하를 냉정하게 뿌리칠 수만은 없었다. 그녀가 오래전부터 알고 지내 왔던 의사 덕분에 비교적 쉽게 입원할 수 있었기 때문이었다. 그의 호의로 피곤한 기색이 역력히 드러나 보이는 간호사들에게 보다 친절한 간호를 받을 수 있었고, 검사 결과를 보다

신속하게 접할 수 있었다. 여러 검사를 종합해 본 바에 따르면 내 몸은 간이 약간 부은 것을 제외하곤 정상이라고 했다.

의사는 나에게 경고했다. 지금은 크게 걱정할 정도의 몸 상태는 아니다. 하지만 당장 술과 담배를 끊지 않는다면 당신은 일 년 이내에 다시 병원을 찾게 될 것이다. 그때는 입원 치료를 받아야 할 수도 있다.

병원에서 생활한 지 닷새째 되던 날 선하가 여자아이를 안고 나를 찾아왔다. 아이는 선하와 간호사들에겐 귀여운 재롱둥이일지 몰라도 내겐 귀찮은 존재일 뿐이었다. 아이는 나를 몹시 성가시게 했다. 감기에 걸려 며칠을 골골거렸다던 아이는, 선하가 병실을 비울 때마다 내 가슴팍에 앉아 나의 목줄을 누르고 코와 볼때기와 귀를 함부로 잡아당겼다.

"이 앤 대체 누구야?"

나는 어느새 병실에 들어와 아이가 하는 양을 즐기듯 바라보고 있는 선하에게 물었다.

"조카 딸."

선하는 망설임 없이 대답했다.

"보디빌더 딸?"

"아니 그 밑에, 밑에 여동생 애야."

"복잡하군."

"당신은 친척이 없어?"

"글쎄. 아버지가 살아 계셨을 당시엔 가끔 친척이라는 사람들이 우리 집을 찾아왔었던 것도 같아."

친척이라는 사람들. 그들은 장지에서 돌아온 어머니가 집을 정리해 이사한 다음부터 더는 우리 앞에 모습을 나타내지 않았다. 하긴 이사를 너무 자주 한 탓에 집 찾기가 어려워 본의 아니게 우리를 만나러 오지 못한 것인지도 몰랐다.

"이 아이를 보면서 당신 생각 많이 했어. 한국에 돌아와야겠다는 결심을 한 것도 이 아이 때문이니까 당신, 단아한테 고마워해야 해."

"바람이나 좀 쐬고 올게."

나는 산낙지처럼 달라붙어 있는 아이를 떼어 내고 침대 밑에 넣어 둔 담배와 라이터를 움켜쥐었다. 병원 내부는 전체가 금연 구역이었다. 담배를 피우고 싶으면 일 층에 있는 흡연실로 가야 했다. 내 병실은 십이 층에 있었다.

"당신, 이제 지겹지? 그만 퇴원하는 게 어때?"

선하는 슬리퍼를 찾아 신는 나를 물끄러미 쳐다보았다.

"의사 선생님이 흉부 엑스레이 검사를 받아 보자고 하시던데."

"당신이 하도 엄살을 피우니까 그렇지."

"그럼 계속 피가 나오는 걸 어떡해. 이유는 알아야 할 거 아냐."

"몸 생각은 끔찍이도 한다."

나는 일부러 슬리퍼를 질질 끌며 병실 밖으로 나왔다. 낯익은 간호사 한 명이 내 옆을 스쳐 지나갔다. 바쁘게 걸음을 옮기던 그녀는 뭔가 생각났다는 듯 고개를 돌리고 짧은 눈인사를 보내왔다. 나도 그녀에게 까딱 고개를 숙여 보였다. 그녀가 웃으며 가던 길을 갔다. 자세히 보니 그녀는 사복을 입고 있었다. 근무 경력 일 년. 언제나 웃을 준비가 되어 있는, 웃을 때 볼우물이 패는, 드라큘라처럼 날카로운 덧니를 보유한 스물다섯 살의 그녀는, 그네들의 용어로 나이트 근무자였다.

나는 슬그머니 그녀의 뒤를 따라갔다. 저녁 열 시쯤에 출근하는 그녀가 환한 대낮에 나타난 까닭이 궁금해서였다. 그녀는 휴게실을 향해 걸어갔다.

"여기서 뭐 해?"

그때였다. 누군가가 내 귀를 잡아당겼다. 나는 어쩔 수 없이 걸음을 멈춰야 했다. 나를 괴롭히는 상대가 누군지 구태여 보지 않아도 알 수 있었다.

"단아야, 그러면 못써. 아빠 아프잖아."

선하는 의도적으로 목소리를 높였다. 휴게실 문을 열려던 간호사가 돌아서서 나란히 서 있는 나와 단아와 선하를 쳐다보았다. 나는 단아의 머리통을 어루만지고 재빨리 환자용 엘리베이터가 있는 쪽으로 갔다. 다행히 선하는 내게 별다른 시비를 걸지는 않았다. 나는 엘리베이터를 타고 일 층으로 내려갔다. 흡연실에 들어가 담배를 피우고 병실로 올라갔다.

"방금 전에 의사 선생님 다녀가셨어. 엑스레이 검사는 내일 오후 두 시에 받으라네. 검사 끝나면 퇴원해도 좋다고 하셨어."

선하는 내 얼굴을 보자마자 말했다. 그녀를 대함에 있어 방심은 절대 금물이라는 사실을, 나는 다시 한 번 실감했다. 그녀는 늦은 밤 잠이 오지 않을 때 간호 스테이션에 가서 푸릇푸릇한 간호사들과 농담을 주고받는 상큼한 즐거움을 나에게서 빼앗으려 하고 있었다.

다음 날 예약된 시간에 흉부 엑스레이 검사를 받은 나는 곧바로 퇴원 준비를 해야 했다. 선하의 재촉 때문이었다. 선하는 내가 검사 받기 한 시간 전쯤 스튜어디스처럼 깔끔하고 단정한 옷차림에 머리를 짧게 커트한 모습으로 내 앞에 나타났다. 단아와 함께. 또 할 일 없는 누군가에게 촌스럽다거나 나이 들어 보인다는 핀잔을 들은 모양이었다.

사복으로 옷을 갈아입고 대충 짐을 챙긴 나는 보스턴백을 든 채 선하에게 끌려가다시피 병실을 나왔다. 본관 근처에 있는 주차장으로 가서 그녀의 빨간색 벤츠 뒷좌석에 단아와 보스턴백을 나란히 앉히고 조수석에 올랐다. 선하의 과도한 배려와 친절이 마음을 무겁게 했다. 그녀는 내가 검사를 받는 동안 입원비를 정산했고, 검사를 마친 후에는 검사비도 내주었다. 그리고 직접 운전해서 나를 안전하게 집까지 데려다주었다.

"차 한 잔 하고 갈래?"

나는 예의상 선하에게 물었다. 선하는 당연한 걸 뭘 묻느냐는 표정으로 나를 쳐다보았다. 머쓱해진 나는 먼저 벤츠에서 내렸다.

선하도 내렸다. 뒷좌석 문을 열어 단아와 보스턴백을 꺼냈다. 우리는 가족처럼 함께 지하 주차장에서 엘리베이터를 타고 내 아파트로 갔다. 도어 록을 연 사람은 선하였다. 나는 그녀를 따라 아파트 안으로 들어섰다. 보스턴백을 중간 방에 놓고 거실로 나왔다. 선하와 단아는 제 집인 양 편하게 소파에 앉아 무슨 이야기를 속닥이고 있었다.

"왜 그러고 서 있어? 앉아."

선하가 일어서서 반강제로 나를 단아 옆에 앉혔다. 단아는 병실에 있을 때처럼 나에게 착 달라붙어 애꿎은 내 머리통을 사정없이 흔들어 댔다.

"단아야, 그만해. 아빠 힘들어."

선하가 다정한 목소리로 말했다.

"생각보다 단아가 당신을 잘 따르네."

나를 보는 선하의 눈빛에는 기특하다는 감정이 담겨 있었다. 짜증이 났다. 내 머리통을 장난감 취급하는 단아의 행동은 그래도 참아 넘길 수 있었다. 정작 참기 힘든 건 나를 일컫는 호칭이었다. 단아는 가끔 나를 '아빠'라 불렀다. 그럴 때마다 단단한 덫에 걸려든 느낌이 세차게 일었다. 그것은 선하가 꾸미고 있는 치사한 계략의 일부분이 분명했기 때문이었다.

"검사 결과가 내일 나온다니까 대구는 모레 내려가자. 당신 생각은 어때?"

선하는 손수 커피를 끓여 머그잔에 가득 담아 마셨다. 머리통을 마구 흔들어 나를 몽롱하게 만든 단아는 어느새 잠들어 있었다.

"그렇게 하지 뭐."

나는 단아를 선하에게 건네고 주방으로 갔다. 냉장고에서 오렌지주스를 꺼내 병째 들이켰다.

"아직 이르긴 하지만 우리 저녁 먹으러 나갈까? 요 며칠 당신 이런저런 검사 받느라 많이 굶었잖아."

선하가 나를 따라와 말했다.

"그렇게 하지 뭐."

나는 주스병을 냉장고에 넣고 심드렁하게 대꾸했다. 배는 전혀 고프지 않았다. 병원에 입원해 있는 동안 집에 있을 때보다 더 규칙적으로, 영양가 있는 음식물을 섭취했다. 굶은 건 위 내시경 검사를 받은 날 아침과 그 전날 저녁, CT 촬영을 한 날 아침과 전날 저녁, 합쳐서 네 번뿐이었다.

"왜? 피곤해? 쉬고 싶어?"

"애가 자니까 그러지 뭐."

"나가기 싫으면 관둬."

"그렇게 하지 뭐."

나는 거실로 돌아와 단아 옆에 앉았다.

"당신 지금 나를 놀리는 거야?"

"아니."

나는 설레설레 고개를 흔들었다.

"병원에 더 있고 싶었는데 내 마음대로 퇴원 수속을 밟았다 이

거지?"

"뭔 소리야. 아냐."

"그럼 왜 이래? 시큰둥한 이유가 뭐냐고?"

"골치가 아파서… 속이 메슥거리고 어지러워서 그래."

나는 눈살을 찌푸리며 길게 한숨을 내쉬었다.

"어디 봐."

선하가 손을 뻗어 내 이마를 만졌다. 나는 얼굴에 잔뜩 힘을 주었다.

"좋아. 내가 나가서 두통약하고 당신 좋아하는 음식 몇 가지 사 올 테니까 그동안 단아 잘 보고 있어."

"그럴게."

나는 선하의 제의를 거절하지 않았다. 거절할 이유가 없었다. 선하는 기세 좋게 현관문을 열고 나가 두통약과 생선초밥, 스파게티, 와인 따위를 사 들고 돌아왔다. 그것들을 거실 탁자에 가지런히 늘어놓았다. 와인 잔도 가져다 놓았다. 그녀가 원하는 건 나와의 단란한 저녁인 듯했다. 사이 좋았던 때를 상기시키려는 의도였는지도 몰랐다.

나는 선하에게 건네받은 두통약을 복용하지 않았다. 입에 넣기는 했으나 삼키지는 않았다. 혀 밑에 숨기고 있다가 화장실에 들어가 변기에 뱉었다. 물을 내리고 거실로 돌아와서 묵묵히 선하가 사 온 생선초밥을 먹었다.

"맛, 없어?"

선하가 나를 노려보았다. 무표정한 얼굴로 말없이 초밥만 집어먹는 내가 못마땅한 기색이었다. 나는 대답 대신 단아를 쳐다보았다. 잠에서 깨어난 단아는 주위를 둘러보더니 느닷없이 울음을 터뜨렸다. 당황한 선하가 아이를 들어 올렸다 내려놓았다 뽀뽀를 했다 가슴에 안았다 온갖 수선을 다 피웠지만 별 소용이 없었다. 나는 모른 척 몇 개 안 남은 생선초밥을 마저 먹고 와인을 잔에 따라 마셨다.

세 살배기 어린아이도 악몽을 꾸는가. 악몽이란, 어느 정도 나이를 먹은 사람들이 그간 경험했던 것 중에서 가장 좋지 못한 일을 되새김질할 때, 거기에서 비롯되는 끔찍한 상상이 꿈속에서 영화처럼 펼쳐지는 것 아닌가.

나는 그녀들이 빨리 집으로 돌아가던가, 아니면 더는 내 공간을 소란스럽게 휘저어 놓지 않기를 바랐다. 그녀들은 나와 아무런 상관이 없는 사람들이었다.

선하는 간신히 아이를 진정시키고 내게 무슨 말을 하기 시작했다. 하지만 뭐라고 하는 건지 전혀 알아들을 수 없었다. 아마 깜박 졸았던 모양이었다. 선하가 꽥, 고함을 쳤다. 단아가 또다시 울먹거렸다. 그제야 정신이 들었다.

"미안해. 졸려서…."

나는 일어서서 단아를 들어 안고 춤추는 인형처럼 빙글빙글 돌았다. 아이는 금세 까르륵 까르륵 웃음을 터뜨렸다.

"그러게 술은 왜 마셔."

"자기가 사 와 놓고는."

"누가 그렇게 많이 마시래?"

"많이는 아니야. 석 잔 정도?"

"의사 선생님이 술 끊으라고 했잖아."

"다시 말하지만 당신이 사 왔거든. 그리고 고작 와인 몇 잔인데 뭘. 간이 부어 봤자 얼마나 더 붓겠어."

"참 잘났다."

선하가 어이없다는 듯 코웃음을 쳤다. 단아를 그녀에게 건넸다.

"이 앤 커서 대단한 레슬링 선수가 될 거야. 틀림없어."

"말 함부로 하지 마."

선하는 단아를 받아 드는 대신 금빛 핸드백을 들었다. 드디어 돌아가려는 모양이었다. 내 짐작은 맞았다.

"그만 가야겠어."

선하가 앞장서서 현관문을 열고 나갔다. 나는 단아를 안은 채 그녀를 따라 지하 주차장으로 갔다.

"당신, 생각나? 처음 만났을 때."

선하는 내가 조수석 문을 열고 아이를 자리에 앉히자 입가에 묘한 웃음을 지으며 물었다.

"그때 당신이 내 차에 오줌을 싸지 않았으면 우린 지금 어떻게 살고 있을까?"

"늦었어. 운전 조심해."

나는 문을 닫고 차와 차 사이를 빠져나왔다.

"잘 자. 내일 올게. 단아야, 아빠한테 빠이빠이 해야지."

"빠이빠이."

단아는 선하가 시키는 대로 나를 향해 손을 흔들었다.

"안녕."

나도 단아에게 손을 흔들어 보였다. 선하는 곧 시동을 걸고 차를 출발시켰다. 뒤돌아서서 걸음을 옮겼다. 엘리베이터를 타고 집에 돌아와 찬장에 고이 모셔 두었던 술을 꺼내 마셨다.

내 생활은 행복해 미칠 지경이라고 말할 순 없지만, 적어도 비참하진 않다. 나는, 내가 숨 쉬고 있는 이곳에서, 충분히 자유롭다. 나에게는 내 공간을 사랑하는 많은 무니가 있다. 그녀들은 결코 나를 무시하지 않는다. 나를 억압하지도 않고, 다른 무니를 질투하지도 않는다. 나에게 무엇을 해 달라고, 무엇이 되어 달라고 요구하지도 않는다. 그녀들에게 있어 나는 단지 나일 뿐이고, 내게 있어 그녀들은 단지 무니일 뿐이다.

무니와 나는 서로를 잘 알고 있다. 우리는 대화와 섹스를 즐길 줄 아는 현명한 사람들이다. 관계의 처음과 끝이 정해져 있음을 충분히 인지하고 있는 우리는, 일정한 범위 안에서 다정한 친구 혹은 애인 역할을 훌륭히 수행해 낸다. 선하와 무니는 근본적으로 다른 인간인 것이다.

선하는, 본인은 전혀 의식하지 못하겠지만 지금, 함부로, 내 소중한 생활을 파괴하려 하고 있다. 때문에 나는 당연히, 무지하고 몽매한 그녀로부터 내 자신을 보호하기 위해 최선의 노력을 다할 필요성을 느낀다. 선하는 나를 사랑하고 있는 게 아니다. 나에 대한 집착을 버리지 못하고 있을 따름이다.

한때 선하는 내 어머니였고, 누나였고, 친구였고, 아내였다. 그 다양했던 역할이 나에 대한 미련을 좀처럼 잘라내지 못하는 가장 큰 이유일 것이다. 그녀에게 있어서도 그것은 상당한 부담이다. 오 년이라는, 짧지 않은 시간 동안 남편이었던 사람으로서 내게는, 그녀의 부담을 덜어 줄 도의적인 책임이 있다.

나만의 이별법

 나는 앞을 바라보는 방향으로 내 무릎에 앉아 고개를 숙이고 있는 단아를 돌려 안았다. 단아는 잠들어 있었다. 오전 아홉 시에 서울을 출발해 대구에 도착한 시간은 오후 두 시. 서울만남의광장 휴게소에서 김밥과 라면으로 간단하게 허기를 달랜 것을 제외하곤 우리 셋은 줄곧 차 안에 있었다.
 "당신 힘들겠다. 미안해. 진작 운전을 배웠어야 하는 건데."
 나는 입에 발린 소리를 했다. 눈에 보이는 음식점을 가리키며 저 앞에 차를 세우라고 했다. 선하는 내 말대로 했다. 어제 저녁 단아와 함께 내 공간에 들이닥친 선하는 먼저 내가 받은 검사 결과부터 알렸다. 아무 이상 없음. 그러고는 빚 받으러 온 사람처럼 일정 부분을 점유한 채 돌아가지 않았다.
 나는 선하를 설득해서 돌려보내려는 무리한 짓은 하지 않았다. 그녀와 나 사이에는 아무리 노력해도 메울 수 없는 간극이 있었다. 내 생활의 일부인 무니를 만난 적이 있는데도 내가 변했다는 사실을 인정하려 들지 않는 그녀를 무슨 수로 설득할 수 있겠는가. 나는 오히려 잠자리에 들기 전에 따뜻한 몇 마디 말로 선하를 흐뭇하게 만들었다.

차에서 내린 우리는 신혼부부처럼 다정하게 어깨를 맞대고 음식점에 들어섰다. 단아는 여전히 내 품 안에 잠들어 있었다. 나는 자리에 앉아 가볍게 단아의 머리를 쓰다듬었다.

안녕. 잘 있어. 앞으로 좋은 꿈만 꿔.

"잠깐만 나, 담배 좀 사 올게."

나는 일어서서 선하 앞으로 갔다. 단아를 선하에게 건넸다.

"난 뭐든 괜찮으니까 당신 먹고 싶은 거 시켜."

단아를 받아 안는 선하에게 말하고 음식점을 나왔다. 편의점을 찾는 사람처럼 주위를 두리번거리며 적당한 보폭으로 걸어갔다. 빈 택시가 보일 때까지. 나는 손을 치켜들어 지나가는 빈 택시를 세웠다. 택시가 두어 걸음 앞에서 멈췄다. 택시에 올라 운전기사에게 소리쳤다.

"일단 출발해요!"

"네?"

운전기사가 의아한 눈으로 나를 쳐다보았다.

"서울 갈 건데 요금은 가면서 상의합시다. 급해요."

나는 손짓으로 출발을 재촉했다. 그제야 운전기사가 브레이크를 풀고 액셀러레이터를 밟았다. 나는 편히 앉아 선하가 번호를 알고 있는 전화기를 껐다. 그녀에겐 말이 아니라 행동이 중요했다. 기회는 오늘밖에 없었다. 선하는 짐작조차 하지 못했을 터였다. 내가 어제 오늘 그녀를 살갑게 대했던 이유는, 바로 이 순간을 위해서였다. 그녀의 방심을 유도해 허를 찌르기 위함이었다.

나는 운전사와 요금 협상을 벌여 오십 만 원에 합의를 보았다. 모든 준비는 끝나 있었다. 나는 어제 오전에, 선하가 오기 전에 밖에 나가 새 휴대 전화를 사면서 새 번호를 얻고 눈에 잘 띄지 않는 부동산 중개업소를 골라 찾아갔다. 집값은 삼 년 전에 비해 제법 많이 올라 있었다. 게다가 이사철이었다. 나에겐 호재였다. 중개인에게 아파트 이름과 동, 호수, 도어 록 비밀번호를 알려 주고 말했다.

"될 수 있는 대로 빨리 팔아 주셨으면 해요. 시세보다 이, 삼 천 정도 낮은 가격을 받아도 상관없습니다."

"그러세요? 좋습니다. 제가 열흘 안에 매매를 성사시켜 보죠."

중개인이 자신감을 보였다. 나는 나 외엔 아무도 모르는 새 휴대 전화 번호도 그에게 알려 주었다. 혹시 나중에 내 아내라는 여자가 아이를 데리고 나타나서는 내 연락처와 행방을 캐묻고, 본인이 내 아파트를 사겠다는 둥 거래를 방해하려 들지 모르는데 그녀는 오래전 이혼한 전처이며, 아이는 내 아이가 아니니 철저히 무시하라는 당부도 전했다. 더는 그녀를 보고 싶지 않아서 이사를 결심했다는 말도 잊지 않고 덧붙였다. 서울에 도착하면 모텔에 묵을 작정이었다. 아파트가 팔릴 때까지.

"그러나 마음 줄 수 없다는 그 말, 사랑을 할 수 없다는 그 말.

쓸쓸히 창밖을 보니 주르륵 주르륵 주르륵 주르륵 밤새워 내리는 빗물⋯."

운전수는 뭐가 그리 좋은지 온몸을 들썩이며 라디오에서 흘러나오는 노래를 흥겹게 따라 불렀다.

내 공간을 사랑했던 무니들이여, 안타깝구나. 이렇게 일방적으로, 사전에 아무런 통보 없이 관계를 끊는 나를, 내 사정을 이해해 주기 바란다. 원망하려면 나 아닌 선하를 원망하려무나. 그리고 너희에겐 미안한 얘기지만 너희 후배들을 위해선 오히려 잘된 일인지도 모른다. 보다 발전적인 방향으로 나아가는 계기가 될 테니까. 나를 작업하려던 그 이상한 여자애의 접근을 더는 걱정할 필요가 없게 된 건 금상첨화다.

나는 새로운 공간을 아주 단순하게 꾸밀 생각이다. 그동안 사용했던 가구를 비롯한 모든 물건을 버리고 다시 구입할 작정이다. 나를 찾아온 무니들이 취미와 여가 생활을 함께 즐길 수 있도록 주방과 거실에 홈 바와 프로젝션 TV와 당구대 등을 설치할 것이다. 누구의 눈치도 보지 않고 마음 편히 쉴 수 있도록 수면 의자와 안마 의자도 사 놓을 것이다.

저녁 늦게 서울 대학로에 도착한 나는 밥을 먹고 근처 모텔에 들어갔다. 전원을 꺼 놓은 전화기를 망가뜨려서 버리고 실로 오랜만에 푹 쉬었다. 그리고 다음 날부터 새 공간을 마련하기 위해 분주히 인근 부동산을 돌아다녔다. 그동안의 경험에 의하면 가을은 일 년 중 무늬 수집이 가장 활발하게 이루어지는, 이른바 성수기였다. 이때 배전의 노력을 기울여 보다 많은 무늬를 비축해 놓지 않으면 다가올 겨울은 냉랭한 추위만큼이나 짜증스러울 것이었다.

에필로그

새 아파트를 얻은 나는 내부 인테리어를 새로 했다. 전에 살던 아파트는 다행히 선하의 방해 없이 깔끔하게 매매가 이루어졌다. 아파트에 있는 침대와 수납장, 책상과 책장, 에어컨과 냉장고, TV와 컴퓨터, 세탁기와 주방 기구, 옷과 신발 등 모든 물품의 처분은 중개인에게 맡겼다. 중개인은 흔쾌히 그러겠다고 했다.

나에게는 앞으로 선하와 단아, 그녀들을 다시 볼 기회가 없을 터였다. 누구보다 생활력이 강한 선하는 어린 단아를 자기 자식처럼 키우며 잘 살아갈 것이었다. 외롭지 않게. 풍족하게. 풍요롭게. 나 따위는 아주 쉽게 잊을 것이었다. 그렇게 되기를 바랐다. 누나에게도 '이 정도면 됐다.'는 마음이 들 때까진 결코 연락하지 않을 생각이었다.

나는 내부 공사가 끝나기를 기다려 새로 구입한 각종 가구와 가전제품, 생활용품 등을 아파트에 들여놓았다. 그러고 나서 병원에 입원해 있는 동안 늦은 밤과 새벽 사이에 즐겁게 이런저런 대화를 나누었던, 웃을 때면 드라큘라처럼 덧니가 드러나는 간호사를 퇴근 시간에 맞춰 찾아갔다. 그들의 용어로 나이트 근무자인 그녀는, 보통 오전 일곱 시에 퇴근했다. 그녀는 선하를 내 친누나로, 단아를 친조카로 알고 있었다.

나는 그녀를 내 집에 데려갔다. 그녀는 별다른 거부 반응을 보이지 않고 나를 따라왔다. 며칠 안 되지만 그래도 인적이 드문 시간 유쾌한 잡담을 주고받으며 쌓았던 친밀감이 나름 효력을 발휘한 듯했다. 나는 그녀에게 미리 준비해 놓은 음식과 차를 대접했다. 그녀는 다행히 맛있게 먹고 마셨다. 뿌듯했다. 나는 찻잔을 식탁에 내려놓고 입을 가린 채 하품을 하는 그녀를 안방 침대로 인도했다. 업무에 지친 그녀가 편안히 잘 수 있도록 커튼을 치고 잔잔한 음악을 틀어 주었다. 그런 다음 거실로 나왔다.

나는 소파에 앉아 주위를 둘러보았다. 그럭저럭 홈 바는 설치했지만 당구 테이블은 도저히 들여놓을 수가 없어서 대신 다트와 컴퓨터 게임을 즐길 수 있도록 공간을 구성했다. 의자는 일단 수면 의자만 하나 갖춰 놓았다. 잠에서 깨어나면 그녀는 어느 정도 활력을 되찾을 터였다. 그때 여유를 갖고 찬찬히 내 아파트를 살펴볼 것이다. 그녀는 내가 꾸민 이곳을 어떻게 생각할까. 어떤 평가를 내릴까.

나는 다시 안방에 들어갔다. 침대 끝에 걸터앉아 잠들어 있는 여자의 얼굴을 물끄러미 쳐다보았다. 그녀는 희미하게 미소를 짓고 있었다. 좋은 꿈을 꾸고 있는 모양이었다.

"반가워."

나는 가볍게 그녀의 이마에 입을 맞추었다. 그녀는 내 새로운 공간에 처음 들어온, 내 새로운 휴대 전화에 '무니1'로 저장될 최초의 여자였다.

작가의 말

 소설=이야기라는 등식에 익숙해져 있는 사람들에게 있어 이 소설은 어쩌면 '할 일 없는 사람의 넋두리'쯤으로 읽힐지도 모르겠다. 왜냐하면 이 소설에는 책읽기를 끝마쳤을 때 뒤따라와야 할 감동이나 교훈, 삶의 방향성 제시 같은 값나가는 것은 물론 아기자기한 사랑 이야기조차 없기 때문이다.
 소설의 주인공 '나'는 가벼운 인간이다. 그는 가볍게 여자를 만나고 가볍게 헤어진다. 그 무가치한 일들의 반복이 그의 삶이다. 그는 그러한 자신의 행동이 중요한 의미가 있다고 생각지는 않는다. 단지 몸에 맞는 옷처럼 편하고 익숙하기 때문에 되풀이할 뿐이다.
 그가 그렇게 된 이면에는 이기적인 어머니와 이기적인 아내가 있다. 특히나 연상의 아내에게 감당하기 힘든 모욕을 당한 그는 이혼 이후 자신의 둘레에 울타리처럼 단단한 공간을 만들어 놓고 그곳을 나오려 하질 않는다. 가장 큰 이유는 사람들과의 갈등이 싫어서, 한 사회의 구성원이 되어 여러 가지 규범으로부터 구속받기 싫어서이다. 그런 그에게 위로가 돼 주는 사람들이 '무니'다.

'무니'와 '나'는 서로를 도피처 또는 안식처로 이용한다. '무니'는 그 익명성이 말해 주듯 '나'에게서 무엇을 얻으려 하지도 않고 무엇을 뺏으려 하지도 않는다. 그들 역시 사람들과의 갈등과 사회의 규범을 피해 '나'의 공간에 잠시 들른 사람들이기 때문이다.

나는 가볍고 무의미한 한 인간의 일상을 통해 정체성(꿈이라고 표현해도 좋을 것이다)을 잃어버린 채 살아가는 현시대 사람들의 삭막한 삶의 모습을 그려 보이고 싶었다. 물질적, 금전적 풍요에도 불구하고 마음속 어딘가에 숨어 있다가 예기치 못한 순간 불쑥불쑥 튀어나오는 외로움, 허전함, 낯섦, 우울, 불안 따위의 감정이 무엇에서 비롯된 것인지 한번쯤 생각해 볼 수 있는 계기를 만들어 주고 싶었다. - 졸고에 금칠을 하는 듯해 망설이다 덧붙인다.

2024년 여름과 가을 사이에
김찬웅

오늘도, 난

초판 1쇄 인쇄 | 2024년 09월 01일
초판 1쇄 발행 | 2024년 09월 07일

지은이 | 김찬웅
펴낸이 | 전병인
펴낸곳 | OBJ Media
편집위원 | 장지웅
디자인 | 미래

등록번호 | 제703-92-00399
등록일자 | 2017.11.17
주소 | 서울시 은평구 불광로 153, 3층 307호
전화 | 070-7744-7141 팩스 | 02-6455-2226
이메일 objmedia@naver.com

ISBN 979-11-965144-5-7 03810

* 이 책의 판권은 지은이와 OBJ Media에 있습니다.
* 책 내용의 전부 또는 일부를 이용하려면
  지은이와 OBJ Media의 허락을 얻어야 합니다.